書下ろし

目目連《もくもくれん》

高積見廻り同心御用控③

長谷川 卓

祥伝社文庫

目次

花川戸町
口入屋「川口屋」
平右衛門町
「川端屋」
浅草
吾妻橋
向島
源森川
御徒町
横川
竪川
甚兵衛橋
回向院
柳橋
両国橋
大川
小名木川
新大橋
海賊橋
霊岸島
仙台堀
崎川橋
楓川
北島町
新川
深川
永代橋
本八丁堀三丁目
「きん次」
浜町堀界隈
和泉橋
柳原通り
橋町
料理屋「笹ノ井」
小伝馬上町
亀井町
橋本町
両国広小路
永富町
皆川町
緑橋
横山同朋町
堀江町
伊勢町堀
久松町
堀江六軒町
「壺屋」
一石橋
江戸橋
日本橋
小網町
浜町堀

「目目連」の舞台

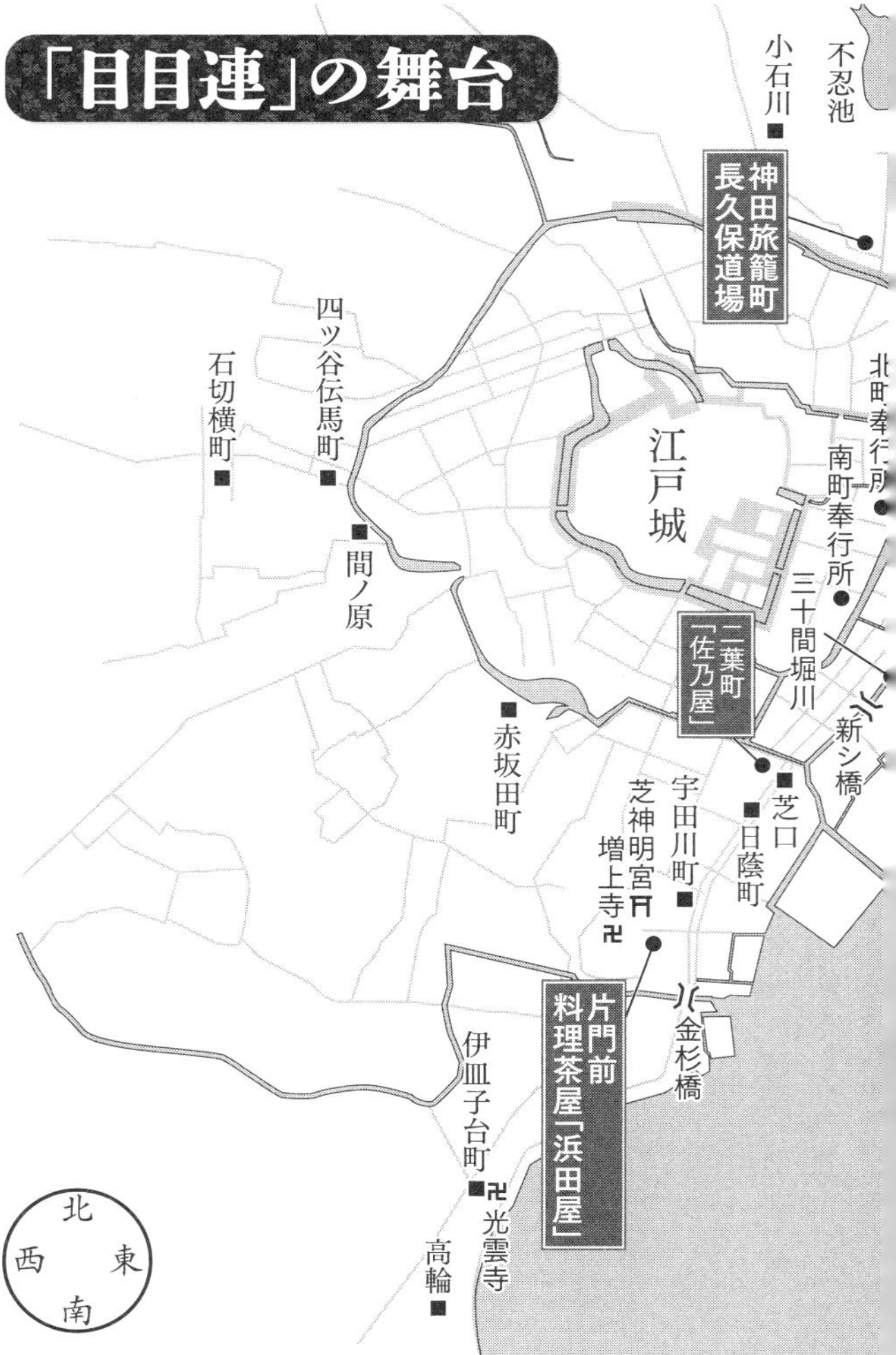
不忍池
小石川
神田旅籠町
長久保道場
四ツ谷伝馬町
石切横町
江戸城
北町奉行所
南町奉行所
三十間堀川
間ノ原
二葉町
「佐乃屋」
新シ橋
赤坂田町
宇田川町
芝神明宮
増上寺
芝口
日蔭町
片門前
料理茶屋「浜田屋」
金杉橋
伊皿子台町
光雲寺
高輪
北
西
東
南

主な登場人物

滝村家

与左衛門《よざえもん》（父）町火消人足改だったが、町火消を助けるため火中に飛び込み壮絶な最期を遂げた

豪《ごう》（母）六十一歳。与兵衛が亡夫のお役目であった町火消人足改に就くのを切に願う

与兵衛《よへえ》南町奉行所高積《たかづみ》見廻り同心。三十九歳。通称・滝与《たきよ》の旦那

多岐代《たきよ》（妻）旧姓榎本《えのもと》。父は北町奉行所同心

与一郎《よいちろう》（長男）十歳。谷口道場に通う

南町奉行所

大熊正右衛門《おおくましょうえもん》（年番方《ねんばんかた》与力）

五十貝五十八郎《いそがいいそはちろう》（高積見廻り与力）

塚越丙太郎《つかごしへいたろう》（高積見廻り同心。与兵衛の同僚）

占部鉦之輔《うらべかねのすけ》（定廻り同心）

入堀《いりぼり》**の政五郎**《まさごろう》（占部の使う御用聞き）

梅次《うめじ》**・勝太**《しょうた》（政五郎の手下）

瀬島亀市郎《せじまかめいちろう》（定廻り同心の古株）

利三郎《りさぶろう》（高積見廻り同心見習。長久保道場に通う）

藤《ふじ》（妻）

紺屋町《こんやちょう》**の三津次**《みつじ》（瀬島の使う御用聞き）

房吉《ふさきち》（三津次の手下）

永富町《ながとみちょう》**の忠八**《ちゅうはち》（瀬島が使っていた元御用聞き）

市助《いちすけ》（忠八の手下）

椿山芳太郎《つばきやまよしたろう》（例繰方《れいくりかた》同心）

久留米六左衛門《くるめろくざえもん》（両御組姓名掛り《りょうおくみせいめいがかり》同心）

九郎兵衛《くろべえ》（久留米の使う中間。風魔《ふうま》の忍び）

朝吉（与兵衛の中間）

主水河岸《もんどがし》の寛助《かんすけ》（与兵衛の使う御用聞き。六十三歳）

米造《よねぞう》・新七《しんしち》（寛助の手下）

北町奉行所

松原真之介《まつばらしんのすけ》（定廻り同心）

紘《ひろ》（長女）

智《とも》（妻）

汐留《しおどめ》の弐吉《にきち》（松原の使う御用聞き）

千太《せんた》・富三《とみぞう》（弐吉の手下）

口入屋《川口屋》

川口屋承右衛門《かわぐちやしょうえもん》（主。香具師《やし》の元締）

右吉《うきち》（番頭。承右衛門の右腕）

万平《まんぺい》・巳之吉《みのきち》・清蔵《せいぞう》（承右衛門の手下）

竹原明楽《たけはらあけら》（用心棒。明王《みょうおう》が通り名）

目目連《もくもくれん》

丹波屋長右衛門《たんばやちょうえもん》（世話役）・大黒屋徳次郎《だいこくやとくじろう》

播磨屋太兵衛《はりまやたへえ》・綿虫《わたむし》（風魔の忍び）

長久保道場

長久保聡十郎（道場主）

稲取甚八《いなとりじんぱち》・児玉文五郎《こだまぶんごろう》（高弟）

林田伸二郎《はやしだしんじろう》（弟子。徒衆《かち》・林田新左衛門《しんざえもん》の次男）

宮坂甲太郎《みやさかこうたろう》（弟子。信濃《しなの》国長沼《ながぬま》藩主・宮坂兵馬《ひょうま》の長男）

料理茶屋《浜田屋》

浜田屋宗兵衛《はまだやそうべえ》（主。香具師の元締）

庄之助《しょうのすけ》（番頭）

倉吉《くらきち》・弁吉《べんきち》・甲子次《きねじ》（宗兵衛の手下）

伏見行蔵《ふしみこうぞう》・古川鎌太郎《ふるかわかまたろう》・赤池虎之助《あかいけとらのすけ》（用心棒）

来島半弥《くるしまはんや》（本所《ほんじょ》の御家人）

吉右衛門《きちえもん》（料理茶屋《笹《ささ》ノ井《い》》の主）

余市《よいち》（船宿《川端屋《かわばたや》》の船頭）

梶山左内《かじやまさない》（目付）

寺平彦四郎《てらだいらひこしろう》（徒目付）

遠山益右衛門《とおやまますえもん》（長沼藩士）

蛇《じゃ》の目《め》の新五郎《しんごろう》（通称・蛇《じゃ》の新《しん》。殺しの請《う》け人）

第一章　欠落

一

文化《ぶんか》七年（一八一〇）十一月二十九日。暮れ六ツ（午後六時）。

昼過ぎにちらりと雪が舞ったが直《す》ぐに止《や》み、それからは鈍色《にびいろ》の空が江戸を覆《おお》っていた。

霜月《しもつき》（十一月）の晦日《みそか》。南町奉行所の非番の月は間もなく終わり、明日からは月番になる。それもあってか、同心たちの姿は少ない。与力と同心の勤めの終わる夕七ツ（午後四時）過ぎには、急ぎの調べのない者たちは奉行所を出、組屋敷に帰ってしまっている。残っているのは、玄関と宿直《とのい》を預かる当番方の与力と同心と、刻限に関わりなく刑事に働いている定廻りと臨時廻りの同心、それに失火のないよう市中を見回る風烈廻り昼夜廻りの同心くらいなものであった。

「俺たちも、さっさと引き上げようぜ」塚越丙太郎《つかごしへいたろう》が言った。塚越は、滝村与兵衛《たきむらよへえ》の唯《ただ》ひとりの同僚になる。高積《たかづみ》見廻りは与力一名、同心二名の小所帯である。

この日ふたりは、自身らの務めの他に、晦日の警備の手伝いに駆《か》り出され、奉行所への戻りが遅くなったのである。一日の見聞を記した日録を与力の五十貝《いそがい》五十八郎《いそはちろう》に提出し、同心詰所を片付け、長屋門から大門に向かうところであった。御用箱を背負った中間《ちゅうげん》がふたりに続いた。

「今日は早めに帰る、と言ってきたんだ。済《す》まんが、急いでくれ」

塚越が石畳に足を掛けた時、長屋門の瓦《かわら》に硬いものが当たり、ころころと音を立てながら落ちてきた。小石にくるんだ投げ文《ぶみ》だった。中間の朝吉《あさきち》が駆け寄り、与兵衛に手渡した。

「朝吉」

与兵衛が表を顎《あご》で指した。朝吉が大門から飛び出した。

投げ文を広げた。ひどい金釘《かなくぎ》流で、

よさむの小《こ》すけ　かくれが　よし町のつぼや

と書かれていた。

「誰だ？」と塚越が訊《き》いた。「小すけって」

「聞き覚えがある。盗賊にそんなのがいたはずだ」

塚越がごくりと唾《つば》を飲み込んでいるところに、朝吉が首を横に振りながら戻ってきた。

「誰もおりませんでした」

「そうか」

与兵衛は玄関に走ると、当番方の同心に、大熊《おおくま》様はまだおいでか、と尋《たず》ねた。

大熊正《しよう》右衛《え》門《もん》は、同心を支配・監督する与力を束《たば》ねる最高位の与力、年番方与力の職に就《つ》いていた。町奉行を除くと奉行所で一番偉く、町奉行と言えど実務に長《た》けた年番方与力には頭が上がらなかった。同心らは、年番方与力を敬意を込めて《御支配》と呼んだ。

「御支配は、詰所で定廻りの報告を待っておられます」

朝吉らを玄関に待たせ、塚越と奥へ向かった。年番方与力の詰所は、同心に続く与力の詰所の更《さら》に奥にあった。途中、定廻りと臨時廻り同心の詰所の前を通ったが、中には誰もいなかった。

「入れ」大熊が、筆を硯《すずり》に置いて言った。「いかがいたした？」

与兵衛は投げ文のあったことを伝え、差し出した。即座に目を通した大熊が、

「定廻りは、まだ戻らぬのか」与兵衛に訊いた。臨時廻りともども出払っていることを告《つ》げた。

「ならば、戻るまで助けを頼む。隠れ家だと言う《つぼや》を知っているか」

葭町《よしちょう》は俗称で、堀江六軒町《ほりえろっけんちょう》が本当の町名であった。堀留町《ほりどめちょう》入堀に架《か》かる親父橋《おやじばし》の東詰がその一帯で、煮売り酒屋の《壷屋《つぼや》》は、通りの中程に位置していた。

「さすがに詳しいの」

「恐れ入ります。で、何をいたしましょう？」

「見張りだ。投げ文に書かれていることが確かなことか否《いな》かを調べてくれ。定廻りが戻り次第、代わりの者を送るでな。それまでの間、出張《でば》っていてくれ」

「承知いたしました」

大熊は戸棚の天板に置いていた箱を取ると、三枚の人相書を与兵衛と塚越の前に広げた。一枚は夜寒《よさむ》の小助《こすけ》で、他の二枚には伊勢《いせ》の留吉《とめきち》、河津《かわづ》の清六《せいろく》とあった。

無宿人小助事

「小助一味の者だ」

「御免《ごめん》」

与兵衛と塚越は人相書を膝許《ひざもと》に並べて置いた。

夜寒の小助
一、丈　四尺八寸（約百四十五センチ）程
一、歳　四十歳ばかり
一、色青白く　歯並び常の通り
一、目細く
一、眉《まゆ》毛濃く
一、鼻筋通り
一、顔面長

与兵衛と塚越は、手早く懐紙に書き写し、大熊の詰所を辞した。

朝吉らに、組屋敷に戻り、御用のため帰宅が遅くなる旨《むね》の言付けを頼み、夜の町を走った。手足として使っている御用聞き・主水河岸《もんどがし》の寛助《かんすけ》らは、見回りを終えたところで帰してしまっていた。こんなことになるのなら、と思いはしたが、今からでは遅い。

「投げ文の主が分かったぞ」駆けながら塚越が言った。「暦の読めねえ奴だ。投げ込むのなら、月番の方にしろってんだ。そうだろ?」

「どうかな」

「何でだ?」

「見張りは、一晩では終わらんだろう。だから、明日から月番の南を選んだのかもしれんぞ」

塚越が唸《うな》っている。明日からも見張りを続けるよう命じられるのではないか、と案じているのだろう。

「大丈夫だ。俺たちの見張りは今夜だけだ」

「本当か」塚越の相好《そうごう》が崩《くず》れた。やはり、そうだったのか。

「相手は人相書が出回る程の奴だ。大捕物になる。となれば、定廻りが仕切るに決まっているだろう」

「そうだな」

　塚越の足の運びが軽やかになった。

　数寄屋橋御門《すきやばしごもん》を抜け、そのまま三十間堀川《さんじつけんぼりがわ》まで走り、左に折れた。白魚橋《しらうおばし》を渡って楓川《もみじがわ》沿いに十二町（約千三百メートル）程行き、江戸橋《えどばし》を渡れば親父橋である。目指す堀江六軒町は目と鼻の先だった。親父橋の手前から息を整えながら歩いた。目指す煮売り酒屋は通りの中程にあった。

《壺屋》の縄暖簾《なわのれん》は仕舞《しま》われ、戸も閉められていた。

「おかしかねえか。早過ぎるな」

　与兵衛が言った。塚越が答えた。出職《でしょく》の者の仕事終《じま》いは七ツ半（午後五時）。ひとっ風呂浴びて、酒を飲もうという刻限に暖簾を仕舞うなど、滅多にないことである。

「人はいるようだぜ」

　店の中の行灯《あんどん》は、灯《とも》されていた。通り過ぎ、振り返った。

「弱ったな」

　材木の陰とか、見張りの出来る場所があるか、探しながら通りを進んできたのだが、相応《ふさわ》しいところはどこにもなかった。

　口の堅そうな商家に頼み、二階の一間を借り受けるしかないが、そこまでやるのは出過ぎとも思えた。どうするか。迷ったが、迷っていたのでは賊を逃がすことになる。

「どこか、よいお店《たな》を知らんか」塚越に訊いた。

「そうよな」

おうっ、と呟《つぶや》いて、斜《なな》め前の小体《こてい》な店を指した。爺《じい》さんと婆《ばあ》さんだけの団子屋だ、と塚越が言った。見回りの途中、よく休ませてもらっている。人品と口の堅さは請《う》け合うぞ。

「頼んでくれ。訳は、ここ数日の間に、ある男がこの辺りを通りそうなので見張りたいのだ、とでも言っておこう。念のため、口外せぬように、ともな」

「任《まか》せろ」

胸を叩《たた》いて裏戸から入った塚越が、間もなく笑みを浮かべて手招きをした。

団子屋の二階からは《壺屋》の表がよく見えた。窓障子《まどしょうじ》を細く開け、交代で見張ることにし、先《ま》ず与兵衛が窓際に座った。四半刻（三十分）程、手持ち無沙汰《ぶさた》にしていた塚越が、堪《たま》らんな、と言った。定廻りになったら、しょっちゅうこんな具合なんだろうな。

「それでも、引き受けるのか」

　与兵衛は大熊から、定廻りに推挙する旨を二度言い渡されていた。定廻りの助けとして捕物に加わり、南北両奉行所が捕縛出来ずにいた《百《ひゃく》まなこ》と《犬目《いぬめ》》の正体を突き止めたのが評価されてのことだった。母の豪《ごう》が、亡《な》き父・与左衛門《よざえもん》が長年務めていた町火消人足改《まちびけしにんそくあらため》の役に固執したため、二度とも断ったのだが、これ以上は断り切れそうにない。

「何かでしくじれば、話は立ち消えになるだろうしな。今度言われたら、その時考えればいい……」

　通りをひたひたと近付いて来る人影が見えた。

「誰か来るぞ……」

　塚越が這《は》うようにして窓辺に来た。

《壺屋》の戸を、ひっそりと叩いている。一言、二言、言葉を交わしたかと見る間に、戸が開いた。行灯の灯が男を照らした。年の頃は、三十前後。背丈も小助より高い。誰だ？　塚越が懐紙を広げ、書き写してきた人相書を読み上げた。

「三十二歳。色浅黒く……」

「色まで分からん」

「背丈は、五尺（約百五十二センチ）……」

「それくらいだ。とすると、伊勢の留吉か」

「そうだが、覚えていたのか」

「三人だからな。四人なら覚え切れぬが」

また来るぞ。塚越が、残る二枚の人相書を両の手に持った。年格好も背丈も人相書のふたりとは違った。

「近いぞ。一両日中に仕掛けるかもしれんな」

与兵衛も同じ思いだった。朝吉を帰さずに、連れてくればよかったか。奉行所に走らせる駒《こま》が要《い》った。

「何だ？　あいつ」

塚越が、親父橋の方から来る人影に目を留めた。軒下を探るようにして歩いている。身の丈と動きで、御用聞きの入堀《いりぼり》の政五郎《まさごろう》だと知れた。政五郎は、定廻りの占部《うらべ》鉦之輔《かねのすけ》の手先だった。

「俺たちを探しているんだ。連れてくる」

与兵衛は階段を降りると、裏口から表通りに出、政五郎を小声で呼び止めた。何か言おうとする政五郎を制して、二階に上げた。

「旦那《だんな》、これはよいところを見付けられましたね」

「占部さんは？」

「追っ付け来られると思いますです」

「走る道筋は決めてあるな？」

「勿論《もちろん》でございます」

ともに動かない時は、行き違いが生じないように、細かく道筋を決めてから動くことになっていた。

「では、伝えてくれ。伊勢の留吉らしいのと、男がひとり、《壺屋》に入った、とな」

「へい」

裏から裏に抜けて消えた政五郎が、半刻（一時間）程後、占部と手下の梅次《うめじ》と勝太《しょうた》を連れて戻ってきた。腹、減っただろう。済まなかったな。稲荷《いなり》寿司だ。占部は、竹皮の包みを置くと、政五郎に見張りを代わるように言った。勝太が茶を淹《い》れに下りた。

「伊勢の留吉が入った、と聞いたが」

「ほぼ間違いないかと」

「よし、いい手応えだ」食ってくれ。稲荷寿司を勧めながら、投げ文を拾った時の状況を、占部が訊いた。見た通りのことを話した。

「誰だろうな?」

「仲間割れではないですか」塚越が言った。

「そんなところだろうが、それでは芸がねえじゃねえか。もっと面白い絵解きはねえか」どうだ? 政五郎に訊いた。

「ここの」と床下を指して、爺さんではないですか、前に妙なのがいるから、何とかしてくれと。

「どうして、夜寒の名を知ってた?」

「元は盗賊だったとか」

「すると、大変なところを見張り所に選んだって訳か」

占部が与兵衛と塚越を交互に見た。塚越が、稲荷寿司を持ったまま口を開けている。落とすぞ。食っちまえ。冗談だ。占部が声に出さずに笑った。

「ご苦労だったな。後は、俺たちが引き受けた」

勝太の持ってきた茶を飲み、見張り所を辞した。

「何刻になる?」塚越が親父橋を渡りながら訊いた。

「さっき宵《よい》五ツ(午後八時)の鐘《かね》がなっていたから、そろそろ五ツ半(午後九時)くらいではないか」

「急ごう。今日は七ツ半までに帰ると言って出仕したんだ」

既《すで》に、二刻（四時間）が過ぎている。

「何かあるのか」

「取り立てではないが、今日の夕餉《ゆうげ》はあれなのだ。揚げ、と言えば分かるだろう」

油揚げに玉子を落とし入れ、出汁《だし》で煮、玉子が半熟になったところで食べる。二月《ふたつき》程前に教えたところ甚《いた》く気に入り、何度か膳《ぜん》に上がったと聞いていた。《犬目》を追っている時に、御家人の小野田定十郎《おのださだじゆうろう》に連れて行かれた本郷《ほんごう》五丁目の居酒屋《とんび》の巾着《きんちやく》という肴《さかな》だった。

旦那様、お早いお帰りを──。女房にそんなこと言われるのは滅多にないことなんだぞ。参ったな。塚越が頭を抱えた。

木戸門を押し開けると、迎えに出て来る足音がした。

「お帰りなさいませ」

多岐代《たきよ》と十歳になる与一郎《よいちろう》が玄関に現れ、手を突いた。

「お役目の方は？」

「後は定廻りの領分なので、任せた。それよりも」と、腹をさすって見せた。「昼餉《ひる》に蕎麦《そば》を手繰《たぐ》った後は、稲荷寿司を二個摘《つま》んだだけなのだ」

「仕度《したく》は整っておりますので、お着替えを」

「そうしよう」

差し料を渡し、居室に入った。刀架《とうか》に刀を掛け、多岐代が背に回った。肩先に多岐代の指が触れ、羽織《はおり》が腕を摺《す》り抜けた。帯を解き、着物を落とすと、着替えの着物が肩に掛かった。前を合わせた。多岐代の腕が腰から回り、帯を当てた。

「熱の具合はどうなのだ?」帯を締めながら訊いた。

母の豪が、数日前に引いた風邪《かぜ》をこじらせていた。

「まだ少しございます。昌庵《しょうあん》先生のお見立てによると、後一日二日で下がるのではないか、と」

昌庵は、組屋敷の並ぶ北島町《きたじまちょう》の医家だった。

「御膳は召《め》し上がったか」

「粥《かゆ》をほんの少し」

「様子を見てこよう」

廊下《ろうか》を奥へと向かった。隠居部屋は日当たりのよい、庭に面した奥にあった。庭に下り、薙刀《なぎなた》の稽古《けいこ》をしている時に風邪を引いたのだ。六十一歳なのだから、無理はしないようにと言ったのだが、それが気に入らなかったのだろう。丸一日口を利《き》かなかった。

「只今《ただいま》戻りました」障子の外から声を掛けた。

「お入りなさい」

中に入ると温気《うんき》が籠《こ》もっていた。

「いかがですか」

「よいように見えますか」

「食が進まないようですが、何か食べたいものはありませんか」

「粥ですが、もう少し塩が利いている方が好みだと、何度も言っているのに、覚えが悪いのですかね」

「言っておきます」

「また捕物の手伝いをしていたのですか」

「丙太郎と、少しの間、見張りをしただけです」

「そなたは昔から塚越様と馬が合うようですが、あの方は人としていささか軽いところがあります。朱に交われば、という言葉があります。何を言いたいか、分かりますね？」

「はい……」

「では、夕餉をいただきなさい。聞こえていました。玄関であのような話をするとは、情けなくて涙が出ます」

与兵衛は廊下に出、ひとつ大きな溜息《ためいき》を吐《つ》くと居間に向かった。

二

十二月一日。

「今日は手早く回って、夕七ツ（午後四時）には奉行所を出るぞ。女房殿が不機嫌でな」

塚越が、行くぞ、と見習の瀬島利三郎《せじまりさぶろう》に言った。利三郎は、本勤前の見習として高積見廻りに配属されている同心の卵である。与兵衛と塚越の見回りの供をして、高積見廻りの務めを覚えるのである。利三郎は定廻り同心・瀬島亀市郎《かめいちろう》の三男で後継ぎだった。嫡《ちゃく》男《なん》と二男は、ともに没《ぼっ》している。昨日は三日に一度の非番の日であった。

奉行所の与力同心は人数が決まっており、同時期に同じ家系の者が出仕することは出来ない。利三郎のような後継ぎは、出仕している父親が隠居するまでは、見習として務めを学ぶのである。だから三十歳を過ぎて見習の者もいれば、父親が早世したがために十五、六歳で本勤の者もいる。父の亀市郎は六十一歳で、利三郎は二十五歳になる。そこで塚越などは、瀬島は間もなく隠居するから、定廻りがひとつ空席になる。お前が後釜になる日も遠くないな、としつこく言っているのである。

ひとつの奉行所に定廻り同心は六人、臨時廻り同心も六人。この十二人のみがもっぱら刑事に働き、咎人《とがにん》を捕縛することが出来る。定廻りは、真《ま》っ当《とう》に暮らしている者のみならず、市中に潜《ひそ》む土地の顔役の心の襞《ひだ》にまで精通していなければ務まらない。本勤になりさえすれば、定廻りの息子は直ぐにも定廻りになれるという訳ではなく、周囲の者が認める力を備えていなければお役目に就くことはかなわなかった。

与兵衛が大門を出ると、主水河岸の寛助と手下の米造《よねぞう》と新七《しんしち》が駆け寄って来た。

「塚越様が、大層《たいそう》張り切って出て行かれましたが」

「手早く回ると言っていた」

この日、塚越は芝口《しばぐち》南辺りを回ることになっていた。高積見廻りは、町屋の者が通る河岸やお店前での荷の積み下ろしに乱暴な振る舞いがないか、祭礼など人出の多いところで荷を広げ、通る者の妨《さまた》げをしていないかを見回り、取り締まるのが役目だった。細かく見ていると同心ふたりでは手にあまる忙しさとなってしまうのである。手早く、は必要なのだが、それが難しいのだ。

「俺たちも行くか」

「今日はどちらに？」

「霊岸島《れいがんじま》を嘗《な》めてから、小網町《こあみちょう》を通って伊勢町堀《いせちょうぼり》を流すか」

「でしたら、《井筒屋《いづつや》》をじっくり見てやりやしょう」

下り酒問屋の井筒屋は、干した明樽《あきだる》の始末に杜撰《ずさん》なところがあった。透《す》かさず新七が先に立った。

霊岸島の中央を流れる新川《しんかわ》の両岸は、酒問屋と醬油《しょうゆ》問屋が軒《のき》を並べていた。舟が入れば、荷揚げと荷下ろしで殺気立つ。蔵へと荷車が走り、怒号が飛び、喧嘩《けんか》も起こる。荷の着かない時に、注意して回るのも務めのひとつだった。

「何度言わせれば気が済むんだ。間違って荷車で人を撥《は》ね、怪我《けが》でもさせてみろ。その者は待ったなしに遠島、雇い主もお構いなしとはゆかねえんだぞ」

あちこちで油を搾《しぼ》り、八ツ半（午後三時）を回った頃奉行所に戻ると、玄関の内側が騒々しい。

「何があった？」当番方の同心に尋《たず》ねた。

「出役《しゅつやく》になるという話です」

出役は捕物出役の略で、鎖帷子《くさりかたびら》、鉢巻《はちまき》、小手《こて》、臑当《すね》てなどで身を固め、賊の捕縛に出向くことをいう。

夜寒が《壺屋》にいるという裏が取れたのだろう。だが、出役は高積見廻りの役目ではない。与兵衛は寛助らを大門前の腰掛茶屋で待たせ、詰所に向かった。日録を書かねばならない。

見回った順路と立ち寄った商家名を列記し、注意を与えた内容を記していると、廊下に荒々しい足音が立った。塚越のものでも、与力の五十貝のものでもない。誰か、と見ていると占部鉦之輔が、

「何をしている？」半ば怒鳴《どな》るように言いながら詰所に入ってきた。「お前が、火を点《つ》けたんだ。消すところを見ないつもりか」

「しかし……」

「大熊様の許しは得ているぞ。塚越の分もな」

「私が、何か」

見回りから戻った塚越が、首を伸ばすようにして与兵衛と占部に訊いた。

「出役だ。来るか。それとも、何ぞ用向きがあるか」

「まったく何もございません。お供つかまつります」塚越が頭を下げた。

利三郎に気付いた占部が、父上も行かれる、見るか、と問うた。はい。利三郎が即答した。ならば、一緒に来るがよい。出役を見ておくのも、大切なことだからな。

「日録を書いたら、定廻りの詰所に来てくれ」

慌《あわ》ただしく戻ってゆく占部に、塚越がもう一度頭を下げ、掌《てのひら》を擦《す》り合わせた。

「賊のひとりでも逃げて来んかな。また、捕らえてくれるのにな」

また、とは、三月《みつき》前の白烏《しろからす》の伝蔵《でんぞう》一味捕縛のことを指す。ひとり、舟で逃げた伝蔵を追った塚越が、堀の際《きわ》から宙を飛び、舟に飛び移ろうとした。しかし、間合が足りなかった。手足をじたばたさせて堀に落ちる羽目《はめ》になったのだが、指先だけかろうじて舟に届き、伝蔵を川に落としたのだ。

「今義経《よしつね》、とは誰も言ってはくれなかったが、まさに義経並の身のこなしであったんだぞ」

「すごいものですね」と如才《じょさい》なく利三郎が答えている。

「自慢はよいから、早く書いてしまえ」与兵衛が言った。「俺は、朝吉を走らせて、帰りが遅くなると伝えさせる。塚越と利三郎の組屋敷にも寄らせよう」

「そうしてくれ」

利三郎が頭を下げ、塚越は文机《ふづくえ》に急いで向かった。

町奉行に見送られ、捕方出役の者たちが、当番方与力を先頭に奉行所の大門から出た。当番方同心とともに定廻りの占部鉦之輔と瀬島亀市郎の姿があった。それぞれ鎖帷子、鉢巻、小手に臑当てを付け、ものものしい。その後から捕方が続いた。与兵衛に塚越、主水河岸の寛助らも、列に付いた。

既に非番の北町からも出役の者が出ているはずである。賊の人数が多い時は、両奉行所から人が出ることになっていた。月番が表から、非番は裏から、賊が潜む隠れ家を急襲するのである。

《壺屋》前の通りは、人の行き来が止められ、周囲の家々の前には賊が逃げ込まないように捕方が配備された。出役姿の同心が、南町の当番方与力の許《もと》に駆け寄り、耳打ちしている。裏は北町が固めたと知らせているのだろう。間もなく、検使出役として捕物を仕切る当番方与力が、賊に大声で召し捕りを申し渡し、同心らが打ち込むことになる。

「もう直ぐですね」利三郎が生唾《なまつば》を飲み込んだ。

塚越が利三郎の背を叩こうとした時、

「高積ぃ」

聞き覚えのある声がした。振り向くと、北町奉行所の定廻り同心・松原真之介《まつばらしんのすけ》が、右手の人差し指で眉を掻《か》きながら、面白くねえな、と言った。

「また、発端《ほったん》は、お前さんなんだってな」

「投げ文を拾っただけですから、何かしたという訳では……」

「なぜ俺に投げてこない？」

「そのように言われても、私たちには答えようが……」

与兵衛が塚越に頷《うなず》いてみせた。松原は塚越を見ようともせずに、「お前はいつも」と言った。「いなくていい時に、肝心のところにいる。それが気に入らん」

当番方与力が定廻りの占部を呼び、何かを命じた。自らに代わり、占部に召し捕りの申し渡しをするように言ったのだろう。この与力は、申し渡しの役を必ず避《さ》けるという癖《くせ》があった。

占部は《壺屋》の戸口近くまでひたひたと歩を進めると、大声で捕縛に来た旨を叫んだ。大きな木槌《きづち》を担《かつ》いだ捕方が、声が止むのと同時に、潜り戸を叩き飛ばした。《壺屋》の表と裏で捕方の声が上がった。《壺屋》の中でも人が騒ぎ立てる声がしている。
「丑《うし》の日殺しだが、あれには手を出すなよ。俺が捕らえるんだからな」
先月、北町が月番の時に、二日、十四日、二十六日と三件続けて辻斬《つじぎ》りがあった。それが丑の日だったことから、丑の日殺しと呼ばれていた。
殺されたのは、
十一月　二日　信濃《しなの》国長沼《ながぬま》藩江戸上屋敷の勘定方・藤崎主計《ふじさきかずえ》
十一月　十四日　越前《えちぜん》国松岡《まつおか》藩江戸上屋敷の堀越一之助《ほりこしいちのすけ》
十一月二十六日　鎌倉町《かまくらちょう》の下り傘問屋《日野屋《ひのや》》佐兵衛《さへえ》
三者ともに、左肩口から一刀のもとに袈裟《けさ》に斬られ、懐中のものを奪われていた。その斬り口と丑の日ということで、同一の者の仕業と断定されたのである。
「いいか。次の丑の日は十二月の九日だ。ちょろちょろ出て来るなよ、間違ってお前さんを斬りたくはねえからな」
「旦那、始まりやしたぜ」
松原の手先を務めている御用聞き・汐留《しおどめ》の弐吉《にきち》が言った。弐吉は、寛助と同じく一旦隠居していたのだが、寛助が捕物に戻ったと知り、再び十手《じって》持ちに返り咲いてきたのだった。

捕方の怒声が上がり、輪が広がった。《壺屋》から飛び出して来た男が、捕方の持つ六尺棒を叩っ斬ると、身体《からだ》を右斜めに開き、刀を脇《わき》に構え、捕方をぐいと押していた。

「あれは、やっとうを齧《かじ》っていやがるな」

「背丈は五尺（約百五十センチ）弱、年の頃は四十過ぎ、となると、あいつですね」

と与兵衛が言った。「夜寒の小助でしょう」

「親玉じゃねえか」松原が塚越に、手伝ってやれ、と顎で小助を指した。

小助の刀が斜めに走り、捕方が転げて逃げている。

「いや、小助だと最初に気付いたのは、与兵衛だから、ここは……」

「ということだそうだ。怪我人を増やすと掛かりが大変だぞ」松原が与兵衛に言った。

出役で手傷を負うと、傷一カ所で養生代金三両が奉行所から下されることになっていた。与兵衛は苦く笑って歩を進め、小助の前に立ちはだかった。

「何だ、てめえは？　死にてえのか」

「品性下劣だが、腕だけはなかなかのようだな。どこで習った？」

「うるせえ」

小助が脇に構えるのを見て、与兵衛は刀を上段に取った。振り上げる刀の速度と、振り下ろす刀の速度を測っているのだろう、小助の額《ひたい》に汗が浮いた。

「分《ぶ》が悪い、と読めたか」

「…………」

「では、これではどうだ？」与兵衛は中段に刀を下ろした。

刀が下げ止まった瞬間を狙《ねら》って、小助が刀を斜めに振り上げながら、踏み込んできた。それまでだ。与兵衛が身体を退いた。小助の刀が、退いた与兵衛を追うように、思わぬ鋭《するど》さで伸びてきた。与兵衛は瞬間息を詰めた。もう少し退き足が浅ければ、いささか面倒なことになったかもしれない。しかし、稽古《けいこ》の量が小助と違っていた。危《あや》ういところでかわすと、小助の刀が虚空《こくう》に流れ、小手が伸びた。与兵衛の太刀《たち》の切っ先が、小助の指を打った。

「ぐっ」

小助の右手親指と刀が落ちた。食い縛《しば》った歯の間から息を吐き出しながら、右の手を抱えている。

「縛れ」

捕方が、小助に縄を掛けた。与兵衛は他の賊の様子を素早く見ると、切っ先を拭《ぬぐ》って鞘《さや》に納め、松原の脇に戻った。まだひとりかふたり抗《あらが》っているのがいるらしいが、ほぼ捕縛は終わりを迎えていた。遠巻きに見ていた町屋の衆から安堵《あんど》の声が漏《も》れている。

「旦那、お見事でした」寛助が与兵衛に駆け寄り、声を掛けた。

「見事じゃねえ」松原が与兵衛に言った。「高積、お前、小助を嘗め切っていたな」

気を付けろ、と松原が言った。慢心は太刀筋に出る。

「もし相手が修練を積んだ手練《てだ》れなら、もっと厳しい踏み込みをしたはずだ。今の退き足では逃れられんぞ」

こんな者に負けるはずがない。そんな思いで立ち合ったのを、見透かされていたのだ。恥ずかしさで頬《ほお》が燃える思いがした。黙って頭を下げた。

「旦那、終わったようでございますぜ」

寛助が松原に尻を向け、お縄になって《壺屋》から引き摺《ず》り出されている賊を見ながら言った。

三

十二月二日。夕七ツ（午後四時）。

与兵衛と塚越が同心詰所で日録を書いているところに、久留米六左衛門《くるめろくざえもん》が前触れもなく現れた。

久留米は六十三歳。後継ぎのひとり息子を病で亡くしたため、孫に同心株を継がせるまでは、と出仕している両御組姓名掛り《りょうおくみせいめいがかり》の同心であった。両御組姓名掛りは、南北の奉行所にひとりずつおり、それぞれの奉行所に属する与力、同心の役職、氏名、年齢などを記載したものを正副二部作るのが役目であった。一部は己《おのれ》の属する南町の奉行所に、もう一部は北町に出すためである。久留米は四十の頃に役に就いたから、もう二十三年、この役を続けていることになる。三年前からは、与力、同心の他に見習の者の名も記載することになった。久留米が突然詰所に来るとなれば、利三郎のことかと思ったが、それならば高積見廻りの担当与力の五十貝に尋ねるのが筋だろう。見習をいつから受け入れ、いつ次の掛かりに移すかを決めるのは、五十貝の役目である。

果たして久留米が口にしたのは、利三郎のことであった。七月から見習として高積に来た利三郎が、そのまま年が明けても高積にいるのか、年明けとともに他に行くのか、と久留米が与兵衛に訊いた。茶の用意をしていた利三郎が手を止めて聞き入っている。

利三郎がいつまで高積にいるのか、聞いていなかったが、聞いていたとしても答えるのは同心としては憚《はばか》られた。

「五十貝さんに、お尋ねになられましたか」

「こちらかと思い、参ったのですが」

「ご覧の通りです。おられません」

「お出掛けでしょうか」

「さあ、存じませんが」

「では、致し方ありません。出直しましょう」

久留米も心得ている。深追いはしない。となると、これで高積見廻りの詰所に留まる理由《わけ》はなくなった。しかし久留米は立ち上がらずに、詰所内をぐるりと見回すと、ひとつ小さな咳《せき》をして、

「昨日は、お手柄のようで」と言った。

「いいえ、大したことはいたしておりません」

久留米は与兵衛を見てから小さく頷き、

「お母上はご壮健で?」と訊いた。久留米は、やたらと与力、同心の家族について詳しかった。それに、一度聞いたことは忘れぬという特技があった。

与兵衛が、母は風邪を引いて臥《ふ》せっていると話している隙《すき》を見て、利三郎が塚越に、私はいつまでこちらにいるのでしょうかと尋ねたが、塚越や与兵衛の知るところではない。塚越があっけらかんと、俺に分かるか、と笑い飛ばし、それより、と利三郎に言った。

「どうだ? 帰りに、飲まんか」杯《さかずき》を傾ける真似《まね》をした。他役の者がお役目で来ている時に、もう用件は終わったからと、酒の話をするところが塚越だった。

「申し訳ありません。用がございまして」

利三郎の返事を笑いながら聞いていた久留米が、では、これで、と立ち上がろうとしたので、

「気にするな」と与兵衛も話に加わり、利三郎に言った。「付き合っていると身が保《も》たんぞ」

「誰だ?」塚越が口を尖《とが》らせている。「また道場の仲間か」

利三郎は、二十九日に剣術の道場仲間と出掛けていた。道場は、長久保《ながくぼ》道場と言った。鉄斎《てっさい》長久保弥五郎《やごろう》が興した一刀流《いっとう》の道場で、今は嫡男の聡十郎《そうじゅうろう》が代を継いでいる。明神下《みょうじんした》と下谷《したや》御成《おなり》街道に挟まれた神田旅籠町《かんだはたごちょう》一丁目にあった。

「いいえ」

「明日は非番なんだから、用は明日に回せ」

「無茶を言うな。利三郎にも、都合があるだろう」与兵衛が塚越に言った。

「ない。そんなものがあって堪《たま》るか」

俺が見習の時はな、誘われたら断らなかったものだぞ。塚越がくどくどと利三郎に説《と》いている。

「お若い方はいいですな」

久留米が、膝を押し上げるようにして立ち上がり、五十貝様を探してみます、と言い残して詰所を後にした。

久留米が詰所のある長屋門を出るのを見計らい、塚越が溜息混じりに言った。

「のんびりで、いいなあ」

「お前は、のんびりではないのか」

「毎日何を見ているのだ？　俺は律儀《りちぎ》に働いておるではないか」首を小さく横に振る

と、そうだ、と言って与兵衛を見た。「飲まんか」

「止めておこう」早く日録を書いてしまえ。手を止めている塚越を促《うなが》した。

「それでは、私は」利三郎が畳に手を突いた。

「ご苦労であったな」

利三郎は刀を腰に差すと、ふたりに交互に頭を下げた。

「素直。分かるな。人として何が大切か。素直に勝るものはない」

飲みに行こう。ああ、行こう。二つ返事で答える与兵衛で、いつもいてもらいたいものだな。塚越が饒舌《じょうぜつ》に話している間に、数寄屋橋御門を抜けた。朝吉には、飲んで帰ると多岐代への言付けを頼み、寛助らにはどこかで飲むように、と心付けを渡した。

「勝手ばかり言っていると、このまま帰るぞ」

塚越がくどく何度も誘うので、仕方なく折れたのだった。

「そう言うな。付き合いもまた務めのうちだ」

このまま三十間堀川に向かって東に行き、新《あたら》シ橋《ばし》の手前で北東に折れ、川沿いに進む。真福寺橋《しんぷくじばし》を渡り、八丁堀《はっちょうぼり》に臨《のぞ》む蜊《あさり》河岸と桜《さくら》河岸を過ぎ、中《なか》ノ橋《はし》を北に渡ると本八丁堀の三丁目になる。ふたりが行こうとしている煮売り酒屋の《きん次《じ》》は、藍玉《あいだま》問屋と稲荷に挟まれた一角にあった。

刻限はまだ七ツ半（午後五時）前である。人の姿も多い。ふたりは、同心を嫌う客の目に触れぬよう、裏戸から入り、二階へ上がった。二階は客のための座敷ではなく、金次《きんじ》と女将《おかみ》の居間である。

「酒と何か見繕《みつくろ》ってくれ」塚越が咽喉《のど》を鳴らし、鍋《なべ》を指した。「それは、何だ？」

「蛸《たこ》と里芋《さといも》の煮物で」

「取り敢《あ》えず、それと酒だ」

「へい」

酒と芋煮蛸は直ぐに来た。芋煮蛸は、醬油《しょうゆ》と味醂《みりん》と砂糖と生姜《しょうが》で煮込んであった。はふはふと言いながら食い、酒で流し込んだ。

「利三郎だが、親父の倅《せがれ》だけのことはある。出来がよいな」

「瀬島さんの隠居の話なら、もう聞き飽きたぞ」

「そう言うな。瀬島さんだが、最後のご奉公にと、丑の日殺しを探っているらしいぞ」

「北町が追っているのにか」

「そんなことに耳を貸す人ではない。しかし、出会《でくわ》しでもしたら、どうするつもりなんだろうな」

「失礼だが、瀬島さんの腕では勝てぬかもしれぬぞ」

「お前なら、どうなんだ？」

「……………」

退き技で勝てる相手でなさそうなことだけは確かだった。鎖骨《さこつ》もろとも袈裟に斬り下ろしているという。

「後七日で丑の日だ。また出るのかな」

塚越が呟いていると、階段を上って来る女将の足音がした。役目の話をしていたら止めるようにと知らせるために、わざと足音を立てているのだが、女将の立てる足音はいかにも忙《せわ》しない。だが、この心遣いがあるからこそ、《きん次》を贔屓《ひいき》にしているのだ。

「おう、待ち兼ねたぞ」

小女《こおんな》に手伝わせ、寒鮒《かんぶな》の辛子《からし》味噌《みそ》和《あ》えを盛った皿と、根深《ねぶか》のたっぷり入った湯豆腐《ゆどうふ》の鍋がきた。

「こいつは嬉《うれ》しいな」

塚越が歓声を上げた。寒鮒の辛子味噌和えは、塚越の好物だった。おろした寒鮒を削《そ》ぎ切りにし、辛子に酢、味醂、味噌を混ぜたもので和えるのだ。塚越の好みは、辛子が多目だった。

直ぐさま箸《はし》を付けた塚越が、美味《うま》い、と叫んだ。くすくすと笑う小女の尻を押すようにして女将が階下に下りた。

「久留米の爺様だが」と寒鮒を摘みながら塚越が言った。「枯れていると思うか」

「突然、何の話だ？」

「ちょいと粋《いき》なところに足を運んでいるらしいぞ。見た者がいるんだよ」

塚越は御用聞きを手の者として常に連れ歩いてはいなかったが、必要に応じて何人かの者に声を掛けていた。その中のひとりが、宵五ツ（午後八時）頃、赤坂田町《あかさかたまち》五丁目辺りをそぞろ歩く久留米を見掛けたらしい。五丁目には、俗に麦飯《むぎめし》と呼ばれる岡場所があった。吉原《よしわら》や深川《ふかがわ》を米とすると、一段落ちた麦に相応するというのが、呼び名の由来である。

「遊んだのかどうか、見た訳ではないのだろう？」

「あの爺様が、そんな刻限にどうして田町にいるんだ？　頭巾《ずきん》を被っていたようだが、いつもの中間を連れていたから、間違いない、と言っていた。遊びに決まっている」

「丸提灯《まるちょうちん》を見たくなっただけかもしれんぞ」

麦飯では女を置いている店は、軒先に丸提灯を吊《つる》しており、それを風情《ふぜい》と喜ぶ者もいた。

「与兵衛、お前はちと人というものが分かっておらん。俺はそれを惜《お》しむぞ」

塚越が寒鮒の皿を引き寄せた。

四

十二月三日。

どんよりとした鉛色の雲が江戸の空を覆っていた。寒い。

「今日は、どこいらを回りやしょう?」

「雑魚場《ざこば》だ。塚越が芝口の序《つい》でに見回ったばかりなのだが、その後で揉《も》め事があったらしいのだ」

高輪《たかなわ》の手前、金杉橋《かなすぎはし》を通り、金杉一丁目、二丁目、三丁目、四丁目と過ぎた四丁目の東方に砂浜がある。砂浜の南方は町屋となっており、浜町《はまちょう》と言った。ここでは雑魚が獲れるので、俗に雑魚場と呼ばれていた。

「またですかい?」

寛助が呆《あき》れたように顔を横に振った。浜で仕入れた魚を、棒手振《ぼてふ》りが急いで売りに行こうとする。ぶつかる。棒手振り同士の喧嘩になる。そこで巻き添えを食った土地の者が、網元に怒鳴り込む。揉め事の多くはそんなことだったが、飽きずに何度も繰り返している。

「網元にもっとしっかり束ねるように、ちいと脅《おど》かさねばならんな」

「するってえと、今日の昼餉《ひる》は?」

「袖《そで》ケ浦《うら》の海の幸《さち》だろうよ」

「ありがてえ」寛助が口許を拭う真似をした。

数寄屋橋御門を出、南に向かい、芝口橋を渡る。そこからは芝口一丁目から三丁目、その先にある源助町《げんすけちょう》まで見通せる。

「日蔭《ひかげ》に入るか」

通りひとつ西に行くと、日蔭町《ひかげちょう》と呼ばれる通りになる。昼夜問わず荷車の通り抜けが禁じられている新道だった。荷車が通らないだけで埃《ほこり》っぽさが違った。

擦《す》れ違う町屋の者が八丁堀と気付き、頭を下げてゆく。いい加減煩《わずら》わしいが、それも役目のうちである。八丁堀が来たと知れば、揉め事は収まりを見せる。

宇田川橋《うだがわばし》を渡り、俗に大横町《おおよこちょう》と呼ばれる通りを過ぎると、人影が濃くなる。神明《しんめい》前《まえ》である。

「旦那、もしかすると？」寛助が言った。

「何だ？」

「面《つら》ぁ無理でも、表の様子だけでも見てやろう、とか」

「そんなところだ」

表とは芝大門前の片門前《かたもんぜん》にある料理茶屋《浜田屋《はまだや》》の店構えのことで、面は主・宗《そう》兵衛《べえ》のことだった。この町は、片側だけの門前町であることから片門前と呼ばれていたが、気の短い江戸の者は大門前と言っていた。宗兵衛は、芝高輪の香具師《やし》の元締で、裏の稼業のひとつとして殺しを請け負っているという噂《うわさ》があった。

「今際《いまわ》の際《きわ》の仙蔵《せんぞう》に頼まれたからな。奴を捕まえてくれ、と」

御用聞きの仙蔵――。手下を持たず、ひとりで探索しているところから、はぐれの異名を取っていたが、己の死期を悟《さと》り、法の目を掻《か》い潜《くぐ》って悪事を重ねる者を闇《やみ》から闇に葬《ほうむ》っていた。殺しの時に、顔を見られぬようにと、子供の玩具《おもちゃ》である百まなこを付けていたところから、《百まなこ》と呼ばれていた。

「仙蔵でさえ殺《や》り残したんです。そんな奴が、尻尾《しっぽ》を出しやすかね？」

宗兵衛の、不気味な底光りのする目を思い出した。

「どんなに隠しても、狸《たぬき》には尻尾があるんだ。見付け出せれば、こっちの勝ちだ」

「これが他の旦那の口から出たのなら信じられねえんですが、《百まなこ》と《犬目》の正体を暴《あば》いた滝与《たきよ》の旦那のお言葉ですからね。ちいとばっかし、そんな気になりやした」

そうだな、と寛助が、ふたりの手下に訊いた。米造と新七は即座に、へい、と答えると、縄を掛ける真似をしていた米造が、旦那、と言った。

「今あっしの目に、本当に野郎をお縄にしているところがちらと見えたんでやすが、何だか川っ縁でやした。本当ですぜ」

「何寝惚《ねぼ》けてやがるんでえ」寛助が口調を荒《あら》らげた。「夜道もよちよち歩けねぇくせしやがって。見えたもねえだろうが。夢見ているんじゃねえぞ」

そうかなあ。首を捻《ひね》っている米造に、ありがとよ、と与兵衛が礼を言った。励みになったぜ。

へい。米造が項《うなじ》に手を当てた。

「そうなってくれると、よろしいんでやすが」

顔を振り上げ、くいと前を見た寛助が、人だかりがしておりやすが、と言った。

一町（約百九メートル）程先で通りの半分を人が塞《ふさ》いでいた。固唾《かたず》を呑《の》んで見入っているのだろう、向けられた背が固まったまま動かない。見てきやす。新七が駆け出した。与兵衛らも足を急がせた。

「あの辺りは、《浜田屋》じゃござんせんか」寛助が、思い付いたように言った。

「真《ま》ん前だ」

新七が駆け戻ってきた。大変でございます。《浜田屋》宗兵衛を刺そうってか、出《で》刃《ば》を持った男が宗兵衛と睨《にら》み合っておりやす。

「用心棒は？」

この四月に宗兵衛が外出するのを見掛けた時には、脇に用心棒と思われる浪人がいた。身のこなしに、一分の隙もなかった。

「おりやした」

「斬られるぞ」

「間に割って入れ」寛助が叫んだ。

「あっしが、ですか」

「決まっているだろうが。おめえが一番足が速いんだ」

新七が踵《きびす》を返そうとした時、見物の衆の悲鳴とどよめきが起こった。

寛助が、口をぱくぱくさせながら手の甲で追い払う仕種《しぐさ》をした。走れ、と言いたいらしい。新七が地を蹴《け》り、与兵衛らが続いた。

見物の衆が割れ、道に倒れている男が見えた。男の一間（約一・八メートル）先に出刃が転がっている。男の傍《かたわ》らに用心棒が立っていた。

「斬ったのか」与兵衛が用心棒に訊いた。

「ぶちのめしただけだ」

倒れている男を見た。右の腕が、手首のところで捻《ねじ》れていた。折られているらしい。

用心棒が脇差《わきざし》を腰から抜いた。黒く塗った樫《かし》の棒であった。

「これだ」

「命を取る程のことでもないからな」

米造と新七が男を抱き起こし、呻《うめ》き声を上げたところで、寛助が訊いた。

男の名は、伊兵衛《いへえ》。一月《ひとつき》程前にお店を人手に渡した竹皮問屋《佐乃屋《さのや》》の主だった。《佐乃屋》は土橋の南詰の二葉町《ふたばちょう》にあった。倅の放蕩《ほうとう》でお店を失ったと聞いていた。

「あの男に盗られたのです」伊兵衛が、宗兵衛を指した。怒りのためか、声が震えている。「自分は裏に回り、息の掛かった者を使い、博打《ばくち》と女で何も知らない倅を騙《だま》したのです、祖父の代から続く《佐乃屋》の暖簾《のれん》を……」

宗兵衛の後ろに駕籠《かご》が見えた。駕籠に乗ろうとしたところを襲ったのだろう。

「お役人様、手前は《浜田屋》の主で宗兵衛と申します」

膝許に手を置き、与兵衛を見詰めたまま頭を下げた。右腕を抱え、膝でにじり寄ろうとした伊兵衛を睨むと与兵衛に、二度目になりますな、と言った。

「確か、七、八か月前になりましょうか。ここで、お見掛けしたことが」

「すげえもんだ。よく覚えていたな。俺も忘れちゃいねえが」

宗兵衛よりも五つ六つ若いか、番頭風の、五十絡みの男が宗兵衛に耳打ちをした。

与兵衛を見詰める宗兵衛の目が、糸のように細くなった。

「お役人様が滝村様でございますか。お噂はかねがね承《うけたまわ》っております。《百まなこ》《犬目》と立て続けのお手柄、どのような御方かと思うておりましたが、まさかこのような折に、お目に掛かろうとは思ってもおりませんでした。以後よろしくお願いを申し上げます」

「何か間違えちゃいねえか。まともに生きている衆にお願いされるのは分かるが、裏で何をしてるか分からねぇような奴にお願いされる覚えはねえぜ」与兵衛は、伊兵衛を立たせると、「《佐乃屋》の言ったことは本当なのか」

「まさか。お疑いならばお調べいただければ」

「分かった。心置きなく調べさせてもらうぜ」

「これはきついお言葉で。とかく手前は悪く言われておりますが、それは飽《あ》くまでも噂でございます」

「じゃ何か、《佐乃屋》は噂でお前さんを刺そうとしたって言う訳かい?」

「仰《おつしや》る通りでございます。手前は博打場など開いたこともございませんし、《佐乃屋》さんのお身内の色恋沙汰《ざた》など何も存じ上げていないのが実情でございますからね」

何か証はあるのか。《佐乃屋》に訊いたが、そのようなものは何もなかった。評判から、《浜田屋》に行き着いただけだった。《佐乃屋》が叫んだ。この人でなしに決まっている。

「そういうことにしておこう」

与兵衛は寛助に《佐乃屋》を預けた。新七に、近くに医者がいるかどうか訊かせ、直ぐ呼んで来るように言い付けた。

「《佐乃屋》だが、どうする?」宗兵衛に訊いた。「襲われたと訴え出るか。そうとなれば、お前さんも奉行所に来てもらうことになるが」

「はて、《佐乃屋》さんは、そこで転ばれたのでは?」

「出刃は懐《ふところ》から落としただけか」

「そうなりますな」

唇を噛《か》み締めている《佐乃屋》を、寛助が宥《なだ》めている。

《浜田屋》の背後にいた用心棒に、名を訊いた。

「また会うことになりそうだからな」

「伏見行蔵《ふしみこうぞう》」

「差し支《つか》えなければ、生国は?」

「忘れた」

「そろそろお暇《いとま》してもよろしゅうございますか」

宗兵衛が駕籠の方を目で指しながら言った。

「構わねえよ。また襲われないように気を付けるんだぜ」

「旦那、襲われてはおりませんでございますよ。目の前で転ばれただけですので、お間違えなく」

宗兵衛が駕籠に乗ると、駕籠の左右と後ろの三方を、伏見ともうふたりの用心棒が固めた。

「ささっ、見世物ではありませんよ」

番頭風の男と目付きの鋭い男が、見物の衆を散らそうと、手で追い払っている。番頭風の男に訊いた。

「俺を知っていたようだな。名は?」

「庄之助《しょうのすけ》と申します」

「俺を、どこで知った?」

「手前どもの稼業では、旦那はちいと知られたお人なんでございます。調べなくとも、あれが滝村様だと教えてくれる者はあちこちにおりますので」

「そうか。精々《せいぜい》気を付けるとしよう」

「…………」

「もうひとつ。用心棒の名を教えてくれ。伏見行蔵と他のは誰だ?」

「それは……」

「さっさと言わねえか。……それとも、名乗れねぇ訳でもあるのか」

「古川鎌太郎《ふるかわかまたろう》様と赤池虎之助《あかいけとらのすけ》様で」

「おっかなそうな名だな」

「……では」

庄之助が《浜田屋》の門前へと引き返そうとしたところに、新七が医者を伴い戻ってきた。

「神明町にいたしましょうか」

寛助が言った。治療する自身番を、門前町のではなく、隣の神明町にするか、と訊いているのである。どのみち宗兵衛のことを尋ねる時は、自身番に詰めている家主や店番らに話を聞かれないよう外に出てもらうのだが、少しでも遠くにと思っているのだろう。寛助に任せた。寛助が指図をしている。

与兵衛は庄之助に目を遣《や》った。伊兵衛を見ていた庄之助は、与兵衛の目が己に向けられていることに気が付いた。庄之助は顔を背けると、倉吉《くらきち》、と目付きの鋭い男を呼び寄せた。何か言っている。倉吉は頷くと、《浜田屋》の門前を掃《は》き清めている若い衆に、さっさと済ませ、塩を撒《ま》くように命じた。若い衆の手が素早く動いた。

与兵衛は一渡り《浜田屋》の檜皮葺門《ひわだぶきもん》と玄関に続く道と植え込みを見てから、寛助らの後に続いた。

人込みにまぎれてゆく与兵衛らの後ろ姿を見送っている三人の侍がいた。ひとりは飲む・打つ・買うに強請《ゆす》りたかりと、破落戸《ごろつき》のような暮らしをしている本所《ほんじょ》の御家人・来島半弥《くるしまはんや》で、他のふたりはその取り巻きだった。ともに御家人の次男と三男である。

「ここまで伸《の》して来た甲斐《かい》があったな」半弥が、《浜田屋》を見詰めながらふたりに言った。

「当分酒代には困りませんな」

「しかし、あの用心棒、手強いですぞ」

「何てことはねえ。俺たちゃ、御家人だぞ。手出ししたら、大変なことになるくらいの分別《ふんべつ》はあるだろうよ」

三人は、暫《しばら》くの間《浜田屋》の前に佇《たたず》んでいたが、前祝いだ、どこぞで熱いのを飲もうではないか、と煮売り酒屋を探して裏通りに消えた。

《浜田屋》前の騒動と雑魚場の聞き取りなどで、奉行所への戻りは夕七ツ（午後四時）を大分過ぎていた。詰所には塚越の姿はなかった。利三郎は非番である。話し相手もいないので、帰ってしまったのだろう。与兵衛は急いで日録に取り掛かった。書くことは沢山《たくさん》あった。まず《佐乃屋》伊兵衛から聞いた倅・鶴之助《つるのすけ》の一件である。

　鶴之助が、《佐乃屋》出入りの扇太郎《せんたろう》という近在を回って竹皮を仕入れている者に誘われ、西久保《にしくぼ》は神谷町《かみやちょう》の香具師・卯左衛門《うざえもん》の賭場に出入りし始めたのは、二年近く前のことになる。最初はそこそこ勝ちを続け、そうしている間に客として来ていた麻布谷町《あざぶたにまち》の御菓子所《京屋《きょうや》》の女房・袖《そで》と知り合い、言葉を交わすうちに深い仲になった。気付いた時には袖の分の負けも背負い込み、借金は莫大《ばくだい》な額になっていた。後で判明したことだが、《京屋》には袖などという女房はおらず、また香具師の卯左衛門は鶴之助が勝手に持ち出した証文を、右から左に他の香具師に売り渡していた。初めから騙しに掛けられていたのは明白だった。だが、その真相を暴き、裏で操《あやつ》っていたのが《浜田屋》であるという証を探し出すのは、容易《たやす》いことではなかった。首を括《くく》ろうとした鶴之助は危ういところで助けられ、今は大坂《おおさか》の親類筋に預けられているらしい。その一件と雑魚場の件を書き終え、五十貝に提出し、奉行所を出た時には七ツ半（午後五時）を過ぎていた。

「待たせたな。何か腹に詰めて帰るか」

　寛助や中間の朝吉らに言葉を掛けたが、雲行きが怪しいからと真っ直ぐに引き上げることになった。

遅い夕餉を摂《と》り終えた頃、雨の落ちる気配がしたが、直ぐに止んだ。雪にならなければよいが、と思いながら床《とこ》に就いた夜更け、戸を叩き、訪《おとな》う声で目が覚めた。廊下に出ると、起き出して来た多岐代と豪の姿が見えた。

「夜分、済まぬ……」声の主は、同心の瀬島亀市郎だと知れた。

「瀬島様です。私が出るゆえ、多岐代は母上を頼む。母上、風邪がひどくなります。お戻りください」

「一体、このような刻限に何であろう……」

豪の案ずる声音が耳に届いた。与兵衛にしても同じ思いだった。

「只今。暫時《ざんじ》、お待ちください」外の瀬島に声を掛けた。

玄関は闇である。明かりを、と思っていると、玄関の方が仄明《ほのあか》るい。手燭《てしょく》の明りである。廊下を行くと、手燭を翳《かざ》し、刀を手にした与一郎がいた。

「よく気が回ったな。偉いぞ」

「はい」

戸を開けようとする与一郎を止め、与兵衛が三和土《たたき》に下り、引き戸を開けた。

いつ降り出したのか、雪が風花のように舞い落ちている中に、提灯を手にした瀬島亀市郎が傘も差さずに佇んでいた。

「そなたは、おるのだな?」瀬島が与兵衛を見て言った。

「はい。夜分ですので」

「では、どうなっておるのだ?」

「何が、でございますか」

「まだ利三郎が戻らぬのだが、高積の務めで出掛けたと聞いている。このような刻限まで、何をさせておるのか、聞きに参ったのだ。お役目とは何だ?」

「利三郎殿は、非番のはずですが」

今日は出仕していなかった。塚越も中間のみを伴って見回りに出たはずである。

「役目で非番返上だと、確かに申しておったが」

「そのような話は聞いておりません。第一、非番の利三郎殿を呼び出すような件は抱えてはおりません」

今何刻になるのか、瀬島に尋ねた。夜九ツ(午前零時《れい》)を回っていた。遅い。幕臣たる者、夜九ツを過ぎての外出には届けを出し、許しを得なければならない。さもないと、駆落者《かけおちもの》として行方《ゆくえ》知れず、すなわち欠落《けつらく》扱いされることになる。家の当主が欠落となれば家名断絶となることもあり、また家族が欠落した場合には、当主に届け出と探索の義務が生じ、事の如何《いかん》によっては厳しいお咎《とが》めを覚悟しなければならなかった。

「塚越に訊いてみましょう」

「造作を掛ける」

座敷に戻り、着替え、大小《だいしょう》と十手を腰に差し、黒の紋付《もんつき》羽織を羽織った。何か事が起こっていたのならば、町に出なければならない。そのための備えであった。

与一郎が見送り、木戸を閉めた。戻るまで起きているつもりなのだろう。顔に決意が表れていた。知らぬ間に成長しているのだ。

網代笠《あじろがさ》と提灯を手に、小路の角をふたつ折れた。提灯の仄明かりの中を雪が舞っている。与兵衛と瀬島の足音が、ひたひたと響いた。塚越の組屋敷の前に出た。刻限は九ツ半（午前一時）に程近い。屋敷は暗く沈んでいる。

木戸を押し開け、戸を叩き、小声で名乗った。

「夜分に済まぬ。滝村だ。滝村与兵衛だ」

戸の向こうで物音がした。与兵衛はもう一度名乗った。戸が開き、塚越が、何事だ、と張り詰めた声を上げた。

「利三郎に、何か申し付けたか」与兵衛が訊いた。

「俺が、か」

と訊いたところで、与兵衛の後ろにいる瀬島に気付き、軽く頭を下げ、「今日は、と言っても昨日だが、非番だから、会ってもおらん」と言った。「勿論《もちろん》、何も申し付けなどしていない。利三郎が、どうかしたのか」

まだ組屋敷に戻っていないことを告げた。

「この刻限にか」それは変だな。塚越が与兵衛と瀬島を見ながら首を捻った。「何か聞いていないか。昨日一昨日《おととい》と一緒に歩いていただろう？」

「思い当たることは、ないな」

「滝村」瀬島に呼ばれ、振り向くと、瀬島が塚越に頭を下げていた。「夜分に迷惑を掛けた。恐らく、どこぞで酔い潰れているのであろう。恥を晒《さら》した」

背を向けて塚越の組屋敷を後にした瀬島を見ながら、

「済まなかったな。寝てくれ」与兵衛が小声で言った。

「俺は寝付きがいいんだ。横になる前に寝ている」

おう。与兵衛は手で塚越に応えると瀬島を追い、並んだ。こうしている間に戻っているかもしれない。そう思っているのだろう。瀬島の足は、北島町にある瀬島家の組屋敷に向かっている。

小路から小路に抜け、瀬島家の組屋敷に入ったが、利三郎はまだ帰っていなかった。

「手先の者を集めましょうか」

「いや、それには及ばぬ。済まなかった。帰って休んでくれ」

「しかし……」

「何かあったとしても、この刻限ではどうにも出来ぬ。夜の明けるのを待つしかなかろう」

「……では」

膝に手を当て低頭して見送る瀬島に、同じ所作で応え、与兵衛は組屋敷に戻った。

出迎えた与一郎と多岐代にあらましを話し、半刻（一時間）したら様子を見に行くと伝えた。

「与一郎は明日に障《さわ》るから寝るとよいぞ。今夜はご苦労だったな」

しかし、待つと言う。明日は偶数日なので道場の稽古の日だったが、

「何かあった時のために、父上が戻られてから寝ることにいたします」

話は済んだとばかりに、腰を据《す》えている。

「ならば、火を落とした後で悪いが、熱い茶と何かあるかな？」

「この間いただいた干し柿がございますが」

半月程前のことである。市中に繰り出した美濃国大垣《おおがき》藩の若侍が、土地の破落戸と喧嘩騒動を起こしそうになったことがあった。丁度見回りの最中だった与兵衛が割って入り、騒ぎになる前に収めたのである。干し柿は、その礼として受けたものだった。ぽってりと肉厚で大きく、品のよい極上の甘さがあった。

「もらおう。食べるな？」与一郎に訊いた。

「訊くだけ野暮《やぼ》というものです」

どこで覚えたのか、町屋の者のような物言いをするようになっていた。これもまた成長の証なのだろう。

「熱い茶に干し柿。口福《こうふく》とは、これですよね」

「まあ、里の父のようなことを」多岐代が笑いながら立ち上がった。

半刻程が過ぎた。

「では、行ってくる」

雪は、まだ降り続いていた。地面が冷え切っていたのだろう。解《と》けずに、小路を白く化粧し始めている。寒かった。吐く息が提灯の明かりに照らされて白く見えた。

小路を曲がった。瀬島の組屋敷を目にした途端、木戸が開き、瀬島が飛び出して来た。

「……滝村か」

「まだ、ですか」

「まだ、だ」

ひたひたと近付いて来る足音がした。武家の歩みではない。提灯の灯が見えた。紺《こん》屋《や》町《ちょう》と書かれている。瀬島の手先として働いている御用聞き・紺屋町の三津《み》次《つじ》だった。三津次は与兵衛に会《え》釈《しゃく》をし、まだお戻りでは、と訊いた。瀬島が首を横に振った。

「手分けして、手下どもを走らせておりますので」

「済まんな」

「なに、若い時は羽目を外すこともおありです。朝になれば、笑い話になりまさぁ」

「笑い話には、せぬ」

瀬島が怒りを抑えようともせず、吐き捨てるように言った。

朝までの短い眠りを取っていた与兵衛は、戸を叩く音と寛助の声で目を覚ました。

玄関に走った多岐代の足音が、与兵衛の寝間に向かってきた。与兵衛は飛び起きた。

第二章　瀬島利三郎《せじまりさぶろう》の死

一

十二月四日。七ツ半（午前五時）。

「朝っぱら早くに、申し訳もございません」

寛助はそこで一旦言葉を切ると、多岐代が差し出した水で咽喉《のど》を潤《うるお》してから、再び口を開いた。

「今から半刻（一時間）程前のことになりやす。神田堀は甚兵衛橋《じんべえばし》近くの堤《つつみ》で、元御用聞き・永富町《ながとみちょう》の忠八《ちゅうはち》と手下・市助《いちすけ》の死体が見付かりました。斬り殺されているという話でございます」

甚兵衛橋ならば、寛助の住む主水河岸からは十町（約千九十メートル）程のところである。それで逸早《いち》く殺しを知り、駆け付けたのか。だが、殺しならば、高積見廻りの役目ではない。訳を訊いた。

「そのことでございますが、殺されていたのは、忠八らだけではなく、傍らに年若いお武家の亡骸《なきがら》もございましたもので」

「はっきり言え。誰なのだ？」

「どうも、利三郎様ではないかと」

「何だと」

少なくとも昨夜与兵衛が眠りに就くまで、利三郎は組屋敷に戻っていない。それら一連の騒動のことは、寛助は知らないはずだった。掻い摘んで話した。

「そうだったんでございますか。では、利三郎様かもしれやせん」

「見ていないのか」

「へい。亀井町《かめいちょう》の栄吉《えいきち》という御用聞きが、忠八やあっしと馬が合いまして、それで知らせてくれたのですが、もしかしたら利三郎様かも、と思い、あっしは旦那に知らせに走り、新七の奴に顔を見に行かせたのでございやす。追っ付け、こちらに知らせに来る手筈《てはず》になっております。甚兵衛橋には、米造を残してあります」

「寛助がこっちに来たということは、十中八、九利三郎に間違いない、と踏んだのだな」

頷きながら、寛助が言った。

「それと申しますのも」

旦那はご存じないかもしれませんが、永富町の忠八は十年近く前になりやすか、瀬島様に手先として出入りしていた者なのでございます。その手下の市助、こいつも忠八とともに十手稼業から足を洗っていたはずなのですが、一昨日ですから二日の日に、大門から出て来た利三郎様に駆け寄ると、ふたりで数寄屋橋御門の外に慌てて出て行くのを見掛けたのでございます。

二日というと、利三郎が塚越の誘いを用があるからと断った日になる。用とは、市助とどこかに行くことだったのか。

「市助が待っていたのだな？」

「左様《さよう》で。あっしがいつものように大門の前の腰掛茶屋にいると、市助の野郎がそわそわしながら茶屋の陰で待っておりやした。声のひとつも掛けておけば、と今になると思うのですが、申し訳ありやせん。あの時は忙《せわ》しねえ野郎だと舌打ちしていた次第で……」

足音が近付き、木戸を押し開け、新七が玄関口に立った。入れ。与兵衛が言った。

「旦那、利三郎様でございました」

「瀬島さんに知らせは？」

「そろそろ届く頃だと思います」

あっしがこちらに駆け出した時に、と寛助が言った。紺屋町の姿が見えたから、そんなところで間違いございません。

「着いたばかりで済まないが、このことを塚越に知らせ、甚兵衛橋まで連れてきてくれ。利三郎は、高積の見習だからな」

「承知いたしました」

走り出そうとする新七を多岐代が止め、与兵衛に訊いた。お茶を一杯差し上げてからでもよろしいでしょうか。

「それと干し柿もな」

多岐代が、ふたりに茶と干し柿を出している横を通り、手早く顔を洗い、口を漱《すす》ぎ、着替えて表へ出た。雪は止んでいた。思いの外《ほか》、積もっていない。あれから間もなく、止んだのだろう。

万が一のことがある。瀬島の組屋敷の前を通り、様子を見てから甚兵衛橋に向かうことにした。

小路を曲がると、瀬島が三津次らとともに駆け出すところだった。走る瀬島の姿が、提灯の明かりを受け、黒い影となって見えた。左右に揺れている。与兵衛が走る速度を落とした。

「旦那、どうなさいやした？」寛助が訊いた。

「少し間を空けよう。あの後ろ姿を見ながら走るのは、つらい……」


甚兵衛橋の南詰に捕方の提灯が見えた。そこだけ異様に明るい。まだ明け六ツ（午前六時）前なのに、野次馬も出ていた。堤の松林から、雪に傾いた枯れ草を掻き分けながら占部鉦之輔が下りてきた。後に続いているのは、誰が知らせたのか、北町の松原真之介だった。ふたりが瀬島亀市郎に頭を下げ、先に立って歩き、屈《かが》んだ。そこに利三郎らの亡骸があるのだろう。

与兵衛らも着いた。米造が駆け寄って来、例の丑の日殺しかと出張って来たようです、と松原の方に目を遣《や》りながら言った。

「昨日は丑ではないだろう？」

「未《ひつじ》でございます」

「袈裟《けさ》に斬られていたのか」

「すごい斬り口でした」

「分かった」

与兵衛は寛助らを伴って進み出ると、亡骸に掌を合わせた。占部が身を引いた。瀬島は目を爛々《らんらん》と光らせ、拳《こぶし》を握り締めたまま立ち尽くしている。利三郎の亡骸に掛けてあった菰《こも》を捲《めく》った。ぱっくりと口を開けた肩の斬り口から、断《た》ち斬られた白い鎖骨が覗《のぞ》いた。寛助が思わず息を呑んでいる。袈裟斬りだ。丑の日殺しの手口と同じではないか。

「よろしいですか」与兵衛が占部に訊いた。占部が頷いた。

既《すで》に占部らが調べたのだろう。帯は解かれていた。与兵衛は提灯の明かりを近付けさせ、利三郎の目を覗き込みながら足に触れた。目は僅《わず》かに混濁《こんだく》し始めており、身体は硬直していた。次《つ》いで格子《こうし》柄の着物を開き、背を見た。赤紫色の死斑《しはん》が広がっている。与兵衛が死斑を指で突いた。突いたところの死斑が消えた。

「凡《おおよ》そ三刻（六時間）か四刻（八時間）前ですね」

「俺もそう見た」占部が言った。

「丑の日ではないですが、丑の日殺しの目も捨て切れませんね」

三刻から四刻前とすると、殺されたのは宵五ツ（午後八時）から夜四ツ（午後十

時）の間になる。これまでの丑の日殺しの刻限は、

長沼藩士　小石川《こいしかわ》の白山権現《はくさんごんげん》近くの路上　六ツ半（午後七時）過ぎ
松岡藩士　麻布谷町の路上　六ツ半（午後七時）過ぎ
《日野屋》　内神田須田町《すだちょう》の路上　宵五ツ（午後八時）過ぎ

であるから、特別外れた刻限ではない。

「そうよな……」占部がいつになく力のない返事をした。

着物の前を合わせ、もう一度掌を合わせてから、忠八と市助の亡骸に移った。ふたりとも利三郎と同じ頃に殺されていた。斬り口を見た。忠八は背を断ち割られていた。傷は深い。恐らく利三郎を斬った者の仕業だろう。だが、市助の傷は違った。ひとりだけ刺し傷だった。三人を一度に相手にすれば、刺すこともあるだろうが、襲った者がふたりかそれ以上ということも考えられる。市助の身体を裏に返して調べていると占部が、どうした、と言った。

「傷は、それだけだぞ」

「市助だけ刺し傷ですが」

「もうひとりいたのかもしれんな」松原が言った。「見張り役とかな」

「盗られたものは？」与兵衛が訊いた。

「瀬島さんの話だと、忠八と市助の半切《はんきれ》がなくなっているかもしれないそうだ」

半切は丈短く切った紙で、御用聞きの多くは、それを束にして懐に入れて持ち歩き、書付けに使っていた。寛助も手下の米造も持っている。

「では、それを盗るために？」

「どうであろう。持って出なかったとも考えられるからな」占部が言った。「他に盗られたものはないようだ。巾着《きんちゃく》はあった」

「半切を奪われたとしたら、何が書かれていたか、ですね」

「今、政五郎をふたりの家に走らせている。半切を盗られたか否か、間もなく分かる」

入堀の政五郎は、占部が手先として使っている御用聞きである。

「何を調べていたのでしょうね？」与兵衛が傍らにいた松原に言った。

「答えられないことを訊くな」松原が、吐き捨てるように言った。

占部が捕方に、亡骸を大八車《だいはちぐるま》に積むように命じていると、入堀の政五郎と手下の者が駆け戻ってきた。ふたりとも半切は持って出掛けたという話でございます。

「これで、何かを探っていて殺されたと見ていいだろうな」

瀬島が頷きもせず、目を見開いて立ち尽くしている。占部は、瀬島に目を遣ると、松原と与兵衛に言い聞かせるように言った。

「今言えることは、南だ北だと言わず、何としても殺した者を見付け出さねばならねえってことだ。この一件に関しては、隠しごとなしでいこうぜ」

奉行所まで運んでやってくれ。そっとだぞ。捕方に言った。

大八車が動き始めた頃、新七に案内されて塚越が着いた。


占部らの反対を押し切り、瀬島亀市郎は自らの立ち会いの許《もと》で利三郎らの検屍《けんし》を行わせた。その頃には、利三郎の母も奉行所に来ていたが、気の済むようにさせてください、と言うと口を閉ざし、一点を見詰めたまま端座していた。忠八と市助の女房らも、奉行所の一室を与えられ、検屍が済むのを待っている。済み次第、小者らの手により家に送られ、通夜の仕度に移る。葬儀の許しは出ていた。

滝村与兵衛の妻・多岐代と与一郎は、手伝いとして瀬島の屋敷に来ていた。襖《ふすま》の取り外しや寺への連絡などは中間小者がてきぱきと動いたが、屋敷での通夜と葬儀となれば細々としたことが出て来る。そのための手伝いだった。与一郎は、

――何でも見ておくことです。見ておいて無駄《むだ》なことはありません。私ならひとりで大丈夫です。

という豪の勧めもあり、道場の稽古を休ませ、連れて来ていたのである。

しかし、このような時は、ぽかりと手が空くことがある。見回すと、与一郎が同い年程の者と話していた。眩《まぶ》しげに目を細める癖のある、見覚えのない子だった。与兵衛が見ていることに気付いた与一郎が、道場の友です、と言った。

「久留米参之助《さんのすけ》です」前髪を揺らして頭を下げた。

「六左衛門様の?」

「孫になります。私は三男で、与一郎とはいつも竹刀《しない》を交えています」

「そうであったか。ともに腕を磨《みが》くようにな」

「はい」と答えると、参之助は兄に呼ばれて奥に走って行った。

程なくして、利三郎の棺《ひつぎ》が組屋敷に着くという前触れがあった。皆が手を止め、小路から屋敷の中まで通り道を挟んで並んだ。棺を迎えるため、雪はきれいに取り払われ、ぬかるみには茣蓙《ござ》が敷かれている。四角い座棺《ざかん》が小路を曲がって来た。合掌し、頭を下げて棺を迎えた。嗚咽《おえつ》が起こった。屋敷の木戸門で利三郎の母の藤《ふじ》が、低頭して棺を迎え、奥へと誘《いざな》った。藤に続いて棺が、奥の間に上がってゆく。

一瞬のざわめきの後、玄関周りから人が消えた。屋敷内や庭にと、移ってしまったのだ。行き遅れた多岐代が奥に向かおうとしたところで、中間が木戸の外で柿渋《かきしぶ》色の羽織の若侍と立ち話をしているのに気が付いた。若侍はひどく驚いた顔をして、屋敷を覗き込むような仕種をし、更に二言、三言、言葉を交わしてから去って行った。

「どうかしましたか」多岐代は中間に訊いた。

「瀬島様の組屋敷はこちらか、と尋ねられたので、そうだとお答えすると、何かあったのか、と。利三郎様のことを申し上げると、大層驚かれて、では今朝方甚兵衛橋近くで殺されたのは、こちらの利三郎殿であったのか、と仰るではありませんか。これはお通しせねばと思い、通夜の用意をしているところですが、中にどうぞ、と申し上げ、御名を尋ねると、どうしたことか、逃げるように行ってしまわれたのでございます」

「名乗らなかったのですね？」

「はい」

「分かりました」

多岐代が振り向き、庭にいる与一郎を呼んだ。

「背丈は父上と同じくらいで、柿渋色の羽織を着た、年の頃は三十前程の侍が、今あちらの方に行きました」木戸の向こうの小路を手で示しながら言葉を継いだ。「直ぐに後を尾け、どこの誰かを見極めてきてください。金子《きんす》は？」

「些少《さしょう》ですが、持ち合わせています」

「覚悟が足りませんでした。私は紙入れを屋敷に置いてきてしまいました。万一の時は」

「どこかの自身番か大店《おおだな》に立ち寄り、南町の高積見廻り・滝村与兵衛の倅だと名乗り、借りますので御心配なく」

「では、頼みました。危ない真似は駄目ですよ」

はい、と答えるが早いか、与一郎は木戸を飛び出すと、若い武家が去った方へと駆け出して行った。


柿渋色の羽織の侍は直ぐに見付かった。海賊橋《かいぞくばし》に向かっているらしい。与一郎は間合をしっかりと取り、見逃さぬように足を運んだ。

侍は、何か考えごとをしているのか、背後に気を回す余裕もなく歩いている。無防備なものだ。これなら、尾けるのも容易《たやす》いだろう。与一郎はほっとしながら、尾けることにばかり気を留めていた己に気付いた。私も同様か。まさか、私が尾けられているということはあるまいな。

柿渋色の羽織は目立っている。見逃すものではない。ならば、と与一郎はお店の軒を掠《かす》めて歩きながら、そっと後ろを盗み見見た。三度見たうちの二度、同じ男が目に付いた。年の頃は三十過ぎ。足の運びからすると、堅気《かたぎ》の者とは思えなかった。屋敷に出入りしている御用聞きの寛助らと似たにおいもしている。よし。腹を括り、お店横の抜け裏の角で待ち伏せた。

ひょいと抜け裏を覗き込んだ男に、私を尾けているようですが、どなたですか。ぎょっとして男が立ち止まった。八丁堀の倅とはいえ、僅か十歳の元服前の子供に尾行を読まれたのである。男は思わず唸り、御新造様、いえ、お母上様から尾行を手伝うように言われた者でございます。若様がお出ましになった直ぐ後に、瀬島様の組屋敷に着いたもので、このような仕儀になりまして、相済みませんでございます。

「親分の名と、あなたの名をお聞かせください」

「へい。紺屋町の三津次の手下で房吉《ふさきち》と申します」

「承りました。房吉殿を信じてもよいと思うのですが、まだ少し疑念は残っています。しかしこうしている間に見失っては、務めが果たせません」

歩きながら話しましょう。与一郎は房吉に言うと、紺屋町の親分さんに手札を与えたのはどなたですか、と訊いた。

「瀬島の旦那です。瀬島亀市郎様。定廻りの御方です」

「瀬島様の御子息の名は？」
「利三郎様ですが」
「得心しました。信用いたします」
あの柿渋色の羽織の方を尾けています。へい、と答えながら、房吉はこの倅の親ならば、次の定廻りも頷ける、と舌を巻いていた。

柿渋色の羽織の侍が海賊橋から江戸橋を抜け、伊勢町堀沿いの道を道浄橋《どうじょうばし》の方に向かっていた時、定廻りの同心詰所に、定廻りと臨時廻りに例繰方《れいくりかた》から椿山芳太郎《つばきやまよしたろう》、それに高積見廻りが集められていた。与兵衛と塚越が呼ばれたのは、利三郎が見習として配されていたからだった。

占部鉦之輔の後から年番方与力の大熊正右衛門が詰所に入ると、私語が止み、居住まいを正す衣擦《きぬず》れが起こった。始めるように、と大熊が占部に言った。占部が甚兵衛橋での一件の概略を話した。

「見出人《みいだしにん》は、亀井町の籠問屋《籠目屋《かごめや》》の手代・春太郎《はるたろう》二十七歳。皆も知っているように市中に出回る籠の多くは亀井町から棒手振りに卸された品だ。今朝方春太郎は荷の仕分けをし終え、小伝馬上町《こでんまかみまち》にある千代田《ちよだ》稲荷に参ろうとお店を出、堤の前を通り掛かり、亡骸に気付いたということだ。春太郎は御用聞き・亀井町の栄吉の許に走り、栄吉から亀井町の自身番と南町に知らせが来たという次第である。ここまではよいな？」占部は続けた。「殺害されていたのは、瀬島利三郎二十五歳。瀬島さんの三男だ」

まだ知らないでいた臨時廻りの者数名から、驚きの声が漏れた。瀬島は唇を固く結んだまま、ぴくりとも動かないでいる。

「それに、今は隠居している元御用聞き・永富町の忠八七十四歳と手下の市助四十五歳。以上の三人だ。殺されたのは亡骸の状況からして、昨夜の宵五ツ（午後八時）から夜四ツ（午後十時）。瀬島さんの話によると、忠八は十年前に隠居してからは町の揉め事の仲裁などをしていたらしい。手下の者一名は病没、一名は生まれ故郷に戻り、久松町《ひさまつちょう》の煮売り屋の娘を嫁にもらった市助だけが、時に忠八の手伝いをしていたと聞いている。その忠八と市助の半切が盗られた形跡がある。もし盗られたのであれば、調べられていると知った者が殺したことになる。先程忠八の女房に訊いたのだが、捕物のことは話さない質《たち》だったらしく、何を調べていたか、知らなかった。後程家を訪ね、書き残しているものがないか、調べるつもりでいるが、ここまで、何かないか」

丑の日殺しとの関連を尋ねる者がいた。不明だと、占部が答えた。

「よろしいでしょうか」与兵衛が言い、占部が頷いた。大熊が目を上げて、与兵衛を見た。

「私の手の者・主水河岸の寛助が、一昨日の夕刻、大門を出た利三郎殿が、待っていた市助と何やら急いで数寄屋橋御門に向かうのを目にいたしております。そして襲われたのが昨夜ということは、何かを調べていたのが、ここ数日で動いたということではないかと思われます。丑の日殺しも気になりますが、ここはふたりがどこに向かったかを調べるのが、解決の糸口になるかと存じますが」

「そのようなことがあったとすると、利三郎らの動きを煙たく思うた者がいたとも考えられるな」大熊が言った。

「何を調べていたか。これを知る手掛かりは、利三郎と忠八と市助、この三人の中にあると見てよいようだな。利三郎が何か言っていませんでしたか」

占部が瀬島に訊いた。瀬島がゆっくりと首を横に振った。

「では、何か書いているものがあるかもしれません。探してもらえますか」

「分かった……」瀬島が言った。

「高積には、何か言っていなかったか」

占部が訊いた。与兵衛と塚越に、心当たりはなかった。

「市中見回りの時に、何か見掛けたとも考えられる。日録を遡《さかのぼ》り、調べてくれ」

「心得ました」与兵衛と塚越が答えた。

「忠八と市助については、俺が調べる」占部が言った。「例繰方は、あの斬り口をもう一度調べてくれ。袈裟斬りだ。ともかく、その類《たぐい》の話があったら、細大漏らさず挙げてくれ」

椿山が、膝に手を当て、首肯《しゅこう》した。

「書き物だけか」瀬島が占部に訊いた。「他に何をすればいい？」

「瀬島さんには、利三郎が屋敷に何か書き残していないかを見てもらえれば」

「後は黙って見ていろ、と言うのか」瀬島が占部を睨《にら》み上げた。

「それで指を銜《くわ》えている瀬島ではなかろう」大熊が占部に言った。

「しかし、これまでは身内が絡んだ場合は、探索方を遠慮するのが……」

定法となっていた。

「確かにそうだが、遠慮する瀬島でないことは明白であるし、倅を殺された親として外すのはあまりに忍びない。ここは、どうだ？　探索に加えてやっては」

「御支配がよいと仰せならば、私どもに異存はございませんが」

「だが、ひとりで探索という訳にはゆかぬな。儂《わし》がよいと言うまで、滝村に預けることにいたす」

与兵衛と瀬島の目が合った。

「瀬島、滝村に従《したご》うて調べるのだぞ。万一にも、勝手な振る舞いをした時は、探索から外す。よいな？」

「……致し方ございません」瀬島が答えた。

「お待ちください」与兵衛が大熊に言った。「お言葉ではございますが、私には高積の務めがございます」

「定廻りも臨時廻りも抱えている案件は山程ある。五十貝には伝えておくゆえ、また助《すけ》働きをしてくれ」

「これまでと同様、掛かり切りではない、ということでよろしいのでしょうか」

「ならば、受けると申すのであればな」

「その時、瀬島さんは？」

「其《そ》の方と一緒に見回ればよいではないか。少しは気晴らしになろう」

瀬島のこめかみに青い筋が浮いた。大熊は気付かぬ振りをして塚越に言った。

「何かと多忙になるであろうが、済まぬな」

「とんでもないことでございます。高積の務めは天職と心得ますれば、多忙は喜び以外のなにものでもございません」

「左様か。忘れぬぞ」

「はっ」塚越が低頭した。

「滝村、瀬島を頼んだぞ」与兵衛も塚越の隣で低頭した。

「五十貝を年番方の詰所に呼んでくれ」

大熊は傍らの同心に申し付けると、定廻りの詰所を後にした。

瀬島が立ち上がりながら与兵衛に、斬る、と言った。見付け次第、斬って仇《あだ》を討つからな、止め立ていたすなよ。

塚越が聞こえない振りをして横を向いた。

高積見廻りの詰所に戻り、『江戸大絵図《えどおおえず》』を広げた。瀬島は脇に座り、与兵衛と塚越のすることを凝《じ》っと見ている。

「利三郎と見回ったところに印を付けよう」

「だったら」

塚越が碁笥《ごけ》を取って来、一方を与兵衛の手許に滑《すべ》らせた。黒石だった。

「石を置けば、一目瞭然《りょうぜん》だろ」

「賢いな」

「我が才知の片鱗《へんりん》よ」塚越は一瞬胸をそびやかしたが、直ぐに真顔になると訊いた。

「いつ頃からにする？」

「取り敢えず先月の二十日以降にするか」

「どうしてだ？」瀬島が訊いた。

「利三郎殿が」

「利三郎でよい」

「利三郎が、もし何かを見るか、聞くかしたとしても、それ程前のことではないような気がするのです。何かを見るか、聞いたので、忠八を使って調べ始めたのでしょう」

「逆かもしれんぞ。忠八が利三郎を呼び出したとか」

「それはないと思います。そのような時は、瀬島さんのところに走るはずです」

「……であろうな」

白い碁石《ごいし》を掌の中でカチカチと鳴らしていた塚越が、いかん、と呟いた。思い出せん。

「日録を借りて来る」

苦笑しそうになり、与兵衛は思わず顔を引き締めた。瀬島は腕を組み、瞑目《めいもく》している。黒の碁石を置いた。

十一月二十日から一昨日の十二月二日まで、十二日。その間、非番の日は、十一月二十日、二十三日、二十六日、二十九日の四回。出仕した日数は、八日。非番明けの度毎に、与兵衛と塚越が交代で供をさせるので、与兵衛が利三郎を伴って見回りに出たのは、二十一日、二十二日、二十七日、二十八日の四日。

二十一日は、昼前は浜町堀界隈《かいわい》を、午後は行徳《ぎようとく》河岸界隈を見回った。

二十二日は、昼前は西両国《りようごく》の広小路を、午後は東両国広小路から回向院《えこういん》界隈を見回った。

二十七日は、昼前は柳橋《やなぎばし》界隈を、午後は神田川を遡り、筋違御門《すじかいごもん》辺りまでを見回った。

二十八日は、筋違御門辺りから、四ッ谷《よや》御門辺りまでを見回った。

その間に、荷の置き方や荷車の扱いに注意を与えたお店などは幾つかあったが、遺恨が生ずるような揉め事などは何もなかった。

唸っているところに、塚越と五十貝が来た。

五十貝が、瀬島に悔《くや》みを述べている間に、日録を繰《く》った塚越が、浅草《あさくさ》、本材木町《ほんざいもくちょう》、日本橋《にほんばし》、鎌倉《かまくら》河岸、神田青物市場と石を並べ、最後に芝口南と赤坂に置いた。

「どうだ？　何か思い当たることは？」五十貝が訊いた。

「これと言って、何も……」

「滝村も、ないのだな？」

「ございません」

「では、見回り中に何か見た訳ではないのであろうか」五十貝が与兵衛に訊いた。

「いずれ何か思い出すかもしれませんが、今は次に回りたいと存じます」

「次とは？」瀬島が乗り出した。

「忠八と市助の家に参りましょう」

「そこは占部が調べると言っておったが」

「悔みを言いに行き、序《つい》でに尋ねることにすれば、角《かど》は立たないでしょう」

「よし」気忙しく立ち上がった瀬島を止め、与兵衛は五十貝に助けに出ることを詫《わ》びた。

「出来る限り手伝いに戻りますので」

「その時は、俺は休ませてもらうぞ」瀬島が与兵衛を睨んだ。

「ひとりで動かれては、大熊様との約定が果たせません。来ていただきます」

「少し手柄を立てたからと、図に乗っているのではないか。先程は御支配の手前、黙って聞いていたが、俺が何年定廻りをしていると思っているんだ」

瀬島の拳が膝の上で震えている。

「十分承知いたしております。だから、申し上げているのです。今の瀬島様は怒りで物事が見えなくなっています。無理もございません。ですが、暫《しばら》くすれば、元に戻る。御支配もそうお考えになったからこそ、一番間の抜けた私にお預けになったのです。そこをお汲《く》み取りください」

「抜けてなどおらぬ。分かっている。分かっているのだ。済まん……」

瀬島が声を絞り出すようにして言った。

「何だな」と五十貝が、背筋を伸ばし、掌を擦り合わせ、似合わぬ笑顔を作ってみせた。「滝村、我々はもう慣れておるから、後のことは案ずるな。天職だと言った者もおるらしいからな」

塚越が、首を竦《すく》めた。与兵衛は礼を言いながら、瀬島を見た。顔を背けている。

何としても、利三郎を殺《あや》めた者を見付け出さねば。

与兵衛の目に、利三郎の笑顔が浮かんだ。

二

忠八の家は鎌倉河岸の北、永富町にあった。女房の兼《かね》は、小間物の小商いをしている。小間物屋を開く金は、祝いとして瀬島が出した。同心と手先の御用聞きは、そのようにして繋《つな》がりを強固なものにしているのである。

「組屋敷に寄らせてもらいたいのだが」瀬島が言った。

「はい」

数寄屋橋御門を出た与兵衛らは、東に向かい、八丁堀に出た。

人通りの少ない小路を、瀬島を先頭に与兵衛らが続いた。しかし、それぞれの中間に手先の者がいる。足音が大仰に小路に響いた。

「直ぐ戻る。ここにいてくれ」

瀬島がひとりで組屋敷に入った。紺屋町の三津次が、ちょいと手下どもを見てきます、と裏に目を遣った。手伝いに回しているのだ。

「必要なら、米造か新七を貸すぞ」

「ありがとうございやす」

三津次が裏に回ると、擦れ違うようにして多岐代が表に出て来、与一郎が利三郎の死に驚いていた若侍の後を尾けていることを話した。

「紺屋町の親分のところの房吉さんが来合わせたので、与一郎の後を追わせたのですが、大丈夫でしょうか」

「与一郎ならやってのける。安心して待っていなさい」

と言いはしたが、不安な思いは多岐代と同じであった。

「父上、お出《い》ででしたか」

声に振り向くと、与一郎がいた。背後にいるのは、房吉だった。安堵の表情を隠し、どうであった、と訊いた。突き止めたか。

「はい」

御徒町《おかちまち》にある徒衆十五組の林田新左衛門《はやしだしんざえもん》様の組屋敷に入った、と与一郎が得意げに答えた。

「ですが、入ったのがどなたの組屋敷なのか分かったのは、房吉殿が辻番で詳しく訊いてくれたお蔭です」

「よくやったぞ」

与一郎に答え、与兵衛は多岐代とともに房吉に礼を言った。待っておくんなさいやし。房吉が慌てて、身を引き、腰を屈めた。

「ご本人の前で申し上げるのも何ですが、こちらはとんでもない若様でございますです。あっしは魂消《たまげ》ました……」

何をそんなに魂消たのか、訊こうとしていると、瀬島とともに占部鉦之輔の新造が出て来た。

「通夜の仕度などは私どもに任せ、一刻も早く、手に掛けた者を捕らえてください。それが何よりの供養《くよう》でございますから」

新造はそれだけ言うと、隣家の木戸を押し開け、玄関口に消えてしまった。

「待たせたな。行くぞ」

瀬島が歩き出した。多岐代が与兵衛に、私が聞いておきます、と目で言った。与兵衛は頷き、瀬島の後に付いた。三津次が玄関奥に向かって丁寧《ていねい》なお辞儀をしている。

瀬島は、三津次の方を見ようともせずに、ずんずんと足を踏み出した。

海賊橋、一石橋《いちこくばし》、竜閑橋《りゅうかんばし》と渡り、鎌倉河岸に出た。そのまま北に一町（約百九メートル）程進み、西に折れたところが永富町だった。

兼の小間物屋は横町の角にあった。やはり通夜の仕度をしているのか、近所の女房らしい女が出入りしている。

「中は狭い。取り敢えず、俺が行く。待っていてくれ」

瀬島は、出入りを見られないよう心配りする癖が出たのか、裏口に足を向けそうになったが、気付いて表に回った。中から、女たちの声が聞こえてきた。誰がとか、惨《むご》いとか、口々に訴えている。それらの声が止み、暫《しば》しの後、与兵衛が呼ばれた。

兼に悔みを述べ、早桶《はやおけ》の棺の前に進み、線香を立てた。茶碗に盛った飯に、箸《はし》が立てられている。忠八の枕許に紫の袱紗《ふくさ》に包まれたものがあった。組屋敷に寄ったのは、香典《こうでん》を包むためだったのだ。葬儀の費《つい》えを案じたのだろう。

「このような時に済まぬが、幾つか尋ねたい」瀬島が兼に言った。

「何でもお訊きください。手掛かりになることがあるとよろしいのですが」

「占部らが帰ったところらしい。手短にな」

瀬島に促され、与兵衛が訊いた。

「親分と利三郎は、以前から行き来があったのですか」

「いいえ。以前、瀬島様の下で働いていた時は、御屋敷で顔を合わせていたでしょうが、隠居してからは、節句の挨拶《あいさつ》に出向いた時に、お会いするかどうかくらいだったはずです」

「そのふたりが、一緒になって何か調べていたようなのですが」

「左様でございます。あれは、三日程前でしたから、確か一日だったと思います」

夕刻に突然利三郎様が訪ねてきたのです、と兼が言った。久し振りに会うことは、交わす言葉で知れた。ここでは何でございやすから。忠八が利三郎を誘い、どこかに出掛け、一刻（二時間）程して酒くさい息をして戻ってきた。

「煮売り酒屋で話し合っていたのでしょう」

「何か言っていなかったか」

「話の中身は、聞いておりませんので、何も存じませんが、はっきり覚えているのは、利三郎様のことです」

「それは？」与兵衛が尋ねた。

「さすがは瀬島の旦那の血を引いていなさるだけはある。いいお役人になられるぜ、と申しておりました」

「御徒衆で林田という名に覚えは？」

「ございませんが」

「それは」と瀬島が思い出しながら言った。「確か、利三郎の剣友ではないか。断言は出来んが」

「そうだったのですか」

何も知らずに組屋敷に来て、驚いて戻ったことと、その者を与一郎と房吉が尾けたことを話した。

「何も知らなかった。倅殿には造作を掛けたな。よろしく伝えてくれ」

瀬島はもう一度早桶に掌を合わせると、立ち上がった。


市助の長屋は、永富町の西隣の皆川町《みながわちよう》二丁目にある。横町を二度曲がり、小路を行くと、桶屋の前に出る。その桶屋と小商いの味噌屋の間に木戸があった。市助の住んでいた《善兵衛店《ぜんべえだな》》である。木戸の前に長屋の女房らが固まって立ち話をしていた。ひとりの女が瀬島に気付いて、両脇の女の肘《ひじ》を突いた。女たちが話を止め、瀬島らを見詰めた。

瀬島は長屋の差配をしている桶屋に寄り、長屋の小路を奥に向かった。奥から二軒目の借店の腰高《こしだか》障子が開け放たれていた。

瀬島が先に入り、与兵衛らは外で待たされた。女のすすり泣く声と、母親に縋《すが》って泣く子供の声が聞こえた。お種《たね》さん、済まないけど……。いいよ、さあ、うちにおいで。声が途切れ、女が子供を抱えるようにして外へ出て来た。与兵衛にぶつかりそうになり、慌てて詫びると、斜め向かいの店に駆け込んだ。種という女と市助の子供らしい。まだ七つ、八つの女の子だった。

「滝村」

瀬島に呼ばれ、中に入った。早桶の前に、瀬島と市助の女房の沢《さわ》がいた。与兵衛は悔みを言い、焼香を済ませると、瀬島の脇に下がった。

「旦那」と沢が瀬島に言った。「頂戴した金子で、あの娘を立派に育ててご覧にいれます」

「うむ。何も出来ぬが、困った時は、いつでも来てくれよ」

沢は瀬島を拝むように掌を合わせると、いつか、と言った。こんな日が来るのでは、と恐れていたのです。だから、危ないことだけは止めてと何度頼んだことか。

「そしたら、親分が隠居して……、ああ、これで帰って来るまで案じなくていいと思っていたのに……、何を調べていたのか、調べに誘った親分を恨《うら》みます……」

済まぬ。瀬島が畳に手を突いた。事の起こりは、利三郎が何かの調べを忠八に頼んだことにあるらしいのだ。本当に、済まぬ。必ず、真相を明らかにするゆえ、暫しの時をくれ。

「お願いいたします」沢が涙を拭《ぬぐ》った。

尋ねたいことがあれば、と瀬島が与兵衛に言った。訊くがよいぞ。

何を調べていたのか問うたが、市助も沢には何も話していなかった。忠八同様市助も、家には古い半切の束があるだけで、此度《こたび》の一件に関わりのあるような半切は何もなかった。

《善兵衛店》を出たところで瀬島に、利三郎の非番の日の過ごし方を訊いた。瀬島の答えは簡潔だった。

「知らん」

新造に尋ねるしかなさそうだった。

乞食橋《こじきばし》近くの蕎麦《そば》屋で蕎麦切りを食べ、組屋敷に向かった。刻限は昼八ツ（午後二時）になるところだった。朝が早かったため、一日が長い。

市中では物売りの声が響いていたが、組屋敷の小路はひっそりとしていた。弔《とむら》いがあるからと、遠慮しているのだ。

瀬島家の木戸を入ると、弔問客《ちようもん》が戻るところだった。松原真之介の新造の智《とも》と長女の紘《ひろ》である。紘は与一郎のひとつ年上で十一歳になったはずだった。新造らとは、三月前の《犬目》の一件の後、二度程家の行き来があり、挨拶をするようになってい た。智は、瀬島に短い悔みの言葉を述べ、小路を戻って行った。

通夜の用意は整っていた。型通りに、龍頭《たつがしら》に吊された網行灯が灯され、棺の前の小机には飯を盛った椀《わん》が据えられ、線香が炷《た》かれていた。寛助らは順番に焼香を済ませ、隣室に下がった。多岐代の姿を見掛けたが、与兵衛は声を掛けずに奥へ向かった。新造の藤から話を聞くためである。

「ご承知のように旦那様は務め一筋ですので、利三郎のことなど何も存じません。利《り》市郎《いちろう》が病に倒れた時も、お役目だからと屋敷にはおりませんでしたし、孝二郎《こうじろう》が熱にうなされていた時も、賊を追い掛けておいででした。そして利三郎です。よくよく子に運のない御方なのでしょう……」

「もうよい。訊かれたことだけを話せ」瀬島が、蹴るようにして座敷を出、襖を閉めた。

「ああやって、怒鳴ってばかりでした。私だけでなく、子らにもです……」

「どこも似たようなものでしょう」与兵衛が言った。

「滝村様は、違うではありませぬか。聞いておりますよ」

藤が少し意地悪そうに、目の隅で与兵衛を見た。誰に何を聞いているのか。顔に出たのだろう。多磨代《たまよ》様ですよ、と藤が言った。

久し振りに聞く名だった。多岐代の姉である。そうか、と与兵衛は合点した。多岐代が実家《さと》の榎本《えのもと》家に顔を出した折に話すことを多磨代が聞き、それを藤に漏らしたのだろう。藤と多磨代は気が合っていた、と聞いたことがあるのを思い出した。

与兵衛の縁組みが決まった時の相手は、姉の多磨代であった。与兵衛の父の与左衛門と、北町の同心で剣友の榎本喜平次《きへいじ》の間で取り交わされた約束だった。豪が一目で気に入ったこともあり、与兵衛は段取りが進むのを他人事のように見守っていた。それが、祝言《しゅうげん》を前にして、思い切れない男がいるからと、破談を申し出てきたのだ。既に祝言は組屋敷の者たちの知るところとなっていた。このままでは滝村家にも、世間にも、顔向け出来ないという喜平次の苦衷《くちゅう》を察し、妹の多岐代をもらうことになったのだが、与兵衛としては姉でも妹でも、どちらもほとんど話したことすらなかったので同じことだった。それで両家が落ち着くのなら、それでいいだろうくらいにしか思っていなかった。だが、豪は違った。豪だけが、裏切られたと榎本の家を憎み続けていたのだ。何、いずれ、打ち解ける時がくる、と言っていた与左衛門は既に亡く、豪は多岐代に心を閉ざしたままでいた。多磨代は、妹が嫁ぐことで、実家への出入りを許された、と与兵衛は多岐代から聞いていた。

「そうですか」

「滝村様は、多岐代様にお優しいそうですね。爪の垢《あか》でも煎《せん》じて飲んでもらいたいと、何度思ったことか」

「………」

襖が突然音立てて開き、瀬島が与兵衛を見た。

「訊いたか」

「まだです」

「何を話しているのだ。早く済ませろ」

「はい」

襖が再び音高く閉まった。与兵衛は改めて藤に向き直ると、尋ねた。

「利三郎殿の非番の日の過ごし方ですが、覚えておいででしょうか」

「勿論です。いつから話せばよいのですか」

「先月の二十日頃からお願いいたします」

指折り数えていた藤が与兵衛に、二十日というと五回前ですね、と訊いた。そうなる。

「その日は出掛けておりません。一日中座敷に籠もり、切り絵図を見ながら、書き物をしておりました」

「書き物ですか」

「通りの様子とか、気を付けるところなどを纏《まと》めていたようです」

「後で、それを拝見出来ますか」

「よろしゅうございます」

「では、次は二十三日です」

道場に稽古に出掛けました。戻られたのは？　夕刻でした。その時の利三郎殿に変わったところは？

何も気付きませんでしたが。

「二十六日は？」

二十日の日と同じように、座敷で切り絵図を見て、書き物をしておりました。二十四日と二十五日に見回ったところを忘れぬうちに記しておくのだ、と申しておりました。

「二十九日は、稽古の後、道場の仲間と酒を飲まれたのでしたな？」

「左様でございます。とても気の合う方々で」

「お名は？」

「御徒衆の……」

「林田様ですか」

「よくご存じで」

今朝方訪ねて来られたのだ、と与兵衛が言った。利三郎殿のことを知らず驚いて帰ったようだと伝えた。

「林田様の名は、剣友として瀬島さんに伺いました」

「旦那様が、よく林田様の名を覚えていたものですね。私には、その方が驚きです」

「話の腰を折り、失礼しました」与兵衛が促した。

「御徒衆の林田新左衛門様の御次男、仲二郎《しんじろう》様……」与兵衛が書き留めるのを待ち、

「信濃国長沼藩宮坂《みやさか》兵馬《ひょうま》様の御嫡男の甲太郎《こうたろう》様です」

藤が言葉を切った。何かが与兵衛の頭の中をよぎったが、話の腰を折ったばかりである。気を取り直し、

「場所はご存じでしょうか」と訊いて、道場仲間との集まりとは聞いていたが、どこで飲んだのか、訊きもしなかったことに、今更ながら気が付いた。

「橘町《たちばなちょう》の料理茶屋《笹《ささ》ノ井《い》》です」

藤が胸を反《そ》らすようにして答えた。浜町堀に架かる千鳥橋《ちどりばし》東詰の《笹ノ井》と言えば、大店の主らが行く、格式の高い料理茶屋だった。利三郎ら御家人の倅が気安く酒を飲むところではない。

「いつも、そのようにすごいところで飲むのですか」

「特別のことです。林田様の御婿《おむこ》入り先が決まったとかで、そのお祝いだそうでございます」

「《笹ノ井》にはどれくらいいたかご存じでしょうか」

「稽古の後、弟《おとうと》弟子《でし》の稽古を見てやり、確か八ツ（午後二時）か八ツ半（午後三時）頃から暮れ六ツ（午後六時）頃までには上がるつもりだと言っていました。宵五ツ（午後八時）前には戻って参りましたから、おおよそそれくらいでしょう」

「分かりました。それにしても豪勢ですな」

「偶《たまさか》には贅沢《ぜいたく》の味を知るのもよいことかと。最初で最後になってしまいましたが……」

藤が目許を拭っている間に、与兵衛は手早く懐紙に聞き取ったことを記した。

十一月二十日　　外出せず。
十一月二十三日　稽古。
十一月二十六日　外出せず。
十一月二十九日　稽古。後、《笹ノ井》。

十二月三日は、お役目なれば、と取り立てて行き先などは尋ねませんでした、と藤は言い、高積の役目と称して出仕の刻限に出掛けた、という瀬島の言を裏付けた。

「出掛けたのは二回だけ。一回は稽古。もう一回は、稽古の後、林田、宮坂両名と《笹ノ井》に上がっただけ。こうなりますが」

「間違いございません。その通りです」

「後ひとつだけ。利三郎殿が書き記していたものを見せていただきたいのですが」

「少々お待ちくださ い」

「お手数をお掛けします」

暫くして、藤が半切の束を紙縒《こより》で仮綴《と》じしたものを持ってきた。

「他に何か、日録のようなものは付けていましたか」

「そのようなものは、ないと思います」

「このところ書いていたものは、これがすべてなのですね?」

「だと思います」

「拝見します」

利三郎が高積見廻りに来たのは、七月である。それから約半年、供をして見回った町筋について、見たこと、聞いたこと、教えられたことを詳細に綴《つづ》っていた。

半切を繰り、十一月二十一日の記述に目を落とした。与兵衛とともに浜町堀と行徳河岸界隈を見回った時のことが記されていた。

行徳河岸は下総《しもうさ》からの塩や魚油《ぎょゆ》や〆粕《しめかす》などの荷が着く他、江戸と行徳を結ぶ舟の出るところなので、いつも混雑していた。また浜町堀も、荷を積んだ高瀬舟《たかせぶね》が頻繁《ひんぱん》に行き来し、賑《にぎ》わうところだった。賑わいの隣には必ず揉め事があるので、月に何度かは、河岸沿いの店を見回らねばならなかった。利三郎には、見回る際の心得として、店の面目上外せない大店や、荷の扱いが乱暴な小店の名を教えていたが、それらを丁寧に書き留めていた。見習の身である。まだ高積見廻りに配属と決まった訳ではない。なかなか出来ることではなかった。

惜しい男だったのだ。与兵衛は嚙《か》み合わせた歯の間から息を漏らした。

二十二日は、東西の両国広小路と回向院界隈を見回っている。

両国橋を挟んだ東西の広小路は、火除地として設けられたのだが、そこに見世物小屋などが並ぶようになり、江戸でも屈指の盛り場となっていた。

西に比べ東は川向こうに当たるため、奉行所の目の行き届かないところがあった。そこを衝《つ》いて、水茶屋などが多く建ち並び、春を売る茶汲み女やそれを仕切る男たちが集まり、縄張り争いや喧嘩沙汰を起こし、それが土地の人気《じんき》になってしまった。そこが面白いという酔狂な者どもが訪れるようになり、いつもごった返しているところだった。良くも悪くも、これが江戸だ、と俺が言ったと、しかも、それを聞くのは三度目になる、とまで利三郎は書いているが、そんなに何度も同じことを言ったのか。覚えはなかったが、書かれている以上は言ったのだろう。何やら面映《おもは》ゆい心地がした。

与兵衛は顔を上げ、ふっと息を吐いた。この二日の間には、此度の一件に関わりのあるような出来事には出会っていそうになかった。

二十四日は、塚越が利三郎を供に付けている。この日は浅草を見回ったらしい。裏道まで連れ歩いたのだろう。いささか疲れた、と零《こぼ》している。

二十五日は、本材木町、日本橋、鎌倉河岸、神田の青物市場。近場を歩いている。本材木町は、日本橋の魚河岸に対して新設された魚河岸だから、と新場と言われたところで、伊豆《いず》や相模《さがみ》の魚介を扱っていた。ここから日本橋を通り、青物市場に抜ければ江戸の台所早分かりということになるだろう。ここでは、日本橋の魚河岸と日本橋川を挟んだ向かいの榑木《くれき》河岸から板材が流失し、魚河岸の者とまた悶着《もんちやく》があったらしい。榑木屋仲間を束ねている《吉野屋《よしのや》》に注意を与えた、とあった。

二十七日と二十八日は、与兵衛の番である。二十七日は、柳橋界隈と神田川沿いに筋違御門辺りまで歩いた。途中何事もなく、奉行所に戻る刻限に余裕があったので、筋違御門の手前にある神田佐久間町《さくまちょう》に寄った。《百まなこ》こと、はぐれの仙蔵が住んでいた小さな借家が、借り手もなく閉ざされたままになっていると聞いていたからだった。仙蔵に酒の一杯でも手向けたら、直ぐにも立ち去るつもりでいたのだが、戸が開いたので上がってしまった。ここは、と利三郎が訊いたので、仙蔵のことを話してやると、余程心に残ったのか、その折与兵衛が言ったことを書き留めていた。

――俺は今際《いまわ》の際《きわ》の奴と約束をしちまってな。それを果たさねばならねえんだ。

――何なのですか。もしよろしければお聞かせください。

――そのうちにな……。

と答えたらしい。

《浜田屋》だ、と心の中で利三郎に言った。奴をお縄にしなければならねえんだよ。だが、その前に、お前だ。お前を殺めた奴を見付け、引っ捕らえるのが先だ。仙蔵、済まねえが、ちいと待っていてくれ。

二十八日は、筋違御門から四ッ谷御門辺りまでを見回り、明樽の始末で二軒、大八車の片付けで一軒のお店に注意を与え、喧嘩の仲裁を二件したことが書かれていた。

「何だ、それは?」と庭先から座敷に入って来た瀬島が、訊いた。

見回りをしていた時の覚え書だと話した。

「何か書いてあったか」

「ここまでは特にありませんが、瀬島さんに調べてほしい、と占部さんも言っていましたからね。詳しく読んでいます」

「そうか……」瀬島は、呟くように言うと、また座敷を出て行った。

十二月の月番の初日、一日は塚越の供をして、芝口南を歩いている。

芝口一、二、三丁目から源助町、露月町《ろうげつちょう》、柴井町《しばいちょう》を通り、宇田川町に架かる長さ一丈二尺(約三メートル六十四センチ)、幅九間(約十六メートル)の宇田川橋を渡ったところで、神明前へと折れた。そこで塚越と利三郎は、駕籠を降りて料理茶屋に入る《浜田屋》宗兵衛を見掛けたらしい。いつものように、浪人に守られていたのだろう。利三郎が誰かと尋ねると、塚越が名を教え、

――ここら一帯の香具師《やし》の元締で、ひとを泣かせることしか頭にない男だ。殺しを請け負っているという噂もある。

そして最後に、いいか、奴には近付くんじゃねえぞ、と言ったらしい。

二日は赤坂一帯を見て回っている。氷川《ひかわ》神社や谷町《たにまち》辺りまで足を延《の》ばしたようだ。

途中で掏摸《すり》を追ったが逃げ足が速く、取り逃がしたとあった。他には、目を引く記述はなかった。見回りの時に何かを見聞きしたのが因ではないように思えた。

礼を言って半切の束を藤に返し、瀬島に思ったところを伝えた。

無駄足であったか。瀬島は、そう答えると再び出掛けようとするので、後は奉行所に戻るだけだから、組屋敷に残ってはどうか、と告げた。占部さんには、覚え書のことも伝えておきますので。瀬島は、怒鳴り返そうとして藤を盗み見、今夜だけは、と言った。

「我《わ》が儘《まま》をさせてもらおうか」

三

神田旅籠町の長久保道場の居間で、長久保聡十郎は腕を組み、苛立《いらだ》ちを抑えていた。

瀬島利三郎の通夜に向かう刻限を知らせておいたのに、林田伸二郎も宮坂甲太郎も姿を見せないのだ。道場に続く廊下に足音が響いた。それぞれの屋敷に走らせていたふたりの高弟、稲取甚八《いなとりじんぱち》と児玉文五郎《こだまぶんごろう》が戻ってきたらしい。

た」


「どうであった？　おったか」

稲取が先に答えた。

「それどころか、仲二郎は三日の昼前に出掛けたまま戻っておらぬ、とのことでし
た」

「すると、利三郎のことは？」

「仲二郎が知っているか否か、はたまた利三郎の死に何か関わりがあるかは、不明です。逆に仲二郎がどこに行ったか見当が付かぬか、と尋ねられる始末でした。向こうでも欠落の届け出のこともあり、あちこちと尋ね回り、これからこちらにも尋ねに来ようとしているところでした」

「仲二郎の家の者は、利三郎の屋敷に行ったのだろうな？」

「早朝仲二郎の兄が行き、利三郎が殺されたと知った、と言っておりました。甲太郎にも何かあったらしく、父の兵馬殿が、伺っていないか、と仲二郎の家を訪ねて来られたのですが、そこで利三郎の死を聞くと、慌てて飛んで帰ったそうです。甲太郎が欠落の身なのか、それとも単なる外出なのかまでは分かりません」

「では、甲太郎とは会えなかったのだな？」児玉に訊いた。

「長沼藩の藩邸に行ったのですが、中には入れてもらえず、物見窓《ものみまど》越しに追い返され

ました」

物見窓とは、大名屋敷の門脇に設けられた出番所《でばんしょ》の窓のことで、ここで外の様子を眺めたり、来訪者の身分などを確認したりした。

「はてさて、何としたものかの。あれ程仲の良かった者らだ。三人の間に何かあったとも思えぬが」

「まさか、伸二郎と甲太郎のふたりで利三郎を斬ったとか」稲取が言った。

「それはないだろう」と児玉が言った。「利三郎を殺めた者は、相当の腕前の者だという話だ。少なくとも伸二郎らの仕業でないことだけは間違いない」

「でしたら、ここは?」稲取が言った。

「何食わぬ顔で通夜に行かれた方が」児玉が言った。

「伸二郎のことは、どうする?　教えるか」

「利三郎の親父殿は定廻りと聞いております。それもかなり荒っぽいとか。甲太郎はともかく、伸二郎が欠落していることを話したら、騒ぎになると思うのですが」稲取が言った。

「通夜を抜け出し、駆け付けるくらいのことはするであろうな」児玉だった。

「恐らく……」稲取が受けた。

「通夜だけ出て、親父殿には後日話すか。仲二郎が一件に関わっていないのであれば、帰って来るであろうし、またどこかで通夜を知り、出向いているかもしれぬしな」

「それがよろしかろうかと。万一にも、仲二郎らが利三郎の死と関わりがあるとなると、道場の評判を落とすことにもなりかねません。ここは騒がぬ方が賢明かと存じますが」児玉が小狡《こずる》そうな目で聡十郎を見た。

「そのようだな」

聡十郎は腕組みを解くと、立ち上がりながら言った。

「我らだけで、参ろう」

八丁堀の組屋敷に長久保聡十郎らが向かった頃――。

両御組姓名掛り同心・久留米六左衛門は、四ッ谷伝馬町《てんまちょう》一丁目の通りにいた。久留米は頬隠し頭巾《ずきん》を被り、中間ひとりを供に大木戸方向へ向かっているところだった。

中間が提灯の明かりで久留米の足許を照らしながら囁《ささや》いた。

「……尾《つ》けられております」

この中間、名を九郎兵衛《くろべえ》という。中間の身形《みなり》をし、中間として久留米に付いてはいるが、かつて北条《ほうじょう》氏に仕えていた風魔《ふうま》の血を引く者であった。尾けられるなど、かつて一度もないことだった。

「ひとりか」九郎兵衛に訊いた。

「ふたりと思われます」

「撒《ま》けるか」

「はい」

「頼む」

「では、離れぬようにお出でください」

九郎兵衛は通りを北に折れ、提灯の灯を吹き消すと、露地《ろじ》に入った。肴店《さかなだな》と呼ばれる、以前は肴屋が建ち並んでいた一角であった。日中も日が射さぬのか、吹き溜《だ》まりの雪が白い帯のように延びている。九郎兵衛は、露地から新道《しんみち》へ抜け、大横町を渡って中御箪笥町《なかおたんすまち》を行き、更に踏み迷うことなく露地から露地を通り、俗に茢豆店《かりまめだな》と言われる通りに出た。手で久留米の歩みを制すと、通りに目を遣り、

「大丈夫でございます」

通りを横切り、西念寺《さいねんじ》横町に入った。

「少しお急ぎください」

伝馬町の新一丁目を足早に行き、小さな仕舞屋《しもたや》の板戸に手を掛けた。どのような仕掛けをしてあるのか、心張り棒が外れ、戸が開いた。久留米に続いて九郎兵衛が入り、戸が立てられた。

「こちらへ」

九郎兵衛に言われるまま、土間から畳に上がった。火の気のない家の冷気が足裏から這《は》い上がってきた。物を動かす音が止み、お腰を、と九郎兵衛が言った。座れと言っているのだと解し、久留米は腰を下ろした。風魔は夜目が利くのだろうか。久留米が訊いた。

「そなたには見えるのか」

「どこに何があるか、承知しておりますので、明かりの有無はどうでもよいことなのでございます」

「それも修練かな」

「恐れ入ります」

「ここは?」

「このような時のために借りている家でございます」

「深謀遠慮《しんぼうえんりよ》とはよく言うたものよ。驚いた」嘆息してから、訊いた。「他にも、同様の家はあるのか」

「はい……」

「尾けられたと言うは、実《まこと》か」

「間違いございません」

「尾けている者だが、腕はよい方であろうか」

「素人《しろうと》よりはまし、というところでしょうか」

「儂と知って尾けたのであろうか」

「そこまでは……」

「それは、そうだな」

久留米が低い笑い声を漏らした。

「遅れてしまうか」

寄合の刻限は六ツ半（午後七時）だった。そろそろ過ぎようとしている。

「素人とは言え、ひとりではないと思われますので、もう四半刻（三十分）は動かぬ方が」

「そうしよう。他の方々は大丈夫だろうか」

「それぞれに、手前どもが付いておりますれば、ご懸念は無用かと」

「要らぬことを訊いたな」

久留米が寄合に誘われたのは、寛政《かんせい》十二年（一八〇〇）、十年前になる。両御組姓名掛りになって十三年、五十三歳の時だった。誘ったのは、二十四年前の天明《てんめい》六年（一七八六）に寄合が結成されて以来、ずっと世話役を続けている日本橋伊勢町の蠟燭《ろうそく》問屋《丹波屋《たんばや》》長右衛門《ちょうえもん》であった。その年の前年、長右衛門のお店が盗賊に襲われ掛けたところを、当時風烈廻り昼夜廻り同心であった久留米が逸早く気付き、大事に至らせることなく捕らえたのが縁だった。それがいつしか碁敵《ごがたき》となり、親しく付き合うようになっていたのである。つまり長右衛門は、およそ十五年の歳月を掛けて、久留米の人となりを見極め、寄合に誘ったことになる。

久留米が長右衛門と知り合った頃の江戸や周辺の地は、打ち続く大火や災害や飢饉《ききん》などで騒然としていた。

主なものをざっと見ても、
天明二年（一七八二）　七月、江戸大地震。

　　　　　　　　　　　九月、江戸に暴風雨来襲。新大橋《しんおおはし》、永代橋《えいたいばし》倒壊。

天明三年（一七八三）　二月、江戸大地震。

天明四年（一七八四）　三月、青ヶ島《あおがしま》、六月、八丈島《はちじょうじま》、七月、浅間山《あさまやま》が噴火。

天明五年（一七八五）　一月、十二月、江戸大火。三月、青ヶ島噴火。

天明六年（一七八六）　一月、二月、江戸大火。

この間、旱魃《かんばつ》と長雨で奥羽《おうう》を中心に飢饉が続いている、という状況であった。

商いの先行きに不安を覚えた長右衛門が、信頼の出来る仲間七名を集め、寄合を設けたのは、この年の十二月だった。寄合を始めた頃は小店の集まりだったが、金を融通《ゆうずう》し合い、助け合っているうちに、それぞれお店としての骨組も整ってきた。その頃に、寄合は名を《目目連《もくもくれん》》と定めた。《目目連》は廃屋《はいおく》の破れ障子に棲《す》む、数多《あまた》の目を持つことで知られる物《もの》の怪《け》のことである。仲間同士が、目をしっかりと見開き、互いの行く末を見守っていこうという思いを込めて付けられたのである。

そして、寄合を設けてから十四年。仲間も十五人に増え、それぞれが江戸市中でそれなりの地位を得るようになると、江戸市中に張り巡らせていた情報網から、様々な事柄が耳に入ってきた。善行もあれば、悪行もあった。最初は仲間内で面白がっているだけだったが、悪行の度が過ぎたものを知るにつけ、仲間の商いへの影響を懸念するばかりでなく、人として傍観していることが出来なくなった。商いのための集まり

であったのが、

——江戸市中を住み易い町にするために、悪い芽は刈り取る。

それを、寄合の眼目とする声が大勢を占《し》めたのである。となると、寄合を料亭で持つことが憚《はばか》られるようになり、いつしか隠れて集まるようになっていった。

また、悪の芽を刈るとなれば、奉行所の動きや思惑《おもわく》に通じることが肝要、と考えた長右衛門は、奉行所に出仕している久留米を寄合に引き入れることにした。人物は間違いない。問題は久留米が呑むか、否かだった。だが、久留米は呆気《あっけ》ない程簡単に長右衛門の誘いを受けた。

——不満があったのだ。俺は、《丹波屋》殿も知っての通り、風烈廻りだった。それが、何のしくじりもないのに、義父が長く姓名掛りをしていたというだけで回された。隠居仕事ではないか。しかしな、俺は入り婿だ。否とは言えなかった。

どうやるのだ？　久留米が問うた。

刈ると言っても、町屋の者の集まりである。自ら手を下すすべなど持ってはいない。知り得たことを奉行所に知らせるだけだ。そう聞いた時、久留米は少なからず落胆を禁じ得なかったが、捕物を裏から仕切ることが出来るのだ、と考えれば、無難な遣り方と思われた。

そうして、それと知られぬような形で奉行所に悪の芽の台頭を告げてきた。夜寒の小助の一件も、久留米が九郎兵衛を使って、密告の文を投げ入れさせたのだった。

《目目連》に加わると決めた日から、久留米の新しい日々が始まったのである。

「外の様子を見て参りますので、暫しお待ちを」

九郎兵衛の動く気配が、間もなく絶えた。どこからか、外に出たのだろう。久留米は、何も見えぬ闇に手を伸ばし、辺りを探った。手に触れるものは何もなかった。

《目目連》が風魔の者を雇うようになったのは、八年前になる。寄合に来る途中、《目目連》のひとりが盗賊に襲われそうになったのだ。夜間の外出は危ないからと、備えを伴うことにした。それが風魔だった。八年前は東国が大雨に見舞われ、田畑が水に浸かったりしたのだが、箱根《はこね》山中も湯治場が流されるなど多大な被害を受けた。そのような時に、相州《そうしゅう》小田原《おだわら》の出で、本小田原町一丁目で水油問屋《大黒屋《だいこくや》》を営んでいる徳次郎《とくじろう》が、

――風魔は、北条家が滅んだ後はこれといった後ろ楯もなく、かなり暮らし向きが不如意《ふにょい》の有様とか。盗賊の真似事までする者がいる、との噂ですから、必ずや話に乗ってくるでしょう。

《目目連》の合意の許、風魔に話を持ち掛けた。

徳次郎の思惑通り、風魔は一も二もなく同意し、寄合の仲間それぞれの護衛に付くことになった。久留米には、奉行所から配された久留米付きの中間はいない。外出する時は、当番方に手隙の中間を頼み、連れてゆくことになっていた。九郎兵衛は、表向きは久留米家の中間で、費えは《目目連》から支払われていた。

ふわりと闇の中から風が起こり、

「もう大丈夫でございます」九郎兵衛の声がした。

「諦《あきら》めたと申すか」

「人違いで尾けられたようでございます。供がいるとは聞いていない、またあのように身軽に動く訳はない、間違えたのではないか、と揉《も》めておりました」

「聞いたのか」

「はっきりさせぬと、これからのことがございますので」

「寄合がこと、誰にも知られていないはずだが、安堵した。礼を申す」

「これも役目のうちなれば、礼は無用かと」

「かもしれぬが、受けてくれ」

「では」頭を下げる気配がした。

「参るか」

久留米と九郎兵衛は新一丁目を行き、天王横町《てんのうよこちょう》に出ると南に向かった。そのまま進み、東福院坂《とうふくいんざか》を下る途中で西に折れた。東福院の築地塀《ついじべい》が尽きる辺りで、小路が北へと向きを変える。石切横町《いしきりよこちょう》である。その石切横町の中程に、今夜の寄合の場所である永林寺《えいりんじ》があった。

永林寺の築地塀に歩み掛かった時、笠瓦《かさがわら》の上の闇から声が降りてきた。

――遅かったではないか。

――人違いされて、尾けられたのだ。

――撒いたのか。

――俺にぬかりはない。

――念のため、見張っている。

――頼む。

永林寺の潜り戸が開いた。久留米らは吸い込まれるように中に消えた。江戸市中には、北条家と縁《ゆかり》のある寺社が、十を超える数あった。永林寺もそのひとつだった。風魔の口利きで、それらの寺社を寄合の場所に使わせてもらっているのであった。

境内《けいだい》を行き、西の塔頭《たっちゅう》《天岳堂《てんがくどう》》に入ると、蠟燭《ろうそく》の明かりに照らし出された十五の顔が、一斉に久留米を見た。久留米は遅参を詫び、人違いで尾けられたことを話した。

「人違いであるのは、間違いないのですね？」長右衛門が訊いた。

「九郎兵衛が確かめたゆえ、その心配はない」

「《浜田屋》に嗅ぎ付けられたのかと思い、一瞬驚いてしまいました」

長右衛門が《浜田屋》の名を口にしたのには、訳があった。

四年前になる。

その年《目目連》は、下総古河《こが》の土井《どい》家に五千両に及ぶ貸付けを行っていた。大名小路の上屋敷が、芝泉岳寺《せんがくじ》門前からの火事で類焼したのである。その見舞いを兼ねた、ごく低利の貸し金であった。土井家は幕府から借りた一万両と《目目連》からの金子で上屋敷を再建したのだが、《目目連》が土井家に金子を貸付けたのは、この時が初めてではなかった。

万一の時、《目目連》の後ろ楯になってくれそうな大名家を物色していた一同は、初代・利勝《としかつ》以来の名門であり、当時奏者番と寺社奉行を兼任していた土井家に目を付けた。所領における凶作や洪水で財政難に陥っていた土井家に、折に触れ、金を融通してきたのである。

その土井家の当主・利厚《としあつ》が、京都所司代を経て老中になった。しかし、石高は七万石のまま据え置かれた。内証は火の車であった。

《目目連》は貸付けを続けるとともに、老中・土井家御用達《ごようたし》の店として、それぞれが箔《はく》を付け、店の格式を上げていった。それとともに、店の利益も確実に増していった。すべてが順風満帆《じゅんぷうまんぱん》だった。

だが、《目目連》の動きに目を付けた者があった。《浜田屋》である。

当時長右衛門らは、店の者には寄合を俳諧《はいかい》好きの集まりと話していた。それがどこから漏れたのか、三十間堀の南河岸にある木挽町《こびきちょう》七丁目の医師・柿沼玄徳《かきぬまげんとく》の知るところとなり、俳諧の寄合に入れてほしいという申し出があった。玄徳は医師としての腕も人柄もよく、土地の者から慕《した》われている人物だったが、俳諧をたしなむようには見えなかった。人数を今以上増やすことはないからと、寄合に加えようとは思わなかったが、どうして加わりたいと言ってきたのかが気になり、寄合の申し出を受けた久留米が、風烈廻りの時の伝手《つて》で御用聞きを使って調べることになった。そこで、上方から流れてきた玄徳に資金を提供し、開業させた者として、《浜田屋》が浮かんだのである。

俳諧と言ってはいるが、大店の主どもが何の目的で集まっているのか。それを玄徳に探らせようとしたに違いなかった。寄合が《浜田屋》の名を強く心に刻み付けた瞬間だった。

その時は、商いが暇《ひま》だったので集まったこともあったが、今では寄合は解消しているので、と惚《とぼ》けておいた。信じたのか否かは不明である。ただそれ以来、玄徳からは何も言ってきていないことだけは確かだった。

「とにかく」と長右衛門が皆を見回して言った。「気を付けましょう。何が起こるか分かりませんからね」

「これからの集まりは、より慎重にしないといけませんね。何やら物騒なことも起こっていますし」

《大黒屋》徳次郎が、丑の日殺しと今朝方見付かった見習同心殺しの件を言っていることは、誰もが直ぐに解した。頷き合う衣擦れの音が響いた。

「奉行所の見習が殺されたそうですね」長右衛門が久留米に訊いた。

「定廻り同心の倅でして、随分と出来がよいとの評判の者でした」

「殺めた者の目星は？」

「まだ皆目」

「奉行所の手にあまることはないでしょうが、皆さん、何か耳に入りましたら、お知らせください。どのような些細《ささい》なことでも構いません」言葉を切ると、時に、と言って久留米を見た。「高積見廻りの、あの御方は」

「また駆り出されたようです」

「それは、楽しみですね。《百まなこ》と《犬目》の正体を明かしたのは、あの御方ですからね。お手並み、期待しております」

それでは始めましょう、と長右衛門が皆に言った。

「何か耳にしたことで、是非とも話しておきたいことがある、という方はいらっしゃいますか」

隅に座っていた者が僅かに身体を前に傾けた。

「では、《播磨屋《はりまや》》さん、お願いいたします」

「《播磨屋》太兵衛《たへえ》でございます。先日、廻船問屋の《河内屋《かわちや》》さんに関して、妙な話を聞きました。話の出処は……」

久留米には興味のない話だった。久留米は、身を乗り出すようにして聞いている《目目連》の顔をそっと盗み見た。

通夜の夜が更けていった。台所の方から、降ってきた、という声が聞こえた。雪になっているらしい。

酒の力で起きていた者も、連日の早朝からの働きで眠気との戦いになっていた。

「また明日も早い。屋敷に戻って少しでも寝てくれ」

瀬島の申し出をありがたく受け、粉雪が舞い始めた小路を抜け、与兵衛も組屋敷に戻った。

「お腹は?」

「いささか減ってはいるのだが、遅いので止めておこう」

「では、お事汁《ことじる》を作りましたので、それを召《め》し上がってから休まれては」

正月の仕度始めに取り掛かる区切りとして、江戸の者は、里芋《さといも》、大根、蒟蒻《こんにやく》、牛《ご》蒡《ぼう》などに小豆《あずき》の入った汁を食べるのが慣わしになっていた。事始めの汁なので、お事汁と呼んでいたのだが、十二月八日に食べるものであった。まだ四日程早い。

「待ち切れなかったので、善は急げで作りました」

「成程《なるほど》」

着替え、膳部に着くと、紺屋町の三津次の手下の房吉から聞いたことを、多岐代が早速話し始めた。

「そこで与一郎が何と言ったと思われます? 『房吉殿を信じてもよいとは思うので

すが、まだ少し……』」多岐代が与一郎の口真似をした。

思わず与兵衛は笑い声を上げてしまった。笑い声は静まり返った家に響いた。

奥の隠居部屋の廊下をコツコツ、と叩く音がした。

多岐代が声を潜めた。

「房吉さんが、言ってくれたんです。『いつかあっしが一丁前の御用聞きになれた時には、何としても若様に使っていただきますので、その時はお口添えをよろしくお願いいたします』。このような時に不謹慎なのですが、何だか私、嬉しくて」多岐代が目許を拭った。

「よく尾行に気付いたものだな」

「房吉さんも、そう言っておいででした。余程警戒していなければ、気付かれるはずがないのに、と」

「そうだろうな」

「で、訊いてみたのです。どうして気付いたのか」多岐代は間を取ってから、くすりと笑いながら言った。「『偶々《たまたま》なのです。次の時は分からないと思います』。謙虚でした」

「明日、私も誉めていたと言っておいてくれ。但し、尾けるのが面白くなるといけないので、誉め過ぎぬようにな」

与兵衛は腹と心を温かくして、一刻（二時間）程の仮眠を取り、瀬島家に向かった。雪は地面をうっすらと白くしただけで止んでいた。

第三章　与兵衛《よへえ》の器量

一

十二月五日。

瀬島利三郎の亡骸を納めた棺は、夜明け前に菩提寺《ぼだいじ》に運ばれ、埋葬《まいそう》された。皆のお務めに支障があってはならぬ、という瀬島亀市郎の申し入れを受けてのことだった。墓前に残ると言う藤を多岐代らに任せ、滝村与兵衛は、瀬島や参列した占部ら定廻り同心と、五十貝、塚越らとともに出仕した。

奉行所の大門を潜《くぐ》ったところで定廻りと分かれ、市中の見回りに出る五十貝と塚越を見送り、与兵衛と瀬島は大門裏に向かった。

十二月二日、利三郎と市助が奉行所からどこに向かったのか。翌三日、利三郎らをどこかで見掛けた者はいないか、特に神田堀に架かる甚兵衛橋付近で見た者はいないか。

占部と瀬島の命を受けた入堀の政五郎と紺屋町の三津次が、市中の御用聞き仲間に声を掛け、探索を頼んでいた。その知らせが纏《まと》められ、利三郎の葬儀の後、奉行所の大門裏にある御用聞きらの控所にいる政五郎と三津次に届くことになっていた。このような調べになると、奉行所の同心よりも遥かに行き届いた探索をするのが、世間の表裏を見ている御用聞きだった。

控所脇に占部らがいた。政五郎と三津次が話し終えたところであった。彼ら御用聞きの探索網をもってしても、利三郎らの姿を見掛けた者は見付からなかったらしい。

申し訳ございません。三津次が、瀬島に頭を下げた。

「空を飛んでいたんじゃねえ。地べたを歩いていたんだ。必ず見掛けた者がいる。探し出せ」

政五郎と三津次が、大門脇の潜り戸から飛び出して行った。

「何としても、探し出してみせます」

占部は自らに言い聞かせるように瀬島に言うと、佇《たたず》んでいた与兵衛に訊いた。

「今日はどこを回るんだ？」

利三郎が通っていた道場と道場仲間を訪ねることを話した。二十九日に、一緒に酒を飲んでいるのです。

「俺も聞いておこう。付いて行くぞ。いいな」

占部に答えず、瀬島が呟《つぶや》くように言った。

「妙なのだ。通夜に来ぬのだ」

「誰が、です？」占部が訊いた。

「例のふたりだ。一緒に酒を飲んだという、林田伸二郎と宮坂甲太郎のふたりだ」

ふたりが徒衆の次男と大名家に仕える者の嫡男であることと、伸二郎か家の者が、通夜の朝、利三郎の不幸を知らずに訪ねてきていることなどを、与兵衛が掻い摘んで話した。

「それは、確かに変ですな」

「行きましょう」与兵衛が言った。

「屋敷は、知っているのか」占部が訊いた。

「御徒衆の方は存じていますが、まず道場に行きたいと思います」

「それが手順だな」占部が言った。

与兵衛らが大門から出て来ると、主水河岸の寛助と手下の米造、新七が門前の腰掛茶屋から弾《はじ》けるように飛び出してきて、後ろに付いた。

「おい」と占部が、小声で与兵衛に訊いた。「何でお前んとこの奴らは、控所を使わねえんだ?」

「茶屋なら、茶も団子もありますからね」

「それは、そうだが……」

本当の訳は別にあった。寛助が、他の御用聞きと面突《つらつ》き合わせているのを嫌ったためだった。立派な親分となら一緒にいてえ。ですがね、半端者の十手《じって》持ちとは並んで座りたかぁねえんですよ。こちとら、年寄りでやすからね。堪《こら》え性《しょう》がないんでございますよ、と言うのが言い分だった。嫌いな奴はどこにでもいる。それを我慢することはない。与兵衛は寛助の言い分を受け入れていた。

「もうひとつありました。控所では煙草《たばこ》を吸えないのが困るそうです。吸った煙草の煙が流れてゆくのを見ていると落ち着くのだと申していました」

「俺には、分からねえ」

占部が首を横に振っている間に、与兵衛らは一石橋から竜閑橋を抜け、土物店《つちものだな》を通り、多町《たちょう》、連雀町《れんじゃくちょう》を過ぎ、八《や》ツ小路に出た。定廻りふたりに高積見廻りひとり、それに御用聞きと中間である。何事かと、擦れ違う町屋の者が、慌てて脇に退く。

「いささか堅苦しくていけねえな。少し離れて歩くか」占部が言った。

「付いて来たのはそっちだ。好きにせい」瀬島がぼそりと言った。

「では、そのように」

占部が足の運びを緩やかにした。黒羽織姿が後ろに下がって行く。

筋違御門を通れば下谷御成街道である。もう少しなのに、ここまで来て、と溜息を吐いていると、後ろで話し声がした。ひとりは占部である。振り向くと、占部の隣に松原真之介が、少し遅れて汐留の弐吉と手下の千太《せんた》と富三《とみぞう》がいた。松原が与兵衛に手を軽く上げて挨拶をした。

どうして？　と思ったが、訊くのは後にすることにした。御成街道に入っている。

旅籠町一丁目の長久保道場は、明神下に抜ける横町の途中にあった。玉砂利《たまじゃり》を踏み、玄関に向かうと、道場から竹刀を打ち合わせる音と床を踏み締める音が聞こえてきた。相当数の弟子《でし》がいるらしい。

玄関で案内を乞うと、直ぐに奥の居間に通された。出された茶を飲んでいるうちに、道場主が現れた。

「昨夜は……」

瀬島が長久保聡十郎に礼を述べ、与兵衛らを引き合わせた。

「早速ですが、ちと伺いたいことがございまして。そのひとつ、弟子の林田伸二郎殿と宮坂甲太郎殿ですが、今日は道場へは?」

「そのことで、後程こちらから奉行所に出向こうかと考えていたところなのです。昨夜、お話ししようかとも悩んだのですが、通夜の席を騒がせてはと思い、控えておりました」

「それは?」占部が訊いた。

「実は……」聡十郎が、伸二郎が三日の日に屋敷を出てから戻っていないことなどを話した。

「どうして、そのような大事を?」

「いや、利三郎の傷口など、我らが耳にしたところによると、伸二郎らと何かがあったとは考えにくいので、昨夜まではどこかに流連《いつづ》けているのかもしれぬ、と思っていたのです。しかし、それにしても長過ぎるので、それで……」

「我らに知らせようか、と思われたのですな」占部だった。

「そういうことです……」

「前にも流連けしたことがあるのですか」

「大分前のことですが、そのように聞いた覚えがあります」

「場所は？」

「確か本所とか言っていたような気もしますが、自信はありません」

「林田、宮坂の両家に、行かれたのですか」与兵衛が尋ねた。

「通夜に、ばらばらに行ったのでは失礼と思い、揃《そろ》って道場から行くようにと使いを出したのですが、一向に現れません。そこで弟子を呼びに行かせ、状況を知ったという次第です」

「そのお弟子の方は、今日は？」与兵衛が訊いた。

「おります」

聡十郎が高弟の稲取甚八と児玉文五郎を呼んだ。ふたりが来る間に、いつどうやって利三郎の死を知ったのか、尋ねた。

甚兵衛橋近くに住まいする門弟が、一件を聞き付け、注進したらしい。聡十郎は真偽を確かめるべく、その門弟を土地の御用聞き・亀井町の栄吉の許に走らせ、利三郎と確信したのだと言った。

稲取と児玉が居室に来た。玄関で出迎えたのが、稲取だった。

聡十郎に促され、まず稲取が林田家に赴《おもむ》いた時のことを話した。

「欠落の届けを出す前に嫡男の大一郎《だいいちろう》殿が、利三郎殿に訊いてみようと組屋敷を訪ねたら、殺されたというので、もしかすると弟もと思い、欠落の届け出を急いだと言っておりました」

林田家の組屋敷に入った若侍は、林田伸二郎の兄・大一郎だったのか。松原を除く三人が合点《がてん》した。

次いで児玉が、甲太郎を訪ねに長沼藩の上屋敷に出向いた時のことを話した。

「児玉家の者に、取り次いでももらえませんでした」

「気に入らねえな」松原だった。

児玉が、松原に気圧《けお》されたのか、言葉を切った。

「長沼藩ならば致し方ねえ、と言うべきか」と松原が言った。「あそこには何かあるのか、と言うべきか。厄介だな」

「何だ？　はっきりと言え」焦れた瀬島が、声を荒《あら》らげた。

その時に至って与兵衛は、瀬島の新造から宮坂の国許を聞いた時に感じたものの正体に気が付いた。丑の日に、最初に殺されたのは、長沼藩の勘定方の藩士だった。

「何か関わりがあるのでしょうか」

「二度目だぞ」と松原が与兵衛に言った。「いいか、俺に答えられねえことは、訊くな」

　占部が児玉に話の続きをするように促した。物見窓での応対の様を詳しく語り、児玉は口を噤《つぐ》んだ。

「その宮坂甲太郎なのですが、宮坂家の者が三日の朝、仲二郎の組屋敷を訪ねているのです」聡十郎が言った。

「やはり欠落ですか」

「そこまでは。仲二郎が帰っておらず、利三郎殿が亡くなられたと聞くと、泡食って立ち帰ってしまったそうなのです」

「行くしかねえな」松原が、占部に、瀬島に、与兵衛に言った。

「待て」と瀬島が占部に言った。「相手は、御家人と大名家の家臣だ。支配違いだぞ」

「行くんだろ？」占部が松原に訊いた。

「勿論《もちろん》だ」

「瀬島さん、いいことを思い付きました。北町の松原の名で行きましょう。御目付や長沼藩から文句が来るとしても、北町です」

「よし、北町、世話になるぞ」

　唸っている松原を尻目に瀬島が言い、占部が継いだ。

「まずは、林田伸二郎ですな。帰っていたとしても欠落騒ぎの最中でしょうが、まずは生きて帰っていてくれることを祈りましょう」

児玉から長沼藩の上屋敷の場所を聞き、与兵衛らは長久保道場を後にした。


下谷御成街道を東に横切り、練塀《ねりべい》小路を越え、御徒町に出たところで北に進むと、間もなく徒衆全二十組の中の、十五組の組屋敷がある。

門を入ると、中央に幅三間（約五・五メートル）程の小路があり、左右に百坪の組屋敷が三十戸建ち並んでいる。七十俵五人扶持《ぶち》の林田家の組屋敷は、小路の奥の方にあった。

組屋敷の前に立つと、中から責めるような荒い声が聞こえてきた。切れ切れに聞こえてくる言葉を繋ぎ合わせてみたが、何を言っているのか、内容までは分からなかった。

占部が眉《まゆ》を掻いてから木戸を開け、御免、と大声を上げた。屋敷の中の声が止み、三十歳程の男に続いて、林田新左衛門と思われる初老の瘦《や》せた男が玄関口に現れた。

ふたりは、占部の黒羽織と着流しの姿を見て八丁堀と気付いたらしい。一瞬立ち竦《すく》むと、まさか、若い方が叫んだ。

「仲二郎に……」

「大一郎、うろたえるでない」

「ということは、まだ戻っていないのですな？」

「……そうだが」

占部は改めて定廻りだと名乗り、話を聞きたい旨、申し出た。

「支配違いだが、今はそのようなことを言ってはいられぬようだな」

「と存じます」

「もしや、利三郎殿の……」新左衛門が瀬島に言った。

「父です」瀬島が答えた。

「此度は」

新左衛門と大一郎が悔みを述べ、瀬島が受けた。

「このような時にも、調べを？」

「いや、本来ならば外されるところなのですが、凝《じ》っとしていられなくて」

「お心の内、お察し申し上げます」

「実を言うと、お手前方で三組目なのだ。組頭の沢村《さわむら》様に安達《あだち》様。おふたりが戻られたと思ったら、徒目付様。そしてお手前方だ」

徒目付は、御目見以下を監察するのが役目である。上に目付がおり、下に手足となって隠密に働く小人《こびと》目付がいる。小人目付は無紋の黒羽織を着ているところから《黒《くろ》っ羽織《ばおり》》と呼ばれていた。

「欠落の届けを出されたのですね」与兵衛が訊いた。

「致し方なかろう。三日に出掛けたまま帰らず、既に五日だ。万一、欠落が露見した時、届けを出していませんでした、では、当主としてどのようなお咎めを受けるか。儂の隠居で済めばよいが、家名断絶となれば御先祖様に申し訳が立たぬわ」

「伸二郎殿の行き先ですが、お心当たりは？」占部が訊いた。

「ない」

「大一郎殿は？」

「ございません」

「お探しになられたと思うのですが」

「ここぞというところは皆、探しました」

「以前にも、このようなことは？」

「ございません」

「どこか悪所にはまっているとかは？」

「考えられぬ。そのようなことは……」新左衛門が言った。

「以前にはありましたが、今はそのようなことは……」大一郎が占部や与兵衛の顔を見回しながら言った。「伸二郎は生きているのでしょうか」

「おめおめと殺されて堪るか」

大一郎を叱り飛ばした新左衛門が、思わず瀬島を見た。

「気になさらず。親なら皆、そう思います……」

瀬島が、やや硬い声で言った。新左衛門は瀬島に詫びると、生きている、と言った。

「そう思っていたいのだが、利三郎殿が殺され、宮坂殿の御嫡男にも何かあったらしく、昨日親父殿が訪ねて来られたが、伸二郎の話をすると何も言わずに慌てて帰ってしまわれた。不安で堪らぬ。お恥ずかしいが、それが本音なのだ……」

占部が与兵衛を見た。何か話せ、と暗に命じているらしい。

「二十九日に」と与兵衛が言った。「伸二郎殿らは三人で酒を飲まれたそうですね。《笹ノ井》で」

「入り婿の口が見付かったので、祝ってもらったそうだ」

「差し支《つか》えなければ、その婿入り先は？」

「言えぬ。今はまだ知られていないが、知られたら破談になる恐れがあるしな。それにもし帰らねば、迷惑を掛けることになるであろうからの」

「二十九日は何刻頃に戻られましたか」

「宵五ツ（午後八時）の門限前であることは間違いないが、はっきりとは覚えておらぬ」

「三日の日は、どこに行くとか、何か聞いておられませんか」

「知らん。婚儀の許しも下りていると言うに。何がどうなってしまったのか。あの親不孝者めが」

新左衛門が拳で膝を叩いた。

「こちらに来られた御徒目付は、寺平彦四郎《てらだいらひこしろう》様ですか」与兵衛が大一郎に訊いた。

「左様でございます」

「知っているのか」新左衛門が訊いた。

「探索の時に世話になったことがありますので」

「ほう、徒目付様が町方の世話をしたのか」

「はい。最初は追い払われておりましたが」

殺しの請け人《犬目》を探索していた折、御家人の調べに、目付の梶山左内《かじやまさない》と徒目付の寺平彦四郎に力添えをしてもらったことがあった。

「であろうな」

新左衛門が、顔を歪めた。笑ったのかもしれない。

「最後にひとつ。仲二郎殿の身体の特徴をお伺いしたいのですが」

死体で見付かった時の備えであった。新左衛門は一瞬咽喉《のど》を詰まらせ、大一郎に、あるか、と訊いた。

「盆《ぼん》の窪《くぼ》に小豆程の黒子《ほくろ》がございます」

「そうであったな」新左衛門は大一郎に答えると、与兵衛に言った。「それで、よいか」

林田家の組屋敷から長久保道場までの道は、半分は武家屋敷小路だった。人通りが少ない分だけ仲二郎を見掛けた者がいるかもしれない。与兵衛らは四手に分かれて道場までの道を辿《たど》ったが、仲二郎らしい者を見掛けた者はいなかった。

「仕方ねえ。次だ」占部が怒鳴るようにして言った。

二

長沼藩の上屋敷は、小石川にあった。

神田旅籠町から神田川に出、川沿いに北西に上り、御三家・水戸《みと》家の上屋敷の手前で北東に折れ、長く続く水戸家の塀を見ながら道なりに進むと、松平丹後守《まつだいらたんごのかみ》の屋敷に突き当たる。そこで再び北西の方角に向かった水戸家の裏に当たるところに、二千余坪の火除地を挟んで長沼藩の江戸上屋敷がある。

「こんなところから旅籠町まで通うな、と言いたかねえか」松原が額に浮いた汗を拭いながら言った。

「つい目と鼻の先だぞ。これくらいで顎を出すとは、北町《きた》は楽な見回りをしているのだな」

「うるせえ」松原が占部に言い返しているうちに、藩邸の門前に着いた。

長沼藩の石高は四万三千石。出番所が片側にだけある片番所付きの長屋門である。この門構えは五万石以下の大名屋敷で、五万石から十万石になると、門の左右に出番所が付く、両番所付き長屋門になる。

「着いたぜ」占部が表門を見上げながら言った。

表門は堅く閉ざされており、物見窓にも人の気配はない。

「嫌な雰囲気だな。高積、任せた」占部が、与兵衛の後ろに下がった。「こういう意《い》固地《こじ》になっているのは、得意だろう？」

「意固地になっているのか」松原が訊いた。

「知らんが、大名家とはそんなもんだ」

「やってみましょう」

物見窓に向かう与兵衛を、寛助が心細げに見送った。

「御免」

三度目の呼び掛けの後、窓が細く開いた。

「某《それがし》は南町奉行所同心の滝村与兵衛と申します」

「捕まえたのか」と窓の中の男が言った。「丑の日殺しの者を」

十一月二日に起きた勘定方・藤崎主計が殺された一件である。

「失礼ですが、お手前は？」

「関根《せきね》だ」

「関根何様で？」

「関根泰兵衛《やすべえ》だ」

「承りました。関根様、某は丑の日殺しとは別の件で参上した者です。御小納戸役・宮坂兵馬様の御嫡男・甲太郎殿に是非ともお会いいたしたいのですが、お取り次ぎをお願いいたします」

「丑の日殺しの一件ならまだしも、他のことで町方に用はない。それにな」と言って、男は占部らや寛助らを見遣り、「ここは大名屋敷だ。門前にいつまでも立ち止まっているではない。分かったら、帰れ」

「甲太郎殿は、藩邸内におられるのですか。もし、三日に出掛けてから戻られていない、というようなことがあると、大事に至っているかもしれないのですが」

関根は一瞬口籠もったが、気を取り直したのか、一息に言った。

「何があろうと、町方には関わりのない話だ。何か尋ねたければ、町奉行所から願い書を出してからにいたせ。帰れ」

「関根殿、私は会いたいと申し上げたのです。尋ねたいとは、申しておりません」

「同じようなものであろう……」

「まったく違います。甲太郎殿に尋常ならざる事情があるからこそ、会うではなく、尋ねると言ってしまわれたのです。違いますか」与兵衛は更に窓に近付き、続けた。

「では、ひとつだけお訊きします。お答えください。甲太郎殿は藩邸にはおられぬ、と私どもは見ています。返事が憚られるのなら、頷いてください。どうなのです？　お尋ねするのは、これだけです」

　関根が小さく頷いた。

「とすると、今頃、甲太郎殿の身の上に恐ろしいことが起こっておるやに見うけられます。今私は、このことを関根泰兵衛殿、あなたに申し上げました。もし甲太郎殿に万一のことがあった時には、再びこちらに出向き、あの時関根泰兵衛殿が甲太郎殿のお身内の方に会わせてくれたら、話が聞けたら、助けられたものを、と叫びますがよろしいですか。いかがです、関根泰兵衛殿」

「いや、それは……」

「関根泰兵衛殿、我々は市中のことなら、猫の通り道まで知り抜いております。信じてください。お身内にお会わせくだされば、話が聞ければ、必ずやお役に立てると存じます。それとも、甲太郎殿を見殺しにするおつもりですか」

「待て」

　関根は、額に浮いた汗を拳で拭うと、待っているのだぞ、と言って立ち上がった。

　動くなよ。

窓が閉じられ、遠退いてゆく足音が微かに聞こえた。

「悪い奴だ」と松原真之介が呟いた。

「高積で商家をいたぶっているだけのことはある。やることが汚《きたね》え」占部が腕組みをして、小石を蹴った。

「俺は親父殿に、弱い者の味方になれ、と言われて育った」松原が言った。

「真っ直ぐに生きる。それが俺の信条だ」占部が頷いた。

「旦那方、そりゃあんまりだぁ」詰め寄ろうとした寛助に、松原と占部が同時に言った。

「俺たちゃ、誉めているんだぜ」

「へっ？」

寛助が首を捻っていると、物見窓が開き、入れ、と関根が言った。宮坂兵馬様がお会いになられるそうだ。

「どうだ。至誠天に通ず、と言ってな。俺たちのお務めは真心《まごころ》なのよ」

いそいそと踏み出した松原の後に占部が続いた。瀬島も苦虫を噛み潰したような顔をして続いた。その後から寛助らが行こうとすると、ふたりだ、と関根が言った。

「そのようにぞろぞろと入られたのでは、内密という訳にゆかなくなる」

占部と与兵衛が宮坂兵馬に会うことになった。ふたりが潜り戸の内側に消えた。

「松原殿」と瀬島が言った。「先程の話は本当か」

「私が、何を言いました？」

「弱い者の味方になれ、だ」

「ああっ」

「本当なのか、と訊いているのだ。答えろ」

「極めて本当に近い、嘘です」

「…………」

「親父殿は、そのようにはっきりとは、何も言ってくれませんでした。私を見ては、腑甲斐無い《ふがいな》とか、頼りないと言って怒ってばかりでした。ですが、出来のよかった私には分かりました。間違っても曲がったことが出来なかった父が、何を思って生きてきたか。倅というものは、親父の背中を見ていっぱしの者になっていくのでしょう」

「そうか……」

瀬島が己の足許を見詰めている。どうしたんだ？　松原が瀬島の斜め後ろにいた寛助に目で訊いた。分かりません。寛助が首を小さく横に振った。

その頃――。

藩邸の長屋に通された占部と与兵衛の前に、宮坂兵馬が現れた。

「わざわざお越しいただき礼を申す。誰に何をどう訊いたらよいのか分からず、眠れぬ夜を過ごしていたのだ。利三郎殿は殺され、伸二郎殿は欠落。甲太郎も戻らぬ。一体、何があったのだ？」

「それを調べに伺ったのです。何か甲太郎殿が言っていたとか、書き残していたとか、ございませんか」

「身の回りはすべて見たが、姿を消す因となるようなものも、それを暗に示すようなものは何もなかった」

「二十九日に、三人で酒を飲んでいますね。橘町の《笹ノ井》で」

「林田家の伸二郎殿の婿入り先が決まってな。祝うというから、偶《たま》にはよい酒を飲むように、と言ったのだが、まさか《笹ノ井》に行くとは」

「宮坂殿は、《笹ノ井》に行かれたことは？」与兵衛が訊いた。

「あるはず、なかろう」

「こう申しては何ですが、よく持ち合わせがありましたね」

「それよりも、一見《いちげん》の客をようも上げたものですな」占部が言った。

「いや、初めてではないぞ。利三郎殿が一度行かれている」

「初めて聞きました。もう少し詳しく話していただけますか」

「疎覚《うろおぼ》えだが、半年程前になろうか、利三郎殿が《笹ノ井》の主の懐を狙った若い女《おな》子《ご》の掏摸《すり》を捕らえたのだそうだ。後難を恐れたのかは知らぬが、主は、まだ若いのだから遣り直しなさいと諭《さと》して放してやった。それが縁で、《笹ノ井》に上がった、と甲太郎から聞いている。此度は、その時の伝手で行ったようだな。こう申しては何だが、料理茶屋とは思えぬ価で上がれるのだそうだ」

「どうして《笹ノ井》に上がったのか、謎《なぞ》が解けました」

「…………」

「《笹ノ井》から戻られたのは何刻くらいでしたか、覚えておいででしょうか」

「当家の門限前であったから、宵五ツ（午後八時）の前であろうな」

どうやら三人とも宵五ツ前には、それぞれの屋敷に戻っていたようだ。

宮坂兵馬からは、それ以上目新しい話は聞き出せなかった。長屋を辞す前に、これは役目でお尋ねするのだが、と前置きして、甲太郎の身体の特徴を訊いた。右の足首に、幼少の頃土手から転げ落ちた時に負った切り傷の痕《あと》があるらしい。礼を言い、藩邸を出ると、松原と瀬島に寛助らが駆け寄って来た。

「どうであった？」瀬島が訊いた。

《笹ノ井》に利三郎が行っていたことを伝えた。瀬島さんは、ご存じではなかったようですが。

「知らん。藤は何と言っていた？」

「『偶には贅沢《ぜいたく》の味を知るのもよいことかと』。ですから、行ったことはないのだろうと思っていました」

「恐らく、俺のためだ。定廻りの倅が、料理茶屋で安く飲ませてもらう。何かの時に、匙《さじ》加減してもらいたい、という《笹ノ井》の下心があるからだ。それでは俺のお役目に差し障りが出ることになる。俺には何とか隠しておこう、と即座にそこまでは考えられるのだろうな。だが、少しぐらいなら、と利三郎を行かせてしまっていたのだろう。あれは、そういう女だ」

「瀬島さん、このことで、御新造を責めないでくださいよ。今は、利三郎殿を亡くしたばかりですからね」占部の諭すような物言いに、瀬島が怒鳴って答えた。「俺が何年、あいつと暮らしていると思っているんだ。分かっている。言われんでもな」

再び長久保道場への道を小人数に分かれて辿ったが、甲太郎らしい者を見掛けた者はいなかった。

「この後だが、行くんだろうな?」

占部が与兵衛に訊いた。松原も聞き耳を立てている。

「勿論です。腹拵《はらごしら》えしたら橘町です」

「よし、付き合おう」松原が、辺りを見回した。「で、何を食うんだ?」

「この先に、ちょいと美味《うま》い蕎麦《そば》屋がありやすが」寛助が言った。

「駄目だ。もっと腹に応えるもんだ。飯だ」松原が腹をさすった。

「でしたら」と政五郎が言った。「丼飯で評判のいいところがございますが」

「がさつなのは駄目だぞ」

「今時なら、滝野川《たきのがわ》の蕪《かぶ》と牛蒡に千住葱《せんじゆねぎ》、亀戸《かめいど》大根に小松菜を鴨肉と炊《た》き合わせまして、そこに崩した焼き豆腐を落とし、熱々のを丼飯に掛けて食うのですが、お口には?」

「合いそうだ。すごく合うような気がする」松原が舌なめずりをした。

「では、ご案内いたしやす」

「決まったな。今日の昼餉《ひる》は北町《きた》の奢《おご》りだ」

占部に応え、政五郎や寛助らが口々に礼を言った。

「もしや、昨日から食べていないのではありませんか。それでは身体が保《も》ちません。

参りましょう」

与兵衛が瀬島の背を押した。占部と松原が、背で聞いていた。

三

料理茶屋《笹ノ井》の門前は、塵《ちり》ひとつなく掃き清められ、水が打たれていた。檜皮葺《ひわだぶき》門を入ると、板石の敷き詰められた露地が続き、紅白の花を付けた山茶花《さざんか》の古木と大岩が行く手を遮《さえぎ》っている。草陰からは僅かに解け残った雪が覗き、山野に迷い込んだような思いに捕らわれる。ほおっと占部が声に出した時、玄関前に着いた。玄関脇に控えていた若い男衆《おとこし》が、八丁堀と見て、身体を固めた。《笹ノ井》の屋号を染め抜いた半纏《はんてん》を羽織っている。

「ここは俺の人《にん》に合わねえな。北町《きた》に頼もうか」占部が松原に言った。

「飯をたかった上に聞き役か。それはあんまりだろう。高積にやらせりゃいいじゃねえか、今後のためだしな」

門を通った時から、こうなるだろうと与兵衛は思っていた。

「高積、出番だぞ」

占部の一言で、与兵衛が先頭に立った。

「俺が利三郎の父だと言うな。聞けるものも聞けなくなるでな」瀬島が小声で言った。

与兵衛は頷くと、邪魔するぜ、男衆に声を掛け、玄関の敷居を跨《また》いだ。与兵衛の脇を擂《す》り抜けるようにしてふたりの若い衆が玄関に入り、奥に声を掛け、与兵衛の左右に立った。

「これはこれは、お出でなさいまし」

帳場からでっぷりとした女将《おかみ》が現れ、にこやかな笑顔で出迎えた。八丁堀と分かっても、動じない。そこが、料理茶屋を取り仕切る女将の器量なのだろう。

「忙しいところを済まねえ。訊きたいことがあるのだが、客商売だ。玄関口で、という訳にはいかんだろう。上がらせてもらっていいか」

「ここは料理茶屋でございます。お座敷にはお上がりいただけますが、さてどういたしましょうか」

女将が振り向くのを見越したように、主が内暖簾を潜って頷きながら出て来た。女将に負けず劣らず恰幅《かっぷく》がいい。

「手前が主の吉右衛門《きちえもん》でございます。何か、お調べの筋でございましょうか」

「ここに来た客のことでな、訊きたいことがあるのだ」

「手前どもの商いはお役人様のお見回りがあったればこそ、でございますよ。ご遠慮なく、お上がりください」

吉右衛門は与兵衛の後ろにいる占部らにも上がるように言った。

「いや人数が多過ぎるでな、三、四人で話を聞かせてもらえればよいぞ」

「左様でございますか。では親分さん方は、この脇に若い者の控所がございますので、そちらでお待ちいただきましょうか。そこには火の気もございます。熱いお茶でも飲んでいていただけたらと存じます」

「それは助かる。ありがとよ」

吉右衛門が若い衆に案内するよう言い付けた。寛助や政五郎らが玄関口から消え、与兵衛らも帳場へ入り、玄関が空になった。ひとり残っていた女将が玄関を見回し、後に続いた。

女将が吉右衛門の斜め後ろに座るのを待ち、十一月二十九日に利三郎らが客として来たかどうか、与兵衛が尋ねた。

「おいでになられました。はっきりと覚えております」

「ここにはどれくらいいたのだ?」

「お見えになられたのが、確か昼八ツ（午後二時）を過ぎた頃で……」

吉右衛門が女将を見た。

「それくらいであったと思います」

「お戻りになられたのは、暮れ六ツ（午後六時）頃でございました」吉右衛門が言った。

「利三郎とは知り合いだったらしいな」

「はい、以前手前が掏摸に狙われた時に、紙入れを取り返してくださいましたのが御縁で」

「仲間の祝いだと言って、来たのだな」

「はい。そのように仰っていました」

「座敷に上がっていた時に、他の客と揉めごとはなかったか」与兵衛が訊いた。

「そのようなことは、ございませんでした」

「他に客は？」与兵衛が訊いた。

「二組程」吉右衛門が答えた。

「どこの誰か、教えちゃくれねえか」

「お名を存じ上げないお客様ばかりで」

「そいつは、おかしかねえか。一見の客は、上げないって話じゃねえのか」占部が言った。

「その通りでございますが、滅多にお上げしないだけで、お客様の少ない時はお使いいただくこともあるのでございますよ。手前どものように客商売が長《なご》うなりますと、人を見れば人品の善《よ》し悪《あ》しの見当は付くと申しますか、その辺り、お察しいただければ、と存じますが」

「すると何か、二十九日の客は、普段は滅多に上げない一見の客が二組、一度来た客が一組ってことになるな」占部が言った。

「気付きませんでしたが、左様でございますね」

「ばかに都合良く出来ているじゃねえか」松原だった。

「何を仰りたいのか、解《げ》しかねますが」吉右衛門の顔から笑みが消えた。

「済まねえな、気にしないでくれ。少し気が立っているんだ」と言うのは、と占部が、利三郎が殺されたことを話した。

吉右衛門と女将は口を開け、暫し言葉を失っていたが、吉右衛門が、では、と言った。

「昨日でございますか、甚兵衛橋近くで若いお武家様の亡骸が見付かったというのは

「……」

「利三郎だ。まだ見習ではあったが、南町の同心であったのだ」占部が続けた。「だから、どうしても利三郎を手に掛けた者を探し出したいのだ」

「左様でございましたか。お気の毒なことでございます。何をお話しすれば？」

「よく言ってくれた。では、座敷での三人の様子を訊きたいのだが」と占部が、奥の方を覗くようにして言った。「その時の仲居を呼んでもらえるか」

「よろしゅうございますが、そろそろお客様がお見えになる頃合ですので、短めにお願いいたします」

「承知した」

鈴《すず》を、と吉右衛門が女将に言った。女将が奥に向かった。肉付きのいい尻がぷるぷると揺れている。

女将の後から、二十歳《はたち》前くらいだろうか、髪を島田《しまだ》に結った女が付いてくる。鈴という仲居のようだった。女は与兵衛らを見て、帳場に入るのを躊躇《ためら》ったが、吉右衛門に促され、与兵衛らから一番遠い、敷居際に座った。

「忙しい時に済まねえな。ほんの少し、二十九日の客のことで訊きたいんだ。客というのは、二十五、六の若侍の三人組なんだが、覚えているかい？」

「……はい」鈴が小さな声で答えた。

「その三人なんだが、様子はどうだった？　楽しそうだったか、それとも言い争いをしていたとか」

「おひとりの方の婿入り先が決まったとかで、それはもう楽しそうに話しておいででした」

「他にも客がいたそうだが、揉めたとかは？」

「ございませんでした」

「他に二組いたそうだが、どんな客だったか、覚えているかな？」

「さあ、私は紅葉《もみじ》の間《ま》の係でしたので、他のお客様のことは」

「見ていないのかい？」

「はい。廊下で擦れ違うとかもございませんでしたので」

「紅葉の間に、三人は上がっていた。いつ頃までいた？」

「暮れ六ツ近くまでいらっしゃいました」

「帰りにどこかに行くとか話しちゃいなかったか」

「いいえ。そのようなことは」

「三人のことで、何か気が付いたこととか、気になったことはなかったか」

「………」目を泳がせるようにして考えていた鈴が、ぽっと口を開いた。「おひとりの方が、玄関を出る時に振り向き、首を捻ったような、妙な動きをなさっておいででしたのが、少し気になっています……」

「どんな感じだ。やってみてくれねえか」

鈴が振り向いて小首を傾げてみせた。

「ありがとよ。それが誰だか分かるか」

「さあ、お名前までは……」

「どんな羽織を着ていた？」

「確か、萌黄《もえぎ》色の羽織をお召しでした」

利三郎ではない。利三郎は、似せ紫という暗い赤紫の羽織を着ていた。いや、と与兵衛は心の中で打ち消す。あれは亡骸が身に着けていた羽織だ。萌黄色は持っていたのだろうか。瀬島亀市郎を見た。唇を一文字に結んだまま、首を横に振った。とすると、林田伸二郎か、宮坂甲太郎のどちらかだ。

「その時、何か言っちゃいなかったか」

鈴は少しの間考えてから、何も、と答えた。

「見送りに出たはずだな」吉右衛門と女将に訊いた。

「どうだ、覚えているか」

「勿論でございます。その後で背を向けられた時、懐に手を当てておいででした。紙入れをお忘れになったか、と勘違いされたのではないでしょうか」

「そんな様子でございましたねえ」女将が口許に手を当て、笑ってみせた。

廊下を渡る足音が小さく響いた。小皿の触れ合う音もしている。仲居同士の声も聞こえた。

「恐れ入りますが……」

この辺りでよろしゅうございましょうか。吉右衛門が両の掌を擦り合わせ、頭を下げた。

潮時だろう。与兵衛は、占部らに訊くことはないか、尋ねてから立ち上がった。

与兵衛らの足音を聞き付けて、若い男衆が玄関口に現れた。寛助らもいる。

その時になって、帳場の入り口にある刀簞笥《かたなだんす》に目がいった。剛直な一振りが納まっていた。

柄鮫《つかざめ》を張り、黒色の紐《ひも》で巻いた柄に、鞘《さや》は黒漆《うるし》で塗り固められている。黒拵《くろごしら》えである。備前《びぜん》刀を思わせる腰反りの深さは、生半《なまなか》の腕の者の差し料ではない。

「似合わねえのがあるな」

思わず与兵衛が手に取ろうとすると、

「俺の刀に何か用か」

廊下の奥から出て来たのは、《浜田屋》宗兵衛の用心棒・伏見行蔵だった。連れがいるのかと後ろを見たが、いない。ひとりで上がったらしい。

「失礼いたした。滅多にお目に掛かれぬ立派な差し料なので」

「手を触れぬがよいぞ。鞘に納まっていても、人を斬るでな」

伏見は口許に鈍い笑みを浮かべると、馳走《ちそう》になった、と主に言い、男衆に見送られて《笹ノ井》を後にした。大岩の陰に姿が消えるのを待ち、訊いた。

「一見ではなさそうだな」

「元は、一見のお客様でした」

「誰と来た？」

「いつもおひとりでございます」

「よく上げたものだな」

「味の分かる御方とお見受けいたしましたので」

「邪魔したな」

「お役に立てて、何よりでございました」

吉右衛門と女将が膝に手を当て、深く頭を下げた。玄関を出ようとして与兵衛は、足を止め、振り向いた。式台の向こうに帳場が、奥に続く廊下が見えた。仲二郎か甲太郎が見ていたのは、廊下の先にある座敷だったのではなかったのか。吉右衛門と目が合った。与兵衛の胸の内を探るような暗い眼差《まなざ》しだった。

「戻りましょう」与兵衛が皆に言った。

「どっちだ?」占部が訊いた。

「林田新左衛門からにしましょう。会い易いですから」

「乗りかかった舟だ。付き合うぜ」松原が言った。

「どういうことなんで?」寛助と政五郎が訊いた。

帰り際に、三人のうちのひとりが振り向いて首を捻ったのだ。それが誰だかはっきりさせようってことだ。松原が言った。

「分かるんで?」

「羽織の色でな。萌黄色だ」

来た道を引き返し、林田新左衛門の組屋敷を訪ね、十一月二十九日と十二月三日に着ていた羽織の色を訊いた。二十九日のは忘れてしまっていたが、三日に着ていた羽織の色は、大一郎が覚えていた。桑茶《くわちゃ》色だった。萌黄色の羽織は兄弟ともに持っていなかった。

「首を捻ったのは、宮坂甲太郎だな」占部が言った。

「裏を取りましょう」

「当たり前だ」占部が、むっとした顔で言った。松原が嬉しそうに笑った。

次《つ》いで長沼藩江戸屋敷に行き、宮坂兵馬に同様のことを訊くと、こちらも二十九日のことは覚えておらず、三日の羽織だけ分かった。素鼠《すねずみ》色、すなわち灰色であった。

「萌黄色の羽織は？」

「確か、気に入りのものであったはずだ」

「二十九日に羽織っていたのを見た者がいるのですが」

「ならば、そうであろう」


呉服橋《ごふくばし》御門内に戻る松原と別れ、与兵衛らが南町奉行所の大門を潜ったのは、夕七ツ（午後四時）に近い頃合だった。

一旦高積見廻りの詰所に寄ろうとした与兵衛が、占部と瀬島に挨拶をしていると、

「滝与の旦那」寛助が玄関に背を向け、己の腹を指さしながら言った。「ありゃ、《黒っ羽織》じゃござんせんか」

徒目付の下で隠密に働く小人目付である。

「何だと?」占部が玄関脇に佇んでいる無紋の黒羽織のふたりに目を留め、「らしいな」

呟いた時には、小人目付らに向かって歩き出していた。利三郎が殺された一件と、伸二郎の欠落の届け出を受け、目付か徒目付が月番の奉行所に出向いて来たものと思われた。

御家人の子弟が殺された場合、目付が探索し、手に掛けた者を捕らえ、頭支配《かしらしはい》に引き渡す。頭支配はその者を取り調べ、評定所に送る、という手続きを踏むのだが、利三郎の一件のように奉行所の同心の子弟となると、奉行所が探索し、手に掛けた者が町屋の者ならば奉行所が裁き、御家人ならば目付に突き出し、目付が頭支配に引き渡すということになる。

分かり切っていることではないか。なのに今更何の用で、と占部は思ったのだろう。小人目付目指して歩みの速度を上げている。

それでなくとも、御家人絡みの一件が起こると、目付とは何かと支配違いのことで揉めていた。揉めれば探索に支障を来《きた》すことになる。止めなければ。与兵衛は駆けるようにして、占部の前に回り込み、小人目付に声を掛けた。

「お久し振りです」

八月のことになる。小普請世話役・吉村治兵衛《よしむらじへえ》が殺害された一件を調べていた時、吉村の拝領屋敷の門前に立っていたふたりだった。

「おう、あの時の」

「何だ。見知っているのか」

吉村に次いで同じ世話役の兼子又五郎《かねこまたごろう》が殺された時、兼子の亡骸のある拝領屋敷に上げてくれたことを話した。

「北町《きた》の松原さんは門前に留め置き、私だけでした」

占部の顔が柔らかく崩れた。

「なかなか話の分かる方々らしいな」

占部が改めて小人目付に頭を下げている。

「寺平様がいらしているのですか」与兵衛が小人目付に訊いた。

「御目付もだ」

ならば、と与兵衛が後ずさり、高積見廻りの詰所に行こうとすると、当番方の同心に名を呼ばれた。

「御支配が、戻り次第使者の間に来るように、と仰せですが」

った。

「占部様と瀬島様もです」

占部と瀬島とともに、玄関を入って左側にある使者の間、すなわち応接の間に向かった。

大熊正右衛門と梶山左内の声が、笑いを交えて廊下にまで聞こえている。梶山が徒《かち》頭《がしら》であった頃、大熊とともに捕らえた徒衆《かちしゆう》の乱心者の話に花が咲いているらしい。

廊下に膝を突き、戻った旨挨拶をすると、脇正面にいた徒目付の寺平彦四郎が懐かしげに声を上げた。相変わらず色が浅黒い。

「また駆り出されたそうだな」

梶山左内だった。丸に笹竜胆《ささりんどう》の紋所が、笑い声とともに揺れている。

「久しい、と言う程でもないが、久しいの」

「恐れ入ります。《犬目》の一件の時以来になります」

「今も大熊殿に話していたのだが、瀬島利三郎の一件は奉行所が探索することゆえ求めがあるまで手出しいたさぬが、林田伸二郎の一件はこちら主導だからな。有り体に言うと、釘《くぎ》を刺しに来たと言う訳だ。と言うても、其の方の眼力は承知している。話を聞きに来た、というのが正直なところだ」

「建て前では欠落の探索は親族がするのですが、届けを受けた以上はそうも言っておれぬので、仕方なく乗り出しているという始末なのです」寺平が大熊に言った。

「訊き忘れたことがあり、林田の組屋敷に使いを出したところ、其の方が来たと知ったのでな、何か摑んだことがあれば訊きに来たのだ」梶山は茶を一口啜《すす》ると、続けた。「手間を省くことにもなる。済まぬが、分かっていることを教えてくれぬか」

大熊が、話すようにと与兵衛を促した。

「申し訳ございません。まだ、何も……」

「何も、か。いや、少しくらいはあるであろう？」

「殺された利三郎と林田と宮坂が、先月二十九日に連れ立って料理茶屋に上がっております」

「らしいな。林田の親父殿から聞いた。で、何かあったか」寺平が言った。

「今のところはございません。ですが、もう少し突っついてみようかと思っております」

「何かあったら知らせてくれ。明屋敷の時のように、助力出来るところはさせてもらうでな」

驚いたぞ、と梶山が大熊に言った。明屋敷番の許しを得ずに、内密に屋敷に上がりたい。徒目付が共にいれば、見咎められたとしても何とか言い訳が立つから、寸《ちょん》の間《ま》貸してくれ。滝村に、そのように言われたのだ。

「お役に就いてから、お守り代わりに使われたのは初めてです。泣く子も黙る徒目付と自負していたのですが」

「申し訳ございません。捕物となると、立場を忘れ、不作法になるもので」

大熊が畳に手を突くのを見て、与兵衛も倣《なら》った。

「いやいや、それが妙なことに不快ではなかったのです。却《かえ》って心地よい、というのでもありませんが」

梶山は、尚《なお》も詫びようとする大熊を制し、と言うことなのだ、と言った。

「支配違いだ何だ、と言うておっても無駄な時を過ごすだけだからな。せめて我らが職にある間は、ざっくばらんで参ろうではないか。のう、大熊殿」

大熊は梶山と寺平に礼を言うと、無茶をいたすな、と与兵衛に言った。事と次第によっては、大騒動になるところだぞ。

「滝村、今後は何事も占部に相談してから動くようにするのだぞ。占部も、ねちねちと問い質《ただ》すようにな」

「羨《うらや》ましゅうございます」と占部が、一座に向かって言った。「私が何年掛けても崩せぬ壁を、この者は何もないかの如く、容易《たやす》く越えて参ります」

「そうよな」と梶山が言った。「少しずつだが、人の気質は変わっているのであろうな……」

儂らは古くなっているのかもしれぬぞ。大熊に言い、笑い合っていた声を収めると、俄《にわか》に真顔になり、

「瀬島利三郎」と言った。「なかなかの者であったと聞いている。残念なことであったな」

大熊は低頭すると、瀬島亀市郎をふたりに引き合わせた。梶山と寺平が居住まいを正し、悔みを述べた。使者の間から声が絶え、訴訟を受けている当番方同心の話し声が小さく聞こえた。

「林田と宮坂の両名は、いずれにおるのかの？」梶山が言った。

「どの家も、心配で眠れぬことでしょう」寺平が応じた。

「とは存じますが」瀬島が呟くように言った。「心配出来るのは幸せでございます。欠落はまだ生きている目がありますが、死なれてはその目もございません……」

「うむ」

大熊が唸りながら与兵衛を見た。何か言え、と言っているらしい。

占部に合図を送らないところまではよかったが、何も私に、と思案していると、表が騒々しくなっている。何やら、火急だと叫んでいる。

「見て参ります」

占部が、身軽に立ち上がった。逃げたな。大熊も与兵衛も、同時に同じことを思った。

「何っ」

声とともに占部が戻って来た。

「何事だ」大熊が訊いた。

「瀬島さんの御新造が倒れたそうです」占部が言葉を継いだ。「昌庵先生の見立てによりますと、疲れだと思うが、ここ暫くは安静にしているように、とのことだそうです」

「今日はもうよい。急ぎ組屋敷に戻れ」大熊が瀬島に言った。

「しかし……」

躊躇っている瀬島に、梶山が問うた。

「昌庵とは、北島町の、あの昌庵がことか」

「左様でございますが」

占部が頷いた。

「あの先生に分かるのは、打ち身か食い過ぎぐらいであろう。疲れならよいが、卒中だと後々のことがあるからの」よい医者がいる、と梶山が言った。「小船町《こぶなちょう》の松木道順《まつきどうじゅん》先生だ。急ぎ表の者を走らせよう」

「しかし、それでは昌庵先生の面目が」瀬島が言った。

「命の問題だ。構うことはない」梶山が強い口調で言った。「よいか。こと市中の探索に掛けては、儂らよりも滝村の方が優れている。それが分かっているから、こうして目付と徒目付が膝を屈して、そうは見えぬかもしれぬが、心の中では膝を屈し、頭を下げて奉行所に来ているのだ。面目など、気にするでない。昌庵にしても、悔しいと感じる心があるのならば、腕を上げればよいだけの話だ。それまでは、屈しているしかない。違うか」

「その通りでございます……」瀬島が言った。

「彦四郎、頼むぞ」

「心得ました」寺平が玄関に急いだ。

「とにかく、戻れ。そして、暫く側に付いていてやるがよい。その間のことは心配いたすな。占部もおれば、徒目付殿を顎で使う滝村もいるのだからな」

「目星が付いたら、必ず呼びますし、探索の状況は政五郎に知らせに行かせますので」占部が言った。

「かたじけない」

瀬島の姿が見えなくなると、どこから調べるのか、と大熊が与兵衛に訊いた。

「取り敢えず《笹ノ井》からにしようかと」

「怪しいところがあったのか」

「まだはっきりとはいたしませんが」

其の方の勘に任せよう。大熊が深く息を吐きながら言った。


翌十二月六日。

与兵衛は、《笹ノ井》のある橘町の御用聞き・佐助《さすけ》を訪ねた。佐助は七十三歳、生まれも育ちも橘町で、土地のことは猫道までも知り尽くしている、昔気質の十手持ちだった。

《浜田屋》の用心棒が客として上がっていたのだから、《浜田屋》と何か関わりがあるのか、と考えてのことだったが、七年前に《笹ノ井》を居抜きで買ったことと、吉右衛門が紀州《きしゅう》の出だと分かっただけで、怪しいところは何もなかった。

「どういたしやしょう?」寛助が心細げな声を出した。

「《笹ノ井》を辞めた者を探すんだ。何か聞き出せるかもしれないからな」

「旦那、まさか、またあそこですかい?」寛助が米造と新七と顔を見合わせた。

「こんな時に頼りになるのは、あいつしかいねえじゃねえか」

餅《もち》の二つ、三つ、ささっと食ったら、花川戸《はなかわど》に行くぜ。与兵衛が中間の朝吉に、どこの茶店の餅が美味い、と訊いた。左様でございますね。朝吉が、辺りを見回してから、汐見橋《しおみばし》を指さした。

「黄粉《きなこ》が美味いって評判なんでございます」

何でもよく知っている。中間仲間というのは、食い物の話しかしていないらしい。

「よし、そこにしよう」

「下膨《しもぶく》れの可愛《かわい》い娘っ子がいるそうなんです。名はお夏《なつ》と言いまして、父親が……」

朝吉が言い終える前に新七が先頭に立った。

第四章　料理茶屋《笹《ささ》ノ井《い》》の客

一

十二月六日。昼四ツ（午前十時）。

柳橋を渡り、平右衛門町《へいえもんちょう》の船宿《川端屋《かわばたや》》の敷居を跨いだ。帳場にいた番頭が、与兵衛を見てにこやかな笑みを浮かべた。

「これはこれは、ようこそおいでくださいました。余市《よいち》でございましょうか」

余市は、年の頃七十になろうかという老船頭だったが、艪《ろ》を漕がせたら若い者に引けを取らない腕をしていた。与兵衛が贔屓《ひいき》にしているのを、八月に一度見た切りで覚えているらしい。客商売とはすごいものだ、と感心していると、

「旦那ぁ」

余市の潮《しお》で鍛《きた》えた威勢のいい声が土間に響いた。

「乗せてもらいに来たぜ」

「嬉しいことを仰るからなあ、旦那は。どちらまで参《めえ》りやしょう」

「吾妻橋《あずまばし》のたもとまで頼もうか」

「へい」と答え、ひょいと与兵衛を見た。「任せておくんなさい」

余市が舟の仕度をしに、いそいそと裏に回ったのと入れ違いに表に現れた主が、与兵衛に丁寧な挨拶をした。窓格子の隙間から船着き場を見ていた番頭が、余市の合図を受け、整いましたようで、と与兵衛らの先に立った。

舟が《川端屋》を離れ、大川《おおかわ》に出た。身を切るような川風が吹き抜けてゆく。足許に置かれた小さな火桶に掌を翳《かざ》した。

「お寒かぁござんせんか」

「火の気があるから大丈夫だ。気ぃ遣ってくれてありがとよ」

「とんでもねえ。旦那にはいつも過分なお心付けを頂戴しちまって」

「過分じゃねえよ。とっつぁんが腕で稼いだもんだ、礼はなしだ」

「ねえ、旦那」

「ん」

「吾妻橋ってことは、また《川口屋《かわぐちや》》ですかい？」

「だったら？」

「あそこの若い衆で、巳之吉《みのきち》ってのがいるんですが」

その巳之吉が、酒に酔った客に絡まれていた《川端屋》の船頭を助けてくれたのだと、余市が言った。

「皆で逆じゃねえかって言ったんですが、本当でやした。まさか、あの《川口屋》の者に礼を言うようなことになろうとは、お天道様《てんと》が変な方から昇るんじゃねえかって話してたんですが。旦那ぁ、誉めてやっといておくんなさいやすか。ちいっとは、いいことするようになるかもしれやせんし」

「滅多にない話だな」

「そうなんで」

「だけどな、気分次第で悪党にもなれば、善人にもなる。それが人ってもんだからな。早い話が、また絡まれたとしても、そいつが今度も助けてくれるとは限らねえ。絡む方に回るかもしれん。そうは思うが、嬉しい話であることは確かだ。伝えておこう」

「お頼みいたしますですよ、旦那」

「おうよ」

暫くの間、黙って艪を漕いでいた余市が、旦那、と短く呼び掛けた。微《かす》かに張り詰めたものが読み取れる声だった。

「日除舟《ひよけぶね》が参りやす。ご覧になってくださいい」

日や雨風を除けるために、簡便な屋根と障子を付けた船が、川上から下って来ていた。間合は半町（約五十五メートル）程である。見る間に、擦れ違って行った。障子が立てられており、中を窺《うかが》うことは出来なかった。

「あれは、《浜田屋》の舟ですぜ」

「芝大門前の？」

「さいでございます」

「目印でもあるのか」

「舳先《へさき》が黒く塗られているのと、船頭を三人ばかり抱えておりますが、どの面も悪相なので、一目で分かるってもんです」

「そいつはいい目印だ。まさか《浜田屋》が舟を持っているとは、思わなかったぜ」

「悪いことばかりしているから、あっしども船頭を信用しないんでございますよ」

「舟は、どこに舫《もや》っているんだ？」

詳しくは知りませんが、金杉橋の東、松平肥後守《ひごのかみ》様の下屋敷近くか、芝橋のちょいと先、本芝《ほんしば》辺りの浜、それか中洲《なかす》か、江戸川を遡った下総の関宿で見掛けた、なんて話も聞いておりやすが、本芝辺りにいることが多いようでございます。

「どのみち、悪い相談でもぶっているんでしょうよ。あっしも何度か見ておりやす」

与兵衛は余市が口にした場所を頭に刻み付けた。

「悪党ってのは、用心深くて頭がよくねえとなれねえらしいな」

「だから、あっしどもは、ちいっとは博打《ばくち》も打ちやすが、真っ正直に働いているんで」

「畳の上で死のうと思ったら、それが一番よ」

熱いのを飲んでくれ。心付けをたっぷりと渡し、陸《おか》に上がると、広小路の雑踏を通り抜け、花川戸町の口入屋《川口屋》の戸を開けた。

「今度ふけたらどうなるか、分かっているだろうな……」

番頭の右吉《うきち》が、四十面の渡り中間風の小男を脅していた。どうやら奉公先から逃げ出したことがあるらしい。奉公人が逃走した場合、斡旋《あっせん》した口入屋は、奉公先に新たな奉公人を入れるか、奉公人の給金を弁済する義務が生ずる。それればかりでなく、せっかく築いた口入屋としての信用も墜《お》ちてしまうのである。

小男は与兵衛をちらりと見ると、右吉に何度も頭を下げ、戸口から飛び出して行った。

「穏やかじゃねえな」

「あれくらい言わないと、ふけ癖が付いている者は何度でもふけますので」

「どっちだと思う？　今の奴は、またふけると思うか、今度は堅く働くか」

「ふけるでしょうね」

「面ぁ覚えているから、簀《す》巻《ま》きにして大川に流すなよ」

「旦那、手前どもでは、そのようなことは決していたしませんので、くれぐれもご承知おきの程を」

元締でしょうか、と右吉が声を改めて訊いた。

「うむ、頼みがあるんだが、あそこか」

顔を新鳥越町《しんとりごえちよう》の方へ向けた。そこに、お弓《ゆみ》という色の白い女を囲っていた。

「左様でございますが、案内を付けますんで」

巳之、と右吉が奥に声を掛けた。へい、という返事とともに、年の頃は二十歳前後の若い衆が内暖簾を分けて出て来、与兵衛らを見て、一瞬息を飲んだ。

「馬鹿野郎が、悪いことしてねえのなら、びくつくんじゃやねえ」一喝《いっかつ》すると、清蔵《せいぞう》に表に来るように言ってくれ、と命じた。「てめえはその足で元締んところへ走り、旦那方が伺いたいと仰っていますが、と御都合を訊いてくるんだ。急げよ」

返事をするのと、裏に駆け出すのがほぼ同時だった。素早い。

「今の巳之吉だがな」

与兵衛が、客に絡まれている船頭を助けたことを話した。

「よくそのようなことまでご存じで」

「俺たちは耳で生きているようなものだからな」

「客というのが本所の破落戸《ごろつき》で、後ろに御家人が付いているという、ちいと厄介な奴だったんでございますが、今のところは収まっております」

本所か。来島半弥という御家人を思い浮かべたが、与兵衛はその名を口にしなかった。半弥であろうとなかろうと、今はそっちを構っている暇はない。

「ここらは元締の縄張りだ。余程の間抜けでない限り、何も言っては来ねえだろうが、何かの時は俺の名を出してくれ。次の定廻りだと言っても構わない」

「では、やはり旦那がなられるんで?」

「決まったことではねえが、その方が押しが利くだろう」

「それはもう」

清蔵という三十半ばの男が影のようにするりと現れ、右吉の斜め後ろに両膝を突いた。おうっ。右吉は簡単にことの経緯を話すと、待っているように言った。

「忙しいところを俺の我儘《わがまま》だ。すまねえな」与兵衛が清蔵に詫びた。

「いいえ」清蔵は口数の少ない男なのか、それで口を閉じてしまった。

表の腰高障子がふいに震えた。風が出て来たらしい。

「日が落ちたら、寒くなりますね」

「早く帰った方がよさそうだな」

「旦那、まさか丑の日殺しの一件をお調べに？」右吉が訊いた。

「あれは定廻りの受け持ちだ。俺はもっと小者よ」

「ご冗談を」

笑い合っているところに、巳之吉が戻って来て、右吉に頷いた。清蔵が立ち上がり、裏から回って来た。

「ご案内、いたします」

清蔵は何を言われても、へい、と、いいえ、を繰り返すだけだった。寛助が間遠に答える清蔵の横顔を睨むように見詰めても、気にする風もなく、正確に歩みを刻んだ。

「お前は、前からいたのか」

「へい……」通りから横町に折れた。

「顔を合わせたことがなかったな」

「へい……」路地に入った。

「気に入った。これからも案内を頼むぜ」

「……へい」

「なかなかの貫禄《かんろく》じゃねえか。江戸の生まれか」

「いいえ……」

「どこなんだ、生国は？」

「着きました」

路地の突き当たりに来ていた。妾《めかけ》のお弓を囲っている家である。

どうぞ。門を入ると、万平《まんぺい》が出迎えていた。三月前は使いっ走りをしていた若い衆である。少しずつ重く扱われるようになっているのだろう。万平の後に従いながら左右を見ると、植木の陰に用心棒の姿が見えた。

寛助らを玄関に残し、与兵衛はひとりで家に上がった。足袋《たび》を通して、板廊下の冷たさが伝わってくる。居室に入った。長火鉢の炭火は赤く熾《お》きていたが、部屋の四隅は冷気がわだかまっている。巳之吉の知らせを受け、急ぎこの家に移って来たのだろう。新しい隠れ家は、近くにあると思われた。

《川口屋》承右衛門《しょうえもん》が、奥から現れ、長火鉢の前に座った。

「これは、旦那。今日は、一体何の御用で？」

承右衛門の裏の顔は浅草一帯の香具師《やし》の元締である。余市に言わせれば、外道で、逆らう者や気に入らない者は簀巻きにして大川に沈め、その数は余市らの知っているだけで五人に上るらしい。しかし、土左衛門《どざえもん》はろくな調べもせずに焼くか埋めてしまうので、殺しの証は摑めていない。

その承右衛門の力を、与兵衛は探索に使っていた。毒も使い方によっては薬になる、と誰に習った訳でもないが、知っていたからだ。

――ほとほと旦那は変わったお人でございますね。

使われる承右衛門も面白がっている素振りを見せてはいるが、己に手出しをしようとすれば殺すつもりで応じていた。危ういところで、ふたりの間は成り立っていたのである。

承右衛門は鉄瓶《てつびん》の湯を急須《きゅうす》に注《さ》し、茶を淹れ、猫板に置いた。

「熱いのを、どうぞ」

贅沢な茶葉だった。ねっとりと濃いが、切れがいい。

「何をお調べすれば、よろしいのでしょう？」

「おう、頼まれてくれるか」

「お断りしても構わないので？」

「そりゃ困るが、俺は無理強《じ》いは嫌いだからな」

「仰ってみてください」

橘町に料理茶屋《笹ノ井》ってのがある。元締なら、知っていなさるだろうが。

「勿論、存じております。あそこが何か」

この二、三年のうちに辞めた仲居を探してもらいたいのだ、と与兵衛は言った。頼めるだろうか。

「奉行所に恩を売る話でございます。断るなんざ、いたしません。市中の口入屋に回状を流せば、直ぐにも見付かるはずです。喜んで、とお答えしておきましょう」

「元締は、《笹ノ井》に上がったことは？」

承右衛門は、凝《じ》っと与兵衛を見てから、ございません、と言った。料理茶屋というのは、どうも好みでは……。

「ところで、舟を持っているか」

「手前が、でございますか」

「持っているんだな？」

「どうしてでございます。まだお答えしておりませんが」

「俺は元締と話しているんだ。手前が、と訊くことはねえだろう。なのに訊いたのは、考える時を作りたかったからだろう？」

「かないませんな」承右衛門は茶を一口啜ると、猫板に戻しながら、旦那の前ですが、と言った。「万一お役人様に追われた時のために、用意だけはいたしておりますす」

「どこに隠してあるのか、なんて野暮なことは訊かねえが、そうかい、元締も持っているのかい」

「何と申しましても、何人かは殺めておりますので、そこはそれ、用心をしないと」

「やっぱり殺しているのか」

「この商売、どこかで震え上がらせないと、言うことを聞かないのがいるのでございますよ。ですが、相手は獄門首のようなのだけですから」

「手間を省いてくれたって訳かい？」

「まあ、そのような」

「余計なことだと、知っているよな」

「そりゃ勿論で。ですから、この二、三十年近くは、そのようなことをいたしたことはございません。昔のことでございます」

「とても信じられねえが、頼みごとをしているんだ。ここは、信じている振りをしておくぜ」

「そう仰ると思いましたので、申し上げました。本当半分、嘘半分ではありますが」

承右衛門が探るような眼差しを向けた後、笑って見せた。

「俺は、元締の、その食えないところが堪らなく好きだぜ」

「ありがとう存じます。では、調べさせますので」

「分かったら、奉行所に知らせてくれ」

「心得ております」

茶をぐいと飲み干して、与兵衛は隠れ家を去った。門まで見送った万平と清蔵が戻ると、承右衛門が二杯目の茶を飲んでいた。

「お引き受けの件、早速手配いたしてもよろしいでしょうか」清蔵が尋ねた。

「ああ、右吉にそのように伝えておくれ」

「《笹ノ井》は、確か……」

「おや、お前も知っていたのかい。そうだよ。あそこの吉右衛門ってのは、《浜田屋》と繋がりがあるはずなんだよ。詳しいことを調べるよう、こっちも右吉にね、頼むよ」

「あの旦那は、そのことに気付いているのでしょうか」

「いないね。だから、上がったことがあるか、なんて呑気《のんき》なことを訊いているのさ。あたしがあそこに上がったら、毒を盛られちまうよ」

「もし気付かなかったら？」

「教えてやってもいいけど、今はまだいいだろうよ」

「下手すると、《浜田屋》と悶着《もんちやく》を起こすことになりませんか」

「だから、こっちが調べていることを悟られないように上手くやってもらわないとね」

「八丁堀の旦那が繋がりを知った、とします。当然、探索の手を伸ばすでしょう。そうなると？」

「あの御方は、怖いってことを知らないからね。突っ走って《浜田屋》を潰してくれるなんてことになるかもしれない。《犬目》の時は、いっそのこと殺しちまおうかと思ったこともあったけど、《浜田屋》を潰してくれるなら、守ってやらないといけないかね。あそこには、伏見とか言うおっかないのがいるからね」

「あの用心棒から守るというと、明王《みょうおう》様を付けるとか」

「先生しかいないね」

「ばれるところらに牙《きば》を剝《む》きませんか」

「その時は、明王様に戻ってもらえばいいさね。お役人よりこっちが大事なんだからね」

「明王様はいつからにいたしますか」

「そうだね、もう暫く動きを見てからにしようかね。近いうちに頼むことになる、とだけ伝えておいておくれ」

「承知いたしました」

「巳之吉は、外にいるかい？」承右衛門が訊いた。

「猫の咽喉《のど》を撫《な》でておりますが」

呼んでおくれ。万平が表に走った。巳之吉がすっ飛んで来て、座敷の端に手を突いた。

「言い忘れていたけど、船頭を助けたそうだね？」

「へい」

「礼はもらったかい？」

「いいえ」

「分かっただろ。助けても銭にはならないが、脅せば銭になるって」

「へい……」

「助ける時は、銭になるかならないか、これから先てめえの役に立つか立たないか、で決めることだよ」

無駄に助けると損するからね。承右衛門は、それじゃ、隠れ家に戻るよ、と言った。

「近くにしておいてよかったけど、なかなか面倒だね」

万平が思わず笑い、清蔵に睨まれた。

二

十二月六日。八ツ半（午後三時）。

与兵衛らが奉行所に帰り着いて間もなく、深川東平野町《ひがしひらのちょう》の自身番の店番《たなばん》・八助《はちすけ》が駆け込んで来た。

「若いお武家様の死骸が、崎川橋《さきかわばし》のたもとに浮いております」

崎川橋は、二十間川《にじっけんがわ》と亥の堀川《いのぼりがわ》が交差するところにある橋で、北東には十万坪、南東には細川越中守《ほそかわえっちゅうのかみ》の下屋敷に続く六万坪と言われる、江戸市中から出た塵芥《ちりあくた》で埋められた新地が広がっている、人気《ひとけ》のないところであった。

「羽織の色は?」仏のここに、と盆の窪を指し、黒子の有無を訊いた。

「申し訳ございません」

見出人《みいだしにん》は久永町《ひさながちょう》の者で、その者からの知らせを受けて来ただけで、死骸は見ていないのだと、八助が言った。

「ならば、仕方ねえ」八助に、何で来たのか訊いた。「足か、舟か」

「舟でございます」

「どこに繋いである?」

「新シ橋のたもとに……」

数寄屋橋御門の東、三十間堀川に架《か》かる橋である。

「乗せてくれ」

「勿論でございます」

占部らはまだ戻っていない。当番方に先に行くと伝え、与兵衛と寛助らで八助の舟に乗った。三十間堀川から八丁堀に抜け、稲荷橋を潜り、御船手屋敷をぐるりと回って大川に漕ぎ入れる。深川の仙台堀《せんだいぼり》を通り、二十間川に掛かる頃には、川沿いの道を物見高い見物の衆が駆けて行くのが見えた。川筋が逆くの字に曲がった先の橋に人だかりがしている。崎川橋だった。舳先に立っていた寛助が、河岸を指した。どこでもいい、着けちくれ。

舟から飛び降りた寛助らは、崎川橋のたもとに走ると、大声を上げて、見物衆を下げた。東平野町の自身番から出張って来ている家主《やぬし》と書役《かきやく》が、六尺棒と火の点いていない提灯を手にしたまま立ち竦んでいる。

崎川橋の架かっている久永町辺りは、町とはいえ町屋はなく、材木置き場が広がっているだけだった。ために、自身番は東平野町までない。そこで、近くに事があると出向く羽目になるのだが、事が起こることは滅多にないので慣れていないのだろう。

「ご苦労だったな。大助かりだぜ」

与兵衛は家主らの労をねぎらうと直ぐに、橋のたもとから川を覗いた。杭《くい》に引っ掛かるようにして武家が俯《うつぶ》せになり、水面に浮いていた。羽織は、赤みの勝った黄色をしていた。桑茶色である。林田伸二郎であるらしいが、同じ色の羽織を着た者だとも考えられる。頭、首筋、手足を見た。盆の窪までは、離れていてよく見えない。季節のお蔭で腐爛《ふらん》してはいないが、唇などは魚などに食い破られているかもしれない。引き上げるのは一仕事になるだろう。

川のたもとに降り、心急《せ》くのを抑え、寛助にお調書を起こすように命じ、懐紙を渡した。この手の作業は、昔定廻りの下で刑事に働いていた寛助にとっては、お手の物だった。

寛助は米造と新七を使い、水深などを測らせている間に、橋のたもとの図を描き、杭の様子から頭と手足の向きなどを詳細に描き込んでいる。

「旦那」寛助が筆を止めて言った。

「差し料が、大小ともにございませんが……」

確かに鞘が見えない。

「変だな。後で調べよう」

寛助がまた筆を走らせている。

「見出人は？」

八助に問うと、久永町の材木問屋《木曽屋《きそや》》の下男・祥作《しょうさく》を連れて来た。死体を見付けた経緯を尋ねた。

「この先の砂村新田《すなむらしんでん》に疝気稲荷《せんきいなり》がございまして、そこに願掛けに行こうとして」

二十間川をひょいと覗いたら、死体があった。大変だ、と大慌てで東平野町の自身番に走ったと言う。

「その時、刀は見えたか。刀を差していれば、鐺《こじり》が水から出ていただろう?」

「気付きませんでした」

「川は毎日見ているのか」

「左様でございます。見ない日なんてのは、滅多にありません」

「昨日は?」

「見ました」

「死体はなかったんだな?」

「ございませんでした。あれば、騒いでおります」

「だろうな」

寛助を呼び、祥作の言ったことを口書として残すように命じ、与兵衛は死体を川から引き上げることにした。しかし、土手が高い。橋のたもとから水に浸かっている死体を引き上げるのは難しかった。

「どこら辺りがいい?」八助と家主らに訊いた。

舟で死体を引いて少し戻ると、鍬《くわ》や鋤《すき》を洗うために土手が低くなっているところがある。そこで、戸板を腹の下に差し込んで、後は皆でよっこらしょと上げればどうにかなるだろう、と家主が言った。それでいこう。与兵衛の一言で、死体がそろそろと舟で引かれた。おおっ、と見物人から声が漏れた。

舟に引かれて、洗い場に着いた。日が随分と傾いている。提灯に火が灯された。

「仏を仰向けにする前に、盆の窪を見てくれ。小豆程の黒子があるかねえか、見るんだ」

米造が手を伸ばし、死体を引き寄せ、襟《えり》を下げた。水の上は、一足先に薄暗くなっている。提灯が差し出された。

「ございます。小豆粒程の黒子が確かにございます」

「よし。林田伸二郎だ」

「朝吉ぃ」

「へい」

「ひとっ走りしてくれ」

「林田様をお呼びしてくればよろしいのですね」

「そうだ。東平野町の番屋までだ」家主らが顔を見合わせているが、無視した。

「御用箱はいかがいたしましょう？」

祥作の隣に力のありそうな若い衆がいた。祥作に、知り合いか訊いた。

「孫でございます」

「丁度いい。持っていてくれ。間違っても泥で汚すなよ」

「お引き受けいたしますです」

「ありがとよ」

朝吉が、家主から借りた東平野町と書かれた提灯を手にして駆け出した。

米造に向きを戻し、

「仏の背に傷はありそうか」訊いた。「早いところ見てしまおう」

頭から見下ろしてきた米造が、ございません、と言った。

「引き上げますが、上向きにいたしますか」

「そうしてくれ」

米造と新七が舟の中から両の足を片方ずつ持ち、水の中で死体をぐるりと回した。戸板返しのように死体が上を向いた。肩口から胸に掛け、ざっくりと割れていた。刀傷である。斬られて開いた胸元から傷口が見えた。肌が裂け、白い骨が覗いている。

思わず仏の顔を見た新七が、わっ、と叫んで腰から船底に落ちた。上下の唇と水に浸かっていた耳たぶが、魚に食い破られていたのだ。舟がぐらぐらと揺れた。

落ち着け。米造が叱り付け、戸板を、と叫んだ。家主と八助が舟に乗り込み、戸板を横から死体を掬《すく》うように差し入れた。舟がそろりと外され、川に戸板に乗った死体が残された。刀は大小ともに差していなかった。

「上げるぞ」米造の合図で、戸板に乗った死体が陸《おか》に上がった。

「おう、ご苦労だったな」

提灯の明かりが左右から伸びた。目は濁《にご》っていたが開いていた。口も開いている。

与兵衛が、米造に着物を脱がすように言った。新七に手伝わせ、帯から解き始めた。

「足袋もな」

「へい」

腹は膨れておらず、爪に泥も入っていない。足裏も白く膨れていない。恐らく三日の日に斬られ、死んだ後、川に捨てられたものと見られた。それが、潮の干満の差で流れ、崎川橋の杭に引っ掛かって止まったのだろう。

「持ち物を書き出しておいてくれ」

「承知しました」

米造と新七が、懐中を探ったが、印籠《いんろう》も紙入れも何もなかった。殺した者が洗いざらい持って行ったのだろうか。

「書いたか」

寛助に訊いた。頷いたのを見て、済まねえが、と東平野町の家主に言った。

「さっき聞いた通りだ。番屋を貸してもらうぜ。奉行所からと、仏の親が来るんでな」

「承知いたしましたでございます」

「大八車を頼めるかな。番屋まで、ちいとあるんでな」

聞いていた祥作が、日の落ちた道を材木問屋に走った。

伸二郎の亡骸を自身番に安置し、茶を啜っているところに占部が政五郎と手下らを引き連れて駆け付けて来た。林田新左衛門と大一郎の父子は、それに遅れること四半刻（三十分）で現れた。

「御徒目付へ知らせたか」

占部が与兵衛に訊いた。まだだった。

「政五郎」

へい、と答えた政五郎が、林田新左衛門に伺いを立てた。よろしゅうございましょうか。

「頼む。造作を掛ける」

「御新造に、遅くなると知らせたか」占部が与兵衛に訊いた。そのような余裕はなかった。

「組屋敷に回ってくれ。そうよな。帰りは、四ツ半（午後十一時）頃だと言っておくといい。定廻りの占部と一緒だから案ずるな、ともな」

「承知いたしました」

行け、と顎で示した占部が、伸二郎の傷口を見て、また袈裟《けさ》斬《ぎ》りだぞ、と与兵衛に小声で言った。

「松原め、明日にでも話を聞いて、きりきりしやがるぞ」

「丑の日殺しと関わりがあるのでしょうか」

「俺に分かるか」

半刻程して徒目付の寺平彦四郎と小人目付が来た。仏に掌を合わせ、徒目付の検屍《けんし》が始まった。

「刀は？」

「どうやら盗《と》られたようです。他に印籠も紙入れも」

「物盗りであろうか」

「長久保道場に通っている三人のうちふたりが袈裟に斬られ、残るひとりは未だ欠落しているのです。これは、何か繋がりがあるはずです」

「そうとしか、考えられぬな……」

徒目付と与兵衛らの話を、林田新左衛門と大一郎は身動《みじろ》ぎもせずに聞いていた。

検屍が終わった。徒目付が、伸二郎の亡骸を組屋敷に移す許しを出した。父と兄とともに、大八車に乗せられた亡骸が御徒町にある徒衆十五組の組屋敷に向かった。

「我らは御徒町に行くが、どうなさる？」

「ここで」

「使いをいただき、改めて礼を申し上げる」

寺平らと別れた与兵衛らが、一旦奉行所に戻ってから組屋敷に帰り着いたのは、占部の言った通り四ツ半を過ぎた頃合だった。

「これが定廻りの勘というものなのか」与兵衛は妙に感心しながら、組屋敷の木戸を押した。

十二月七日。昼四ツ（午前十時）。

与兵衛は、北町の定廻り同心の松原真之介とともに林田新左衛門の組屋敷にいた。

与兵衛も松原も、この日二度目になる。示し合わせた訳ではない。

与兵衛は、早朝改めて悔みを述べに訪れた折、通夜の前のこの刻限に目付と徒衆十五組の組頭が来るので、詳細を話してくれるよう新左衛門に頼まれていたのだ。

後刻訪れた松原は、与兵衛が来ると知り、ひとつには与兵衛から昨日のことを聞くために、ふたつには与兵衛とともに組屋敷に上げてもらえればと考え、待ち受けていたのである。

松原ひとりでは、支配違いを楯にして、組屋敷に上げてもらうことすらかなわない。分かってはいたが、もしかしたら、と訪ね、案の定断られていたのである。

目付と組頭が来るのは、非公式に事の次第を調べるためだった。文書に残る場での質疑の前に、家名に傷が付かぬよう配慮するためでもあった。

挨拶の後、与兵衛が、崎川橋で見付けられるまでを掻い摘んで話した。聞き終えた組頭が顔を見合わせ、腕を組んだ。

「しかし」と組頭のひとり・沢村小太夫《こだゆう》が、苦しげに言った。「ことの仔細《しさい》が不明では、困ったの」

「大小ともに差し料がなかったそうだが、士道不覚悟ではないか、という声も上がっているると聞くぞ」もうひとりの組頭・安達安右衛門《やすえもん》が応じている。

「葬儀だが、ここは一件の落着まで、遠慮してはいかがであろうか」沢村が切り出した。

新左衛門の頬がひくひくと動いた。歯を食いしばって堪えているのだろう。

「南町《みなみ》は、どう思う?」上座を占めている梶山が言った。

「仲二郎殿に残されていたのは向こう傷です。証がある訳ではございませんが、差料は後に奪われたか意図的に外されたものと思われます」与兵衛が続けた。「長久保道場に通っていた三人組が相次いで欠落し、瀬島利三郎、林田仲二郎の両名が、袈裟斬りで果てております。その斬り口から見るに、相手は相当の手練《てだ》れです。何ゆえその者と立ち合う羽目になったかは分かりませんが、士道に恥じる振る舞いをしたとは考えられません。ここは、亡き仲二郎殿を辱《はずかし》めることにならぬよう、御配慮をお願いしたく存じますが」

「とは言え……」沢村が安達を見た。

「少しずつですが、真相が見えて来ております」

松原の眉が僅かに吊り上がった。

「実《まこと》か」沢村と安達が同時に言った。

「今ひとりの欠落者、大名家に仕える宮坂兵馬の嫡男の行方が明らかになれば、全容を摑めるかと」

「その者は生きておるのか」

「分かりません」

「死んでいたら、解決の糸口が途切れてしまうのではないか」

「そのようなことはございません。三人が殺されていたら、三人が何かを見るか、聞くかしたことになりますゆえ、殺めた者を絞り込めるというものでございます。いずれにしても、三人が相対したのは小悪党ではなく、かなりの悪党と見ております。捕らえるまでには、今暫く掛かるかと思われますが、正体は摑めようかと存じます」

「何ゆえ小悪党ではない、と思うのだ？」

「瀬島利三郎は神田堀の甚兵衛橋近くで、林田伸二郎は深川の崎川橋のたもとで見付かっており、斬り口は似ております。同一の者が斬ったと推定すると、死体の見付かった場所が離れ過ぎております。これだけ広範囲に動ける者となると、小悪党の手にはあまるかと存じます」

「どうして斬り口が同じなのであろうか」寺平が訊いた。「俺ならば、繫がらぬように胴を抜くとか、撲殺《ぼくさつ》するとかするがな」

「恐らく得意技なのでしょう。人を斬るなどと考えずに、立木か何かを斬るように振り下ろしてしまうのかもしれません。十指にあまる程人を斬っているのではないでしょうか」

「丑の日殺しも同様の斬り口だな」寺平が言った。

「そちらに罪をなすり付けようとの魂胆《こんたん》かもしれぬぞ」梶山が言った。

「あり得ますな」寺平が頷いた。

「何やら心許無いが、大丈夫なのであろうか」沢村が与兵衛に言った。

「南町を信じてください」

「北町もおりますので」松原がぐいと顔を上げた。

「承知した。我ら、林田新左の人となりはよっく存じておる。子息である伸二郎も存じておる。しかし、探索のことは我らには分からぬ。よろしく頼む」沢村が言い、安達が小さく頭を下げた。

「目付として、このように言うはちと心穏やかではないのだが、この者、相当腕がよい。どのように解決してくれるか見守りたいと思っている。何か手伝えることがあれば、言うがよいぞ」梶山だった。

「まさか、御目付からそのようなお言葉が出ようとは……」沢村が、梶山と与兵衛を交互に見た。

「内密にな。飽くまで表向きは儂が判断し、町方は手出ししておらぬということだからな」

「梶山様がそこまで仰せになられるのです。我らも手伝えることは何でもいたそう。遠慮なく申し出てくれ」とは言え、と言って新左衛門に向かい、「通夜と葬儀だが、まだ落着していないことゆえ、組内だけの密やかな通夜と葬儀をして、経過を見る。それでどうかな？」

「お心遣い、ありがたく承りましてございます」

新左衛門が低頭して答えた。

「では、このこと組内に知らせるでな」

沢村と安達は後刻通夜に来ると言い残し、帰って行った。新左衛門と大一郎が見送りに立っている間に、

「首を捻ったのは宮坂であったな。宮坂が誰かを見たということか」梶山が言った。

「長沼藩の家臣でしょうか。あの日の客が分かればよいのですが」寺平が眉根を寄せた。

「一見の客では、余程の僥倖《ぎようこう》がなければ無理であろうな」

「梶山様、江戸の町は猫道まで知り抜いていると申し上げたことがございましたが」

「覚えているが……」

「猫であろうと人であろうと、必ず見付け出してご覧に入れます」

「大した自信だの」

梶山は笑顔を見せると、寺平に告げた。我らも引き上げるといたすか。

「冷えるな。雪にならぬとよいが」

与兵衛らも辞すことにした。門前で別れ、与兵衛らは和泉橋《いずみばし》の方へと歩を進めた。

「どうして昨日呼んでくれなかったんだ？」松原が毒突いた。「冷てえじゃねえか」

袈裟掛けに斬られた遺体を見たかったのによ。斬り口について執拗《しつよう》に訊き終えると、得心したのか、

「いいか」と言った。「丑の日殺しは俺が捕らえるからな。しゃしゃり出るなよ」

三

十二月八日。朝五ツ（午前八時）。

出仕した与兵衛を、奉行所前の腰掛茶屋で《川口屋》の若い衆・巳之吉が待っていた。

「旦那、上首尾でございます」

堀江町《ほりえちょう》四丁目の《五兵衛店《ごへえだな》》に住む浪《なみ》が、三年前に《笹ノ井》を辞めていた。

「主の吉右衛門と何かあったようで、女将に叩き出されたそうでございます。今は、長屋近くの煮売り酒屋《堀重《ほりしげ》》で働いていると聞いております」

巳之吉に駄賃を与え、元締と右吉によろしく伝えてくれるよう頼み、与兵衛は堀江町に向かった。

江戸橋を過ぎ、伊勢町堀に架かる荒布橋《あらめばし》を渡ると、雪駄屋と下駄屋が軒を並べた町並みになる。照降町《てりふりちょう》と呼ばれる通りである。通りの中程まで行き、東に折れる。傘や菅笠、鼻緒などを商う小店が続いた間に、目指す《五兵衛店》はあった。木戸の脇にある大家の菅笠屋で尋ねると、浪の借店は入って二軒目だった。いるか、と訊くと、この刻限ならいるはずだと言う。

しかし、腰高障子を開けて覗いたが、出掛けているのか、不在だった。

大家に《堀重》の場所を訊いた。小網町二丁目との間に架かる思案橋《しあんばし》の手前だと教えられたが、煮売り酒屋は閉まっていた。

この刻限だ、仕方ねえ。さて、どうしたものか、と見回していると、女が小走りにやって来るのが見えた。髪をつぶし島田に結い上げ、裾《すそ》が乱れないようにと手で褄《つま》を押さえている。崩れた感じが、酌婦《しゃくふ》を思わせた。

「お浪か」与兵衛が訊いた。

「よくお分かりで」

「追っ掛けてくれたのか。済まなかったな」

「ちいっとはばかりに行っていたんですよ。待っていてくだされば、直ぐ戻りましたのに、旦那、せっかちなんですね」

「こいつぁ手落ちだ。覗いて見るンだったな」

「嫌な旦那ですよ」浪は、笑みを含んだ目で軽く睨み、何でございます、と訊いた。

「あたし、何もしちゃいませんけど」

「訊きたいことがあってな」

「あたしの知っていることですか」

「お前さんだけが頼りなんだ」

「だったら、どこかで飲ませてくださいな。口が滑《なめ》らかになるように」

浪が案内したのは、思案橋の南詰近くにある蕎麦屋だった。浪は、主に二階を指さして、熱いの、いいですよね、と訊き、与兵衛が返事をする前に、二本と何か見繕《みつくろ》って、と頼み、さっさと階段を上って行った。与兵衛と寛助らが続いた。

酒と小鉢に盛られた葱《ねぎ》ぬたが直ぐに来た。

「旦那方は？」

「朝から飲んでいたら、お務めにならねえ。構わねえから、飲んでくれ」

「それじゃ、遠慮なく」

浪は手酌でふたつ飲むと、ぬたを摘んだ。

「どうも見ているだけだと咽喉が鳴っていけねえな」

寛助に何か食うか、訊いた。握り飯と熱い味噌汁をもらえれば、御《お》の字《じ》でございます。いいじゃねえか。頼んでくれ。

「あたしにも」

新七が階下に降りて行った。

「訊きたいのは《笹ノ井》のことだ」

「と思った……」

客筋を尋ねた。

「大店の番頭さんか、その上の人と、大名の御家中は、お呼ばれした人かな。多分、今も変わっていないと思う」

「芝大門前の《浜田屋》という名に覚えは？」

浪は銚釐《ちろり》から酒を注ぐと、杯《さかずき》を嘗《な》めながら考えていたが、ないですね、と言った。

「その方かどうかは存じませんが、時々裏から上がる客がいましたよ」

「裏口ってことか」

浪は小さく頷くと、裏から入って座敷に上がるのだけど、女将がすべて取り仕切って、あたしたちには姿を見せないのだ、と言った。

「お店の主のような風体をしていたんだな？」

「出物の時は、廊下を通りますからね。後ろ姿を見たことがあるんですよ」

「顔は？」

「残念ですが」

「用心棒を連れていたか。おっかなそうなのを」

「さあ、そこまでは」

階段を上って来る足音がして、話が一旦途切れた。握り飯と味噌汁が来た。納豆汁《なっとう》だった。朝吉は握り飯を汁に落として、搔っ込んでいる。

「おとうがよくやってた」浪が朝吉を見て言った。

「何なら、やってみな。俺も付き合うぜ」

「いいかな。あたしゃ色気で売っているんだけど」

「だったら、俺は目ぇ瞑《つむ》って食おうか」

「いいですよ。無理なさらないで」

浪が握り飯を汁に浸した。

「今の仲居と付き合いは？」

「皆、知っていますよ。付き合いって程のことはしていませんが」

「話してくれそうなのは、いるかな？」

浪は箸を二度程動かした後、酒をひとつ飲み、鈴の名を口にした。

「お鈴なら《笹ノ井》で話を聞いたが、あれ以上は知っていそうにないな。他には？」

「旦那と女将の前で訊いたのなら、半分も話しちゃいませんよ」大方、口止め料ももらっていたでしょうからね。浪が汁と飯を箸で湊《さら》うようにして啜った。

「おどおどしたところは、とても何かを隠しているようには見えなかったが」

「それくらいのことが出来なくて、仲居が務まりますか。旦那もお若いですね」浪はひょいと掬い上げるように与兵衛を見て、あの娘に訊くなら、と言った。「ちょいと心付けを多くしないと駄目ですよ。あの娘は、並の娘の数倍はしっかりしていますからね」

浪に、明朝同じ頃合に鈴をこの蕎麦屋まで連れて来てくれるよう頼み、

「寸刻たりとも遅れることはねえが、万一遅れたら、ふたりで飲んでいてくれ」

と、たっぷり心付けを与え、奉行所に戻った。

塚越は既に見回りに出ていた。五十貝に手伝えぬことを詫びに行くと、五十貝の姿も与力の詰所になかった。他出中なのかもしれない。仕方なく定廻りの同心詰所に出向くと、例繰方の椿山が引き返そうと出て来たところであった。

「いらっしゃらないとは思ったのですが、この刻限ではおられませんね」

「何か」

「ほらっ、前に袈裟斬りの死体があったら、何でも書き出すようにと言われたでしょ？」

利三郎の死体が見付かった日のことだ。定廻りの詰所に集められた時に、占部から例繰方に言い渡されたことだった。

「あったんですか。袈裟斬りの死体が？」

「丑の日殺しを除くと、それらしいのは唯一件ですが、ありました」

「斬られたのは誰です？」

「犬、です」

「犬……」

「子供に襲い掛かろうとしているのを見て、浪人者がばさり、と」

「名は？」

「車町《くるまちょう》の番屋の日録に書かれていただけで、奉行所からは誰も行っておりませんので、当然お調書などもなく、そこまでは。ただ、犬は肩口から真っ二つになったそうです」

正確な場所と、いつ頃の話か、訊いた。車町の自身番近くで、半年前だと言う。車町は、高輪《たかなわ》の大木戸跡のあるところである。遠い。

「犬ではお役に立ちませんでしょうね？」

「今ひとつ袈裟斬りか判断が出来ませんからね」

「そうですよね」

もう少し調べてみます。椿山は肩を聳《そび》やかすようにして例繰方の詰所に戻って行った。

さて、どうするか。明日は九日。丑の日である。奉行所でのんびりしている暇はない。市中を見回って来るか。歩き出した与兵衛の前を黒い影が塞《ふさ》いだ。臨時廻りの詰所から出て来た五十貝だった。

「珍しいところから」

「昨日塚越が見廻りの最中に、手配書にあった盗賊の名を耳にしたのでな。知らせておいたのだ」

「頑張っているのですね」

「何だな。高積をひとりで背負って立っているような気になっているらしい。なかなか頼もしいぞ」

ははっ、と笑った後で、これから新川に行かねばならぬのだ、と五十貝が言った。

「下り酒ですか」

「灘《なだ》だ」

新川は霊岸島をふたつに割る堀川で、酒問屋が軒を連ねていた。

「お手伝いいたします」

「大丈夫なのか」

「はい」

「よし。本当は昨日着くことになっていたのだが、遠州《えんしゅう》灘の荒波で遅れたのだ。富《ふ》士見酒《じみざけ》が来るのだからな、河岸は大混雑だ。助かる」

「では、表でお待ちしています」

腰掛茶屋にいる寛助らを呼び、新川に行くことを伝えた。では、今日は高積のお務めで？　そうなるだろうな。承知いたしやした。

「明日、鈴が何か話してくれるとよいのだが」

「話しまさあ」寛助が胸を叩いた。「あの浪って女の言ってることが本当なら。な？」

突然訊かれた米造が、あっしには、と首を横に振った。

「話すと言えばいいんだ。言えば、そうなる。それが世の常ってもんだ」

不承不承頷いていた米造が、お出でになりました、と言って与兵衛の脇から下がった。五十貝の姿が玄関口に見えた。

高積見廻りの手伝いは、八ツ半（午後三時）に終わった。

与兵衛は退けの定刻に奉行所を出ることにした。瀬島亀市郎を訪ねようと思ったのだ。

瀬島は庭木の手入れをしていた。新造の藤は、

「よう眠っている。昼眠るので、夜はよう眠れぬらしい。時折、すすり泣く声が聞こえてくる……」

藤を見舞うのは遠慮することにした。

「道順先生が一日置きに来てくれている。心の臓がひどく弱っているのだそうだ。直ぐにもお務めに戻りたいのだが、無理のようだ。道順先生に付いていてくれと言われたのでな」

三津次だが、と瀬島が言った。人手が足りなかったら、使ってくれぬか。腕は折り紙を付けるぞ。

「その折には」

「もう俺には使えぬかもしれぬでな。頼んだぞ……」

「そんな、お気の弱い……」

「…………」

植木鋏《ばさみ》を置き、縁側を指した。茶と干し柿をのせた籠《かご》があった。見覚えのあるふっくらとした干し柿だった。

「御新造が見舞うてくだされてな。頂戴したものだ。よろしく言うてくれ」

「気が利くとは申せませんが、ご不便のことがありましたら、申し付けてください」

「かたじけない……」

顔を起こした瀬島が、今日、来てくれたのは、と言った。

「崎川橋がことか」

入堀の政五郎の知らせで、林田伸二郎のことは既に知っていた。

「気の毒だとは思うが、林田の倅が死んでいてほっとしてもいるのだ。利三郎だけが殺されたとしたら、我慢出来ぬからな……」

己の器の小ささが此度のことでよく分かった。俺はこれっぽっちの者だ。瀬島が、伐り落とした枝を拾い集めている。手伝っていると、木戸門の外から寛助と与一郎の顔が覗いた。朝吉とともに一足先に組屋敷に向かわせていた寛助が、与一郎を連れて様子を見に来たらしい。いい頃合だった。瀬島の組屋敷を辞した。また剪定《せんてい》を始めたのだろう。鋏の音が間遠に聞こえてきた。小路を折れた。与兵衛の組屋敷に行くには、もうひとつ小路を折れなければならない。その時、松原真之介の新造の智と紘が、ひょいと小路に折れてきた。与兵衛らは足を止め、会釈をし合い、擦れ違った。与一郎と紘も、大人のような仕種で会釈をしていた。


十二月九日。五ツ半（午前九時）。

丑の日だと言うので、同心たちは早朝から市中の見回りに駆り出されている。与兵衛にも声が掛かったのだが、鈴に会わねばならない。鈴と会った後、市中の見回りに加わることにした。

浪は上手く連れて来てくれるだろうか。案じながら、小網町の蕎麦屋に出向いたのだが、杞憂《きゆう》であった。

ふたりは、蕎麦屋の二階で、酒をちびちびと飲んでいた。

「済みませんね」

浪が杯をちょっと上げてみせると、鈴が会釈した。《笹ノ井》で見た時と違い、身のこなしに年増女のようなふてぶてしさが仄見《ほのみ》えた。気付かぬ振りをして、よく来てくれたな、と与兵衛が言った。

「浪もありがとよ」

言われて潮時と思ったのか、浪が杯を置き、

「では旦那、あたしはこの辺で」立ち上がろうとしたのを鈴が止めた。

「姐《ねえ》さんも、いてくださいよ」

「旦那、よろしいんですか、いても？」

「こんなのが」と与兵衛が、寛助らを指した。「雁首《がんくび》を揃《そろ》えているんだ、お鈴だってひとりじゃ心細かろう。そっち向いて酒でも飲んでいてくれ」

「では、そうさせていただきます」

浪が銚釐と杯と、油揚げと菜の煮物を盛り付けた小鉢を載せた盆を持ち、寛助らの

傍らに膝をずらした。おう、こっちで飲むといいやね。寛助らにも、茶が来ている。

「この間は、話すなと言われていたもので、済みませんでした」鈴が両の指を形ばかり揃えた。

「何を言う。ひとりが玄関で首を捻ったと言ってくれたじゃねえか。大助かりだったぜ。吉右衛門と女将が、懐に手を当てたとか、紙入れだとか、言っていたが」

「下手な嘘ですよ」

「だろうと思ったぜ。慌てたんだろうな」

「あれは」と言って、鈴が声を潜めた。潜めても、部屋中に聞こえた。「口止め料が少なかったので、ちょいと脅かしてやったんですよ。後で怒られたんですけど、また少しばかりの金子《きんす》をくれて、二度と話すなっておっかない顔して」

「そいつは、迷惑掛けちまったな」

「いいんですよ。ケチ右衛門が悪いんですから。ねっ、姐さん」

「女房がいけないんだよ、あそこは」

はは、と女ふたりが声を合わせて小さく笑った。男という生き物を信じていない者同士の笑い声だった。

「教えてくれねえか。十一月二十九日の客だが、三組いた。一組は、お前が受け持った紅葉の間の客だ。他の二組だが、本当に見ちゃいなかったのかい？」

「ちろっと、見ています」鈴が杯に手を伸ばした。

寛助らの手が止まった。朝吉も、寛助らに倣って湯飲みを宙に浮かせている。

「どこの誰だか、分かるか」

「一組は、横山同朋町《どうぼうちょう》の薬種問屋《津国屋《つのくにや》》さんとお連れの方。もう一組は、とかく噂のある方です……」

「するっと、言ってくれ」

「芝大門前の《浜田屋》さんとお武家様でした。どこかの御家中で、遠山《とおやま》様と呼ばれていらっしゃいました」

「見たんだな？」

「膳を座敷の前まで運ぶのを手伝っただけですが、声も聞こえましたし、横顔もちらっと見えました」

「武家だが、見たら分かるか」

「さあ、そこまでは。何しろ、ほんの一瞬だったものですから」

「何を話していたかは？」

鈴は首を横に振ると、杯に酒を注ぎ、くいと飲み干した。

「手伝ったのは、一回だけか」

「はい。あたしは紅葉の間でしたので」

「その紅葉の間の三人が、《浜田屋》らを見たってことは?」

「あるかもしれませんよ。酒が入ると近くなるって、何度か手水場《ちょうずば》に立たれましたから」

「迷子には?」浪が訊いた。

「なった、なった。なりました」

鈴が声に出して笑った。探しに行ったりしてました。

「お前さんが、かい?」

「いいえ、お仲間が、です」

迷子の途中で、利三郎らが《浜田屋》と武家を見たとすると、宮坂甲太郎が帰り際に首を捻ったのは、その遠山という武家を見たから、ということになる。そして、利三郎は翌日の見回りの時に、《浜田屋》の顔を見ている。

つまり、此度の一件は、《笹ノ井》から始まったことになるのか。

「《浜田屋》たちは、いつ頃までいた?」

「確か、暮れ六ツ(午後六時)過ぎだったと思います。あたしが紅葉の間の片付けをしている時に、帳場の方で声がしていましたから。顔を見られないようにと、暗くなるのを待っていたんじゃないでしょうかね」

「供は？　まさかひとりってことはねえよな？」

お供の方の控所は覗いていない、と鈴が答えた。

「駕籠《かご》は？　あたしがいた頃、身許を隠そうって客は、どこの誰と知られないように、駕籠を拾っていたけど」浪が言った。

「そうそう、駕籠でした。若い衆が、そのように旦那に言っているのが聞こえました」

ほらね。浪が鼻に皺《しわ》を寄せ、笑みを見せた。

「拾うというと、辻《つじ》駕籠か」

「辻駕籠は信用できないからって、宿《やど》駕籠の戻りを探してましたね」

流しの駕籠屋である辻駕籠に対して、駕籠屋として店を構えて運営する駕籠屋を宿駕籠と言った。

「半纏着てないのは駄目だって、よく言われたもんですよ」

宿駕籠の駕籠舁《か》きならば、屋号を染め抜いた紺染めの半纏に、紺染めの股引を穿《は》いていた。

「どこらの駕籠屋か見当付くか」

「今は知りませんが、前はよく橋本町《はしもとちょう》辺りの駕籠屋の戻り駕籠が、河岸を流していましたが」

橋本町には、《駕籠源《かごげん》》と《島田屋《しまだや》》の二軒の駕籠屋があった。どっちだ？

ふたりには、もう暫く飲んで行くように言ったが、これ以上飲んだらこれからのお勤めが嫌になっちまうからと、ふたりも蕎麦屋を出ることになった。

「このことは内緒に頼むぜ」

「承知しておりますでございますよ」ねえ、と浪が鈴に言った。

鈴と浪に心付けを渡し、与兵衛らは橋本町に急いだ。

先《ま》ずは手前にある《駕籠源》の暖簾を潜った。主の源兵衛《げんべえ》に、十一月二十九日に《笹ノ井》から武家を乗せた者がいるか問うと、奥にいた駕籠舁きを連れて来た。男が、ふたりの名を上げた。

「確か、杉松《すぎまつ》の兄貴と為次《ためじ》の野郎が乗せたとか言っていましたが」

「ふたりは？」寛助が訊いた。

「今出ております」源兵衛が答えた。

「いつ頃戻る？」

「さあ、どうでしょうか。昼頃には戻るでしょうが」

「どこまで乗せた、とかは、聞いてないか」与兵衛が男に訊いた。

「申し訳ございません……」

「稼ぎの高を訊かねばならんだろう。書き出させないのか」

「字の書けるのが少ないもので」

源兵衛の傍らにいた駕籠舁きが、へへ、と笑って項《うなじ》に手を当てた。

追っ付け四ツ半（午前十一時）になる。

《島田屋》に顔を出して、また戻って来る、帰ったら待たせておいてくれ、と言い残して、《島田屋》に向かった。源兵衛が、睨むようにして与兵衛を見送った。

「野郎、目ぇ吊り上げていましたぜ」

寛助が掌を擦り合わせて、嬉しそうに言った。源兵衛は、同じ町内に二軒の駕籠屋はいらないからと、《島田屋》を目の敵《かたき》にしていたのである。

その《島田屋》の主・亥三郎《いさぶろう》の代を継いでいるのは、女だった。名は秀《ひで》。二十八、九の中年増で、紺染めの半纏姿がきつい面差しによく似合った。

「いるかい？」寛助が暖簾を撥《は》ね上げると、奥にある内暖簾を分けて、亥三郎が出て来た。

「まあ、親分さん。旦那も」

上がり框《がまち》に指を突こうとする亥三郎を押し止め、

「休ませてもらおうってんだ、堅い挨拶は抜きに願うぜ」与兵衛が言った。

「でしたら、ちょうどいいところにいらっしゃいました。ちょっとお待ちを」

亥三郎が奥に消え、椀を並べた盆を捧げ持って来た。椀からは湯気が立っている。

「お汁粉《しるこ》ですが、いかがですか」

おおっ、と与兵衛らの口から溜息が漏れた。寛助が、米造が、新七が、朝吉が、頬を弛《ゆる》ませて手を伸ばしている。一口啜った。口の中に溢《あふ》れた甘味が、咽喉を柔らかく押し広げ、ゆるゆると胃の腑《ふ》に落ちてゆく。

「うめえ」寛助が呻いた。

「生き返るぜ」与兵衛が言った。

「ようございました」

「その後、源兵衛は何も言って来ないかい?」

「はい。お蔭で商売がやり易いと、皆喜んでおります」

「さっきもね」と寛助が、椀を置き、両手の指を使って目を吊り上げた。「ここに行くと言ったら、源兵衛の奴、こんな面ぁして睨んでたから、笑っちまいやしたよ」

亥三郎は口許を袂《たもと》で隠して笑うと、お代わりは、と訊いた。

「いや、これは寒い中外を駆けている皆のために拵《こしら》えたものだろう。俺たちは、一杯ずつで十分だ。ありがとよ」

亥三郎は丁寧に頭を下げると、茶を淹れてきた。

開け放たれた腰高障子の外を、急ぎ足の人が通り、荷車が通り、物売りが通り、風が抜けていった。

「今年も終わるのですね」

「そうだな」

掌に包まれていた茶がぬるくなった。

その日の昼、杉松も為次も《駕籠源》には戻って来なかった。

「どこまで乗せやがったんだ。適当なところでおっ放り出せばいいのによ」

物騒なことを言っている源兵衛の許を辞し、与兵衛らは横山同朋町の薬種問屋《津国屋》を訪ねた。《笹ノ井》で相客を見掛けたか、訊くためだった。《津国屋》も株仲間の連れも、他の客をまったく見ていなかった。

再び《駕籠源》に寄り、夕七ツ（午後四時）前、奉行所に戻った与兵衛らの耳に、殺しの二文字が飛び込んできた。鮫《さめ》ケ橋坂《はしざか》の辻番から、喰違《くいちがい》御門《ごもん》外の間《あい》ノ原《はら》で駕籠舁きが斬られて死んでいるという知らせが、奉行所に届いたのだ。駕籠は、辻駕籠が使っている粗末なものではなく、作りのきれいな駕籠屋の宿駕籠で、駕籠舁きの半纏には《駕籠源》の屋号が染め抜かれているという。

「まさか……」

新七を《駕籠源》に走らせた。間ノ原に駆け付けた源兵衛が、ふたりの亡骸を見ながら与兵衛に言った。

「杉松と為次でございます」

与兵衛が奉行所に戻ったのは、六ツ半（午後七時）を過ぎていた。二体の亡骸の検屍に立ち会っていたので遅くなったのである。検屍の前に、傷口を見て、丑の日殺しではない旨の知らせを送っておいたのだが、大熊正右衛門と占部鉦之輔は、まだ奉行所に居残っていた。

「ご苦労であったな」

「一時は、丑の日殺しか、と驚いたぞ」

斬り口がまったく違っていた。袈裟斬りでもなければ、一太刀《ひとたち》で斬ったものでもない。懐中の巾着が盗られていることから、一見物盗りのようにも見えるが、物盗りならば駕籠舁きを狙うとは思えなかった。

与兵衛は、殺された駕籠舁きが十一月二十九日に《笹ノ井》から乗せた客と何か関わりがあるのではないか、と浪や鈴から聞いたことを話した。

「《浜田屋》か。大物だの」

「しかし、それだけでは、《浜田屋》が関わっているという証にはならんな」占部が言った。

「必ず証を摑んでご覧に入れます」

「いつでも言え。人は出すからな」大熊が言った。

その夜、丑の日殺しは起きなかった。

第五章　請け人・伏見行蔵《ふしみこうぞう》

一

十二月十日。

出仕して来た塚越丙太郎と市中の様子を話していると、当番方の同心が玄関に人が訪ねて来ていると知らせに来た。

「亥三郎と名乗っていますが、あれは女ですよね？」

当番方の話を聞いた塚越が、何、と呟き、呟いた時には先に立って表に向かっていた。

「駕籠屋《島田屋》の主だ。直ぐ行く、と伝えておいてくれ」

与兵衛は、広げたままにしてあった『江戸大絵図』を畳み、表に出た。寛助と米造らが亥三郎を囲むようにして立ち話をしている。気付いた寛助が、旦那、と言った。

「大手柄ですぜ」

「どうした？」

亥三郎らが《駕籠源》のふたりが殺された話をしていると、鴻巣《こうのす》生まれの亀吉《かめきち》と相棒の孝助《こうすけ》が、杉松と為次が武家を乗せて行くところを見たと言う。先月の晦日だから、関係ないかとも思ったが、一応耳に入れておこうと思い立って来てみたのだと、寛助が亥三郎らに代わって話した。

「それは何刻の話だ？」

割って答えようとした寛助を制して、亀吉を促した。

「暮れ六ツ過ぎで」

「どんぴしゃでやしょう」寛助が得意げに胸を張った。

「どこで見たかを詳しく話してくれ。どっちに向かって行ったかもな」

「旦那」亥三郎が言った。「そこまでご案内いたします」

「それでは申し訳ねえ。話してくれれば、ことは足りる」

「帰り道なんでございますよ」

駕籠に乗るように勧められたが、それは断り、亥三郎らと奉行所を後にした。亥三郎に見蕩《みと》れ、当番方が、塚越が、門番が、腰掛茶屋の親父が、ぽかんと口を開けている。

「蠅《はえ》がへえるぞ」

寛助が、気持ち良さそうに茶屋の親父に毒突いた。

亀吉らの足は軽やかに弾み、日本橋川を渡り、伊勢町堀、堀留町入堀を越え、浜町堀へと出、緑橋《みどりばし》のたもとで足を止めた。緑橋は千鳥橋の東詰にある《笹ノ井》から北にふたつ目の橋である。

「ここを、あっちの方へ」とふたりで北を指さした。「行きやがったんでさぁ」

「新シ橋か和泉橋を渡ったと見るのが順当かな？」

「渡るなら多分和泉橋でがしょう」

「何ゆえ、そう思う？」

「あっしと孝助は、駕籠舁きとしては上の中ってところです。あっしらくらいになると、乗っている客の身になって揺らさねえようにと心掛けて担ぎますが、死んだ者の悪口は言いたかねえんですけど、あいつらのように中の下の連中は、せっかちになりやがって先棒も後棒も、行き着く先しか頭にねえから、どうしても気持ちそっちに縒《よ》れてしまうんですよ」

「通りを行くのに、和泉橋の方へ傾くってことだな?・」

「旦那は飲み込みが早えや」

「亀吉」亥三郎に窘《たしな》められ、亀吉が首を竦めた。

和泉橋を渡った先には何があるのか。ここ数日の間に行った先を思い浮かべた。

神田旅籠町に長久保道場があった。

御徒町には、林田伸二郎の組屋敷があった。

そして、神田川を遡った小石川には、長沼藩の江戸屋敷があった。

この中で、芝大門前一帯の香具師《やし》の元締が料理茶屋で会うとすれば、長沼藩の者としか考えられなかった。

《笹ノ井》で、《浜田屋》は長沼藩士の遠山と会っていた。そこを、長沼藩の小納戸役・宮坂兵馬の嫡男・甲太郎が見た。だが、即座にそれが誰だか分からず、玄関先で首を捻った。それに気付いた吉右衛門が、《浜田屋》に告げたのか。それとも《浜田屋》は後になって知ったのか。いずれにしても、《浜田屋》は見られたと知った。しかも、甲太郎と一緒にいたのは、八丁堀の倅だ。拙《まず》い、となったのか。そういうことなのか。

何から始めるか。先《ま》ず、遠山某なる者が長沼藩にいるか否かを調べることだ。鈴の聞き間違いということもある。上屋敷の中間に酒を飲ませて聞き出すのが一番手っ取り早いだろう。与兵衛は空を見上げた。日はまだ昼前のところでまどろんでいる。夕刻までには、たっぷりと間があった。

亥三郎らと別れ、見回りをしながら奉行所に戻ると、玄関口に北町の松原真之介がいた。

「おっ、色男が帰って来たぞ」

当番方が、さっと横を向いた。亥三郎と出て行った、とでも話したに相違ない。

「何か」松原に訊いた。

「いや、何もねえ。だから、来てやったんだ」

「こっちも何もありませんが」

「そんなことはねえだろう。その男女《おとこおんな》が何を知らせに来たんだ？」

答えずに黙っていると、おや、と言う声が玄関内から聞こえた。椿山だった。

「いいところでお会いしました。やはり、他にはありませんね」

袈裟斬りのことを言っているのだ。

「そうですか。お手数をお掛けしました」

「でも、あの犬殺し、すごいと思うのですが。傘を差して、片手で抜き様に斬る。それも、一刀両断。出来ることではないと思うのですよね」

　椿山は感心したように、唸っている。そこまでは、聞いていない。

「実《まこと》ですか」与兵衛が訊いた。

「何が、です？」

「傘を差し、片手で、という話です」

「しませんでした？」

「聞いていません」

「それは申し訳ありません。口が足りませんでした」

　椿山が、こと細かに話した。

「半年前でしたね？」

「そうです。六月です」

「出て来ます」

　椿山と当番方に言い、中間の朝吉を呼び、大門を出た。寛助らが、湯飲みを置いて立ち上がった。

「高積ぃ、俺を置いて行くな。連れて行け」

　松原が追い掛けて来た。松原の後からは、汐留の弐吉らが続いている。

門番が、顔を見合わせた。一方が、あの方は北町だよな、と他方に言った。他方が、どうなっているんだ、と一方に言い、ふたりで見送った。

「どこまで行くんだ？」

松原が与兵衛に訊いた。与兵衛は、数寄屋橋御門を出ると、南に向かっている。

「高輪の大木戸です」

「大、木戸……」

何しにだ？　松原が半ば駆けながら訊いた。

「行けば分かります」

「そんなところまで行けるか。俺は暇じゃねえんだ」

「ならば、付いて来ないでください」

「おう、そうさせてもらうぜ」

暫くの間、松原は立ち止まっていたが、やがて弐吉らを促すと、渋々と与兵衛らの後を追うように歩き始めた。

「旦那、付いて来ますぜ」寛助が言った。

「分かっている。あの人は、一度ごねないと、進めんのだ」

「困った御方でやすね」

「人は多かれ少なかれ、そういうものだ。初めから素直に従うことは出来ん。それを待ってやるのも優しさだろうよ」

「こいつら」と寛助が、米造と新七を見回してから言った。「はばかりが遅いんでやすよ。あっしなんか、出す前に拭いてる口なんですがね。それでも、待つんですかね」

与兵衛は、うっ、と答えに詰まりながらも、歩みに合わせて声を出した。

「そりゃ待たねばならんだろう。道端でされてはかなわんぞ」

「ありがたく思えよ。これからも待ってやるからな」

朝吉が背を震わせて笑っている間に、芝口橋を渡り、芝口町、源助町、露月町と歩き続け、金杉川《かなすぎがわ》に架かる金杉橋に続いて、入間川《いりあいがわ》に架かる芝橋を通った。潮《しお》のにおいが強くなってきた。高輪は間もなくである。

「まだ付いて来ているか」与兵衛が寛助に訊いた。

振り向いた寛助が、直ぐに向きを戻した。駕籠屋の源兵衛と同じように、目ぇ吊り上げて来ております。

「弐吉も歳だ。少し休ませてやるか」与兵衛が歩く速度を少し落とし、茶屋を探した。高輪に続く街道沿いには、茶屋が建ち並んでいる。

「旦那、弐吉はあっしよりひとつ年下ですぜ。甘やかしては癖んなるってもんでさあ」でも、と寛助が言った。「あっしが休まねえと、休みづらいでしょうしね。ちいっとばかし、腰掛けますか」

茶屋で休む序《つい》でに、餅で小腹を満たしながら、松原らに何を調べに行くかを話した。

「その浪人者が怪しいのか」

「とは言い切れませんが、それだけの腕の者は、そうはいないと思うのです」

「そりゃそうだろうが、これだけ雁首揃えて行く程のことか」

「ですから、来ないでくださいと申し上げたのです」

「話すのが遅いんだよ。仕方ねえ、番屋で訊いたら、俺たちは直ぐ引き上げるからな」

ここの餅代は当然奢《おご》りだろうな。松原が、餅を口中に押し込んだ。

いいですよ。与兵衛が茶代をまさぐっていると、茶屋の葦簀《よしず》の裏を通る人影が見えた。浜の方に下りてゆく。《浜田屋》の番頭の庄之助だった。懐に匕首《あいくち》を呑んでいそうな男を連れている。《浜田屋》の門前で《佐乃屋》が襲い掛かった時にいた男か……。与兵衛は、倉吉に目を留めた。

庄之助の下りてゆく先に、屋根付きの舟があった。舳先が黒い。《浜田屋》の日除舟である。庄之助と倉吉は、船頭と言葉を交わし、乗り込んでいる。ここは本芝の浜だ。船頭の余市が言っていたところじゃねえか。

「何を見ている？」松原が言った。「遅くなるぜ」

与兵衛は茶代を払い、車町にある自身番に向かった。


車町の自身番は、江戸市中の自身番の多くが間口二間（約三・六メートル）に奥行き三間（約五・五メートル）程の大きさであったのに比べて、三間四方と広く出来ていた。東海道に面しており、高輪の大木戸跡辺りは旅人の送り迎えの場として賑《にぎ》わっていたので、配慮されたのだろう。

ぞろぞろと現れた与兵衛らを見て驚いている月番の大家に訊いた。

「半年前のことになる。雨の日に、浪人者がここらで犬を叩き斬ったな？　それを見ていた大家を呼んでくれねえか。話を聞きたいんだ」

「何と、何と」奥にいた大家が立ち上がった。

「どうしたい？」寛助が、奥に声を掛けた。

「私でございます。私、伊皿子町《いさらごちょう》で蕎麦屋を商っております《鶴屋《つるや》》寿助《じゅすけ》と申します」

「日録を書いたのは、お前さんかい？」

「あれは、店番《たなばん》の太郎兵衛《たろべえ》さんが、私が話したことを書いたものでございます」

「ならば丁度いい。話してくれ」

半年前の六月の半ば、《鶴屋》に戻って昼餉を摂り、街道沿いの知り合いのお店に寄って、さて自身番に行こうとしていると、大きな犬が、子供に向かって今にも襲い掛かりそうに牙を剥き出している。追い払おうと思ったのだが、犬が牛のように大きい。

「そんなにでかかったのか」寛助が訊いた。

「そこまでは……」

「話をでかくせずに、正直に言えよ」

まあ、大きめの犬でしたので、さて困ったと思案していると、芝の方から来たご浪人様が、片手に傘を差したまま、すっと寄り、

「えい、やっ」寿助は右手を斜めに振り下ろすと、刀に血振りをくれ、鞘に納めた。

「待て。もう一度、刀をどう抜いて、どう斬ったのか、ゆっくり見せてくれ」

寿助が、刀を抜き上げ、斜めに斬り下げた。袈裟斬りだった。

「瞬《まばた》きをするくらいの間でございました」

「名は、訊かなかったのか」与兵衛が訊いた。

「はい。ただもう呆気に取られておりましたもので」

「するってえと、どこの誰だかは分からねえな」松原が言った。

「そうとも限りませんでございますよ」寿助が言った。

寿助だけでなく、自身番に詰めている者らは、伊皿子坂を上って行く浪人を何度か見掛けていた。

「坂上に住んでいるのか」

「そうではなさそうなのですが」

月に一度、ほぼ月の半ばにやって来るらしい。誰かを訪ねて来るのだろうか。

「芝の方から来る、と言ったな？」

坂を上るならば、自身番の側まで来ると遠回りになる。もっと手前に、上り口はある。

「それはでございますね」寿助が光雲寺《こううんじ》に突き当たる坂道を指した。「お地蔵様にお参りするからなんでございますよ」

自身番の者は皆、地蔵の前で掌を合わせている浪人を見たことがあると言った。

「月の半ばというと、そろそろ来る頃か」

「いつも通りなら、そうなりますが」

「来る刻限は？」

「さあ、そこまでは覚えておりませんが」寿助が言うと、残りの皆も頷いた。

「では、明日からここに詰めていれば、浪人を見付けられるって訳だな？」与兵衛が寿助に訊いた。

「まあ、そういうことに、なろうかとは存じますが」

「好都合だ。このふたりが明日から詰めるからよろしく頼む」

与兵衛が米造と新七を引き合わせた。

「はい……」

寛助も加わり、三人が朝から夕暮れまで交代で自身番で見張ることになった。

「乗り掛かった舟だ。浪人が何て奴か分かったら教えろよ」

芝田町四丁目の辻で松原と別れた。松原は、月番の時に起きた揉め事の始末のため、赤羽橋《あかばねばし》を越え神谷町に行かねばならなかった。

「どうする？　戻るのか」

松原に問われ、高積として市中を見回ると与兵衛が答えた。

「いいことだ。ではな」

遠ざかってゆく松原の後ろ姿を見ながら、どちらの方に参りやすか、と寛助が訊いた。

「見回りは中止だ。お前たちにしてもらいたいことがある」

「へい」寛助と米造と新七が、僅かに腰を折り、前屈みになった。

夕刻、与兵衛らの姿は、小石川の水戸家上屋敷の裏にあった。火除地に設けられた番所内から、往来を隔《へだ》てた長沼藩上屋敷の潜り戸を見張っていたのである。

「出て来ました」米造が小声で言った。

潜り戸から中間がふたり、楽しげに話しながら下富坂町《しもとみざかちょう》の方へと歩いて行く。

「行ってめえりやす」寛助が米造と新七を促した。

三人の姿が中間の後を追って見えなくなった。

「済まねえが、湯をくれねえか」

与兵衛が番人に言った。隅の方で小さくなっていた番人の爺《じい》やが、桜湯を淹れた。

仄《ほの》かな香りが立った。ふうと吹いて、一口啜り、美味いな、と言い、両の手で湯飲みを包んだ。

松の枝が、微かに鳴った。風が渡っている。番人は三交代で、一日中詰めている。

「とっつぁん、家族は？」

「そんなものは、おりませんでございます」

「そうかい……」

「若い頃は遊ぶのに夢中で、まさかてめえが年取るなんて考えもしませんでした。今になって、馬鹿なことをしたと気付いても、遅うございますね」

爺やも桜湯を啜っている。

「若いうちに気付くってのは、難しいな」

「旦那もで、ございますか」

「世の中には、いいことをしてきた奴と悪いことをしてきた奴がいる。両方とも、勝手なことを言い、勝手なことをしてきて、はたと立ち止まるんだ。あの時、あそこで気付いていたら、もっと面白い人生を送れたとか、少しは増しな人生を送れたってな。だが、遅い。今の己を受け入れて生きるしかねえんだろうな」

「受け入れるのは、辛《つろ》うございますね」

「仕方ねえさ。他人様を泣かせた分だけてめえも泣かねえと、釣り合いが取れねえからな」

「……桜湯、もう一杯いかがですか」

「もらおうか」

「桜の塩漬け、私が作ったのです」

「器用なもんだな。美味いぜ」

「母親のやっていたのを思い出しながら作ってみたんです」

「そうやって思い出してやるのが、何よりの孝行なんだろうな。俺も見習うぜ」

二杯目の桜湯を飲み干し、手持ち無沙汰になっていた時に、新七が戻ってきた。

「上手くいっております」

寛助と米造が長沼藩の中間を酒席に誘い込み、酒を酌み交わしながら遠山なる者がいるか否か聞き出そうというのである。新七は経過を知らせる役で、酒屋前と番所を往復することになる。

「では、見て参りやす」

新七が暗がりに消えて半刻後、酒でてらっと顔を染めた寛助と米造が帰った。満面に笑みを湛《たた》えている。首尾の程は察しが付いた。

「ご苦労だったな」寛助らに言ってから、番人の爺やに心付けを渡し、口外しないように頼み、番所を出た。

十間（約十八メートル）程歩いたところで寛助が、遠山という苗字のお武家はおりました、と小声で言った。

「お役目は、勘定方だそうです。名は遠山益右衛門《ますえもん》」


《笹ノ井》で《浜田屋》と会っていたのが長沼藩勘定方の遠山益右衛門であるという証はまだなかったが、遠山なる者が長沼藩にいることは分かった。またそれを利三郎らが見たらしいという見当も付いた。だが、《浜田屋》が利三郎らを殺したという確たる証は何もなかった。右を見ても左を見ても、証のないことばかりである。どこから崩せばいいのだ。《笹ノ井》の吉右衛門を締め上げようかとも考えたが、《浜田屋》とは関わりなどないのかもしれないし、またあったとしても、客だ、と逃げられればそれまでである。何か証を見付けるまでは、そっとしておくしかないか。

思案しているうちに三日が過ぎ、十二月十三日になった。

この日は鬼宿日《きしゆくにち》に当たり、嫁取り以外は何でも大吉という日なので、江戸城はじめあらゆるところで煤払《すすはら》いをする習わしがあった。同時にこの日は、新年を迎えるために、古い椀や傘を買い換える日でもあった。買い物客に、煤払いに使った竹での喧嘩など、市中が浮かれる隙を狙ったこそ泥《どろ》が横行するので、与兵衛は高積見廻りとして、朝から市中の見回りに駆り出されていた。

四ツ半（午前十一時）。

与兵衛が朝吉を伴って赤坂田町を歩いている頃――。

車町の自身番の脇の障子窓から通りを見ていた寿助が、来ました、来ました、と足踏みをしながら寛助を呼んだ。

「騒ぐんじゃねえ」

睨みを利かせて窓辺に寄った寛助が、寿助の指さす浪人を見て、思わず息を飲み込んだ。

「用心棒、じゃねえか」

懐手をした伏見行蔵が、前を見据えて光雲寺に向かう坂を上っていた。

「間違いねえだろうな？」寛助が寿助に念を押した。

「お袋の顔を見間違えても、あの顔は忘れるものではございません」

「何ぃ言いやがる。それ程の関わりはねえだろうが」

「言い過ぎました」寿助が泣きそうな顔をして笑った。

「よし、尾けるぞ」

「お待ちください」寿助が言った。

「様子を見てから行かれた方が」

「何だ？」

「直ぐ行っても、お地蔵様のところで掌を合わせておいでですから、様子を見てから行かれた方が」

「おう、その通りだ。助かったぜ」寿助に礼を言ってから、米造と新七に言った。

「奴は並じゃねえ。腹ぁ据えて掛かれよ」

寛助らは自身番の陰に身を潜め、伏見が歩き出すのを待った。じりじりとした刻が流れ、伏見が地蔵の前から離れた。寛助らは、縦に一列になった。先ず寛助が先頭に立った。伏見は光雲寺のところで北に折れ、伊皿子坂に出ると、ゆっくりと上り始めた。町屋が切れ、大御番組の組屋敷と長応寺の土塀に挟まれた、人気の少ない道になった。

拙いな。気配を読まれたら、終《しま》いだぜ。間合を空け過ぎれば見失い、詰めれば悟られてしまう。どうする？　下唇を噛み締めようとした時、組屋敷からふたりの若侍が笑い声を上げながら出て来た。行くか、止めるかで揉めているらしい。若侍らは、伏見と前後して坂を上っている。

伏見がちらと若侍を見、足を遅らせた。先に行かせようとしているのだろう。気を取られている。

占子《しめこ》の兎《うさぎ》だぜ。

寛助は足を止め、米造と入れ替わった。

米造が伊皿子台町の横町の角で立ち止まった。何だ？　追い付いた寛助が訊いた。

「煮売り屋に寄り、通り掛かったのと挨拶をしてやがるんで」

「相手は？」

「爺さんです。隠居か長屋の大家ってところでしょうか」

代わってみな。寛助が角からそっと片目で覗いた。

「いいだろう。確かに爺さんだ。俺の親父くらいの年だな」

「へい……」

「同じくらいだと思っちゃいねえよな」

まさか、と答えた米造が、歩き出しました、と言った。よし、行ってくれ。寛助はその場に留まり、間合を空けた。しかし、米造は十間程進んだ角で、また立ち止まっている。気付かれたにしては、背が落ち着いている。着いたのか。間合を詰めた。

「そこに入って行きました」

古びた、いかにも貧しげな長屋だった。木戸口の上の木札を見た。観易とか鍼灸《しんきゅう》とか書かれているが、墨《すみ》が薄れている。木戸の向こうは貸本屋《喜撰堂《きせんどう》》で、手前は瀬戸物屋だった。

「よし、離れたところで見張ろう」

少し戻った町屋の角に隠れた。寸刻の後、伏見が出て来て、通りを横切り、米と薪《まき》を求め、また長屋に戻って行った。どうやら煮炊《た》きを始めるらしい。

「旦那にお知らせしろ」寛助が新七に言った。「赤坂にいなさるはずだ。俺たちは用心棒のことを調べたら……」

八間（約十五メートル）程先の蕎麦屋を目で指した。あそこにいる。急げよ。

「合点承知之助《がってんしょうちのすけ》でさあ」

新七は着物の裾を摘み上げ、背帯に挟み込むと、跳ねるようにして駆け出した。

伊皿子台町から古川《ふるかわ》に向かい、三之橋《さんのはし》を渡って新堀川沿いに一之橋《いちのはし》まで行き、息を継ぎ、飯倉新町《いいぐらしんまち》、長坂町《ながさかちょう》と通って飯倉片町《かたまち》に出た。ここからはくねくねと武家屋敷小路を走り抜け、氷川《ひかわ》神社を左に見ながら突っ走ればいい。手に唾《つば》をして、地を蹴った。赤坂新町五丁目まで、一里強（約四キロメートル）。新七の足なら、四半刻（約三十分）も掛からない。

「さあて、どこにいなさるか」

左側、南西の町並みは赤坂元馬場。今は馬場はなく、箍《たが》屋が軒を連ねている。

「まだ、こっちにはいなさらねえはずだ」

右側、赤坂五丁目の先は、四、三、二、一丁目と赤坂の町並みが続いている。刻限からして二丁目か三丁目だろう。

「丁か半か。よし、丁でいこう。二丁目だ」

どいちくれぃ、どいちくれぃ。声を上げながら五丁目を過ぎ、四丁目に差し掛かったところで、自身番の前にいる中間の朝吉の姿が見えた。

四丁目か。ちいっと違ったが丁の目だぜ。心の中で呟き、旦那ぁ、と一声張り上げた。

「来たか」飛び出してきた与兵衛が訊いた。

「来ました」

渇いた咽喉《のど》が声を掠《かす》れさせたが、一息に言った。《浜田屋》の用心棒でやした。

「何だと……」与兵衛は、一瞬言葉を失ったが、直ぐに我に返った。「案内しろ」

二

伊皿子台町に着いた。与兵衛らは町屋の者に慌てた風を気取られないよう、ゆっくりと蕎麦屋へ向かった。数間手前まで近付いた時、蕎麦屋の二階の窓が細く開き、寛助が頭半分出して頷いた。こちらです、と言っているのだ。与兵衛らは裏に回り、蕎麦切りを頼んで二階に上った。

「ずっと長屋に入ったままです。《台町店《だいまちだな》》と呼ばれているそうです」

「誰の住まいだ？」

「それが、空店《あきだな》らしいんで」

「らしい、とは、どういうことだ？」

「町の者と親しげに話していたので、舂米屋《つきごめ》とか近くの者にはとても訊けねえって塩梅《あんばい》なんで」

大人しくお待ちしておりました。寛助が階下を指し、ここにも食いに来るようなんです。

「となれば仕方ねえ。大家に訊くか。商いは何だ？」

「貸本屋ですが、行ってもよろしいんで？」

「このまま蕎麦食って帰る訳にもゆかねえだろう」

「そりゃそうですが……」

蕎麦切りが来た。食ったら行くぞ。与兵衛が言った時には、寛助らの箸は勢いよく動き始めていた。

暖簾を分けて、《喜撰堂》に入った。客はいなかった。読本《よみほん》や黄表紙《きびょうし》が棚からはみ出し、床にもうずたかく積み上げられている。

「御免よ」

寛助が言い、与兵衛が続いた。

「ちょいと訊きたいことがあるんだが、いいかな？」

主なのだろう、帳場に座っていた男が、膝に手を当てながら進み出て来て、上がり框に腰を下ろした。小僧は後退りして、内暖簾の下にぺたりと尻を付けている。

「御禁書など置いてございませんが」

「そうじゃねえんだ。お前さんが隣の長屋の差配か」

「左様で。金を造ると書いて金造《きんぞう》と申します」

「お前さんを咎め立てしようなんて気はまったくねえ。名前なんざ、どうでもいいんだ」寛助が棚の脇を見た。空いている。「ここでは何だ、上げてもらっていいか。何、手間は取らせねえ」

「よろしゅうございます。どうぞ」

金造は膝を立てると、与兵衛らを招じ上げ、小僧に茶を命じた。

「訊きたいのは借店に入っている者のことだが、どんなのがいるんだ？　お役目でな、あちこち訊いて歩いているのだ」

「はい。今のところ、易者の天啓堂《てんけいどう》、この者の易は当たりません。ただ、いいことしか言わないので、店賃は滞《とどこお》りませんが。鍼医者の明庵《みょうあん》、人はよいのですが、肝心の腕がよくない。余計悪くなったという話をよく聞きます。それと……」

「話は端折《はしょ》ってくれ。他にも回るところがあるんでな」

小僧が茶を淹れてきた。金造が見ている。話すように促した。

「はい。大工の作次《さくじ》一家、取上婆《とりあげばあ》さんの浜《はま》と孫の太吉《たきち》、通いでお店奉公している絹《きぬ》母子《おやこ》、仕出し屋に奉公している琴吉《こときち》、それに針仕事をしている染《そめ》。それだけでございます」

「浪人者が入ってゆくのを見掛けたが、あれは誰かの知り合いか」

「伏見様のことでございますね」

「伏見というのか」

「はい。伏見行蔵様と仰いまして、月に一度だけお泊まりになるために、一軒お借りいただいているのです」

「他言はしねえ。よかったら、訳を話しちゃくれねえか。坂の下で地蔵に掌を合わせている姿を見てな、気になっていたのだ」

「左様でございましたか、ご覧になられましたか」

あれは八年程前になりましょうか。

伏見は、仕官がかなわず江戸を去ろうと高輪まで来て翻意し、妻子とともに《台町店》に住むようになったらしい。

身許の請け人はいませんでしたが、御新造様と娘御《むすめご》のご様子を拝見するに、しっかりした方々とお見受けし、請け人の必要はないと心得、町役人に店子になると知らせるに留めておきました。

店子になりましてからも伏見様は仕官の口を探していらしたのですが、見付かりません。御新造様が針仕事をしたり、伏見様も口入屋から仕事をもらうなどして、つましく暮らしておいででした。

そんな時でございます。娘御が流行病《はやりやまい》で亡くなられました。七年前のことでした。その頃から御新造様が身体を壊され、五年前お亡くなりになり……。ここに来て、僅か三年でおひとりになってしまわれたのです。

暫く酒浸りの暮らしをしておいででしたが、店賃の方は、手持ちの金子がなくなるとぶらりとお出掛けになり、どこで都合するのか、たっぷりと稼いでお帰りになりました。どうやら道場破りをしているらしい、と聞いたことがございます。

ともかく、腕が立つのでございます。この辺りのならず者は皆、腕か足の骨を叩き折られた程です。それに目を付けた方がいらして、今はその方の用心棒をしているとか。

「それが、月に一度戻ってくる。墓参りか」

左様です。月命日の頃来ては、ご飯を炊いて握り飯を作り、墓参りに行き、一晩お位牌《いはい》と過ごし、お帰りになられるのです。出来ないことでございますよ。

「間もなくお見えになられると思いますよ」

「ここに、か」

金造がにっこりと笑って答えた。

「墓参りに出掛ける前にお立ち寄りになりますので」

いけねえ。立とうとした時は、遅かった。表から人影が入ってきた。

「金造殿……」

人影は与兵衛らを見て、表情を固めた。「何ゆえ、ここにいる?」

「長屋の人別を見て回るのもお務めのひとつでな」

「まあいい。俺は墓参りに行ってくる。聞きたいことがあれば、待っているがよい。

間もなくすれば戻る」

「待たせてもらおう」

「付いて来るなよ」

「ここにいる」

「ここに、でございますか」金造が泣き声を上げた。

「嫌か」

「いいえ。まさか、そのような……」

「商いの邪魔はしねえ、と言いたいが、いれば邪魔だな」

「……まあ、左様で」

「我慢してくれ」

「それはもう、いたしますです」

あの、伏見様が何か。金造がおずおずと尋ねた。

「いいや。何もしてねえよ」

「前からお知り合いのようでしたが？」

「そう見えたか」

「はい。そのように」

「気のせいだ。初めてだ」

「はあ……」

「どこまで行くんだ。墓参りに」

「細川様の御屋敷をぐるりと回った向こうの、樹木谷《じゅもくだに》にございます満福寺《まんぷくじ》です」

細川様の御屋敷とは、肥後熊本《ひごくまもと》細川越中守の中屋敷のことである。赤穂《あこう》義士で名高い大石内蔵助《おおいしくらのすけ》らが切腹して果てた屋敷でもある。

「手前の家の代々の墓がございますので、伏見様もそこに……」

「さすが差配さんだな。なかなか出来ることではない」

茶のお代わりが出た。

一刻（二時間）近く経ち、伏見が戻ってきた。《喜撰堂》の暖簾を指先で分けると、待たせたな、狭いところだが、来るか、と言った。

「旦那……」

一緒に、と立ち上がった寛助を制し、ここで待つように言い付け、刀を手に持った。

「聞いたようだな」

借店の腰高障子を開けながら、伏見が言った。

「済まんが、聞いた」

「まあ、いい」伏見は先に土間から上がると、与兵衛に上がるように言い、竈《かまど》の前に腰を下ろした。「白湯《さゆ》でいいな？」

借店の中はがらんとしていた。あるのは、妻女と娘子の位牌と夜具《やぐ》だけだった。与兵衛は位牌に掌を合わせ、戸口近くに戻り、座った。

「隣が大工でな。時々おかみさんが風を通してくれるのだ」

「ありがたいことだな」

「昔から世話になってばかりだ」

伏見は付木に火を移すと竈の底に置き、藁《わら》を燃し付け、小枝をくべた。煙が借店の中に棚引いている。紐を引き、屋根に設けられている煙出しの天窓を開けた。煙が吸い出されてゆく。

「俺を見た時の顔付きで読めた。俺と知って来たのだな」

「そうだ」

「正直だな」

「嘘は嫌いなのだ」

「よくここだと分かったな」

「半年前の雨の日のことだ」犬を斬っただろう、と与兵衛が言った。「片手で。そんな剛の者は、そうはいるものではない」

伏見は、瞬時目を細めるようにしていたが、思い出したのか、あれか、と呟くと、八丁堀とは、と言った。すごいものだな。

「だが、どうして俺と分かった？」

「凄腕を見に来たら、伏見殿だったという訳だ。犬を抜き打ち様に袈裟に斬ったそうだが」

「あれは、我が流派で《石火《せっか》》という太刀筋だ」

「袈裟斬りか」

「そうだ……」

暫く待つうちに白湯が入った。湯飲みを手に取り、口許に運ぶと、柔らかな湯気が頬を撫でた。そっと啜った。熱い。

「このところ」と与兵衛が言った。「袈裟に斬られる者が多いのだ」

「どの流派にも袈裟斬りはあるぞ」

「腕が違う。とてつもなく腕の立つ者の仕業なのだ」

「お主、その者と立ち合ったら勝てるのか」

「いや、手もなく斬られるだろう」

ははは、と笑った次の瞬間、伏見は刀を手に取ると、跳ねるようにして身構えた。と同時に与兵衛も、背後に飛び退り、腰を割り、いつでも立ち合える構えを取った。

「動きがよい。なかなか出来るではないか」

伏見が殺気を解くのを見て、与兵衛も張り詰めていたものを解いた。

「ほどほどだ。並の者には負けぬが、手練れには勝てぬ」

「では、その者と出会わぬとよいな」

「そう願っている」

伏見の顔を見た。何も読み取れなかった。

「馳走になった」与兵衛は白湯を飲み干すと、《台町店》を辞した。

伏見は、与兵衛の足音が遠退くのを聞きながら、ここまで八丁堀が来たか、と思った。

俺は飼い犬だ。元締に告げねばなるまいな。

奉行所の玄関に《黒っ羽織》がいた。いつものふたりである。ということは、目付か徒目付が来ているのだろう。ふたりと目礼をしていると、当番方の同心が、中でお待ちです、と言った。指を二本立て、待ち人はふたりかと問うと、頷いた。梶山左内と寺平彦四郎がともに来ているのだ。

応接の間に近付くと、大熊正右衛門の笑い声が聞こえてきた。廊下に膝を突き、襖越しに戻ったことを告げた。笑い声が止んだ。

待たせたことを詫びると、梶山らも今来たところであったらしい。

「帰りの刻限を見計らって来たのだ。当たったわ」梶山が満足そうに言った。

「恐れ入りましてございます」

「で、あれから進展はあったのか」寺平が言った。

「ございました」

おう、と大熊ら三人が声を合わせた。

「瀬島利三郎、林田伸二郎、宮坂甲太郎の三名が《笹ノ井》に行った。そのうちの瀬島利三郎と林田伸二郎が殺され、宮坂甲太郎は未だに居所が分からない。ここまではご存じの通りです。さて、ここからですが、三名は《笹ノ井》で、何かの折に客として座敷に上がっていたある者らを見てしまった。香具師の元締の《浜田屋》と武家です。武家の名が遠山である、というところまで判明いたしました」

「その遠山というのは？」

「お話しいたします」

遠山は《笹ノ井》から駕籠に乗り、浜町堀に沿って和泉橋の方へと向かいました。その時の駕籠舁きは四日前の九日に殺されております。恐らく、遠山がどこまで乗ったのか、知られぬように口を封じられたものと思われます。

「どこまで乗ったのか、摑めぬのか」

「それでございますが」

和泉橋の方へと走って行ったということは、ずっと先に長沼藩の上屋敷がございます。

「長沼？」梶山が呟いた。

「丑の日殺しで殺された者のひとりは長沼藩の者ではなかったか」寺平が言った。

「そうです。そこで長沼藩の江戸屋敷に遠山なる者がいるかどうか、調べてみたところ、勘定方におりました。遠山益右衛門なる者が」

その者が《浜田屋》と会っていた者かは、まだ判明しておりませんが、もし同一の者だとすると、筋が繫がります。三人は《笹ノ井》で、《浜田屋》と長沼藩勘定方の遠山益右衛門が会っているのを見た。敵方にしてみれば、長沼藩に関わりのある者には、決して知られてはならぬ後ろ暗い寄合だったのでしょう。そのために、次々と殺された。恐らく宮坂も殺されているでしょう。また、私が調べているのを知り、遠山を藩邸まで乗せた駕籠舁きも殺されました。

「丑の日殺しは、どうなのだ。長沼藩士が殺されていたが」

「殺されたのは長沼藩の同じ勘定方・藤崎主計です。偶々《たまたま》か、それとも藤崎を殺すのが目的で、ひとりだけ殺したのでは探索の手が及ぶからと、殺した丑の日に合わせて続けて殺しているのかも知れません」

「《浜田屋》が、か」

「手を下したと思われる凄腕の用心棒がいます。その者は袈裟斬りを使います。恐らく、利三郎や林田伸二郎を斬ったのは、その用心棒でしょう」

「遠山が、殺しを依頼した。《浜田屋》は丑の日殺しとして誤魔化し、まんまと殺しをしてのけた。その礼として会っていた。そこを宮坂という長沼藩士に見られた、ということか」大熊が言った。

「しかし、証がないな」梶山が腕組みをした。

「丑の日殺しで殺された藤崎主計は、勘定方でした。藩の内情を調べていただければ何か摑めると思うのですが」

「誰が調べるのだ」梶山だった。

「大名家のことを調べるのは大目付様だ。となると、我々には手も足も出せない」寺平が言った。

「それでは殺された者が浮かばれません」

「支配違いはどうにもならんのだ。俺は其の方の腕を知っているから見逃しているが、今の大目付様は四人ともに駄目だ。融通が利かぬ」

「大目付様を動かせる御方は？」

「御老中しかおられぬ。其の方が頼りにしている者も、こればっかりは手が出せぬの」大熊が言った。

「駕籠舁きだが、仲間にはどこまで乗せた、と話しているのではないか」寺平が与兵衛に訊いた。

「残念ながら、誰も聞いていないとのことでした……」

言葉を切ったまま黙り込んだ与兵衛に、いかがした、と梶山が問うた。

「私が遠山なる者が駕籠に乗ったと聞いたのは、九日の昼前でした。駕籠舁きが殺されたのは、その日の夕刻です」

「だから？」大熊が訊いた。

「筒抜けではありませんか……」

「確かに……」梶山と寺平が顔を見合わせている。

与兵衛が、あっ、と叫んだ。

「何だ？」

「もしかすると……」浪の奴、蕎麦屋で聞いたことを礼金欲しさに吉右衛門か、《浜田屋》に話したかもしれない。「出て来ます」

大熊に言い、梶山らに頭を下げると、廊下を走り、奉行所を飛び出した。寛助らが腰掛茶屋から後に続いた。

京橋《きょうばし》から江戸橋、荒布橋と駆け抜け、日本橋川沿いに思案橋の手前まで走り、煮売り酒屋《堀重》に行くと、九日から休んでいると言う。

「塒《ねぐら》は近くだ。誰か見に行かせたのか」酒屋の亭主らを見回した。

「こないだ行かせやしたが、影も形もありやせんや。大して使いものにならねえ女なんで、放っぽってあるんでさぁ」

亭主の言葉に、店の者が笑って応えた。

「邪魔したな」

照降町の《五兵衛店》に向かった。長屋に行くに従って立ち話をしている者の数が増えてゆく。嫌な予感がした。

足を急がせ、横町を曲がった。長屋の前に人だかりがしている。大家の菅笠屋を覗いたが、いない。《五兵衛店》の木戸に捕方がいた。何があったか、尋ねた。

「殺しでございます」

「殺されたのは？」

「店子の女だそうです」

「ありがとよ」

路地に入ると、二軒目の借店の前に、占部鉦之輔と大家がいた。与兵衛に気付いた占部が、殺しだ、と言った。

「浪のようですね？」

「知っているのか」

与兵衛が頷いた。

「一刻程前だ。何日振りかで戻って来たところを、頬っ被りした若いのが、刺して逃げたらしい。はっきりと面を見たのはいねえ。どこから調べたらいいものか。知っていることがあったら、教えてくれ」

「こんなことになるんじゃないかと走って来たのです。殺した者の目星は付いています」

「そいつはすげえ」

顔を綻《ほころ》ばせている占部を戸口に置き、借店に入った。浪が布団の上に寝かされていた。胸と下腹を刺されたらしい。夥《おびただ》しい血が流れている。

「馬鹿な奴だ」

検屍のために呼ばれていた医者が、驚いたように与兵衛を見ている。

「占部さん、付き合ってください。話は道々しますので」

「おうっ」

占部は政五郎に遺体の検屍が終わったら奉行所に運ぶように命じると、与兵衛の後を追うように付いてきた。

「どこに行くんだ?」

「《笹ノ井》です。もうひとり心配なのがいるんです」

「よし聞こう。話せ」占部が急かすように言った。

これまでの経緯を話し終えたところで《笹ノ井》に着いた。鈴はいなかった。十日から休んでいると言う。長屋を訊き、訪ねたが、そこにも姿はなかった。

「殺られたのか」答えずにいると、占部が再び訊いた。「鈴は、殺られたのか」

分からない。鈴の運に賭けるしかなかった。

「戻ります」与兵衛が言った。

「《笹ノ井》だな」

吉右衛門と女将を並べて座らせた。

「ふたり揃って嘘を吐いたな。一見の客だ、と。惚《とぼ》けやがって。十一月二十九日の客の一方は、《浜田屋》だったそうだな？」

「…………」吉右衛門と女将が顔を見合わせている。

「答えろ」占部が強い口調で言った。

「申し訳ありません」

吉右衛門と女将が畳に手を突いた。

「どういう訳か、《笹ノ井《こ》》が使い易いからと、内密のお話がある時は裏からお見えになりまして。手前どもは、見ぬ、聞かぬ、呼ばれるまでは座敷に近付かぬ、に徹しておりましたので、それを気に入ってくださったのか……」

「何も聞いちゃいねえ。そう言って逃れようったって、そうはいかねえぞ」

「《浜田屋》さんの噂は存じております。その方に、『見るな、聞くな、話すな』と睨まれたのです。それがどんなに恐ろしいことか、お察しください」

「話しているじゃねえか」

「……これがすべてです」

「他に隠していることは、ないんだな?」

「ございません」

「本当だろうな?」

「……あの、鈴か浪に、何かあったのですか」女将が訊いた。

「浪は殺された。鈴も、どうなっているか、分からねえ」占部が言った。

吉右衛門と女将が、手を取り合って震えている。

やはり、この者らは《浜田屋》とは関わりがないのだろうか。怯える表情に嘘があるとは思えなかった。だが、まだ信じ切れないものも残っていた。与兵衛は思いを隠して言った。

「追って話を訊くことになるだろう。市中から出るなよ」

「承知しました。出ません。私どもは、ここしかいるところがございませんので」

「何かあったら、自身番に走り、俺たちを呼べ。いいな」

「分かりました」

吉右衛門と女将が何度も頭を下げた。

三

十二月十四日。

与兵衛は奉行所に出仕した後、柳橋の平右衛門町に向かった。船宿《川端屋》に着き、余市の操る舟に乗り込んだのは、昼四ツ（午前十時）になろうという刻限だった。

「旦那がお出でになるのを待ってたんですよ」艪を漕ぎながら余市が言った。「なに、大したことじゃござんせん。巳之吉のことでございます。巳之吉が心安立《こころやすだ》てに近付いて行った船頭を殴り倒した、と言うのだ。

「どうにもあの連中の気持ちが知れねえんですよ。あいつは見所があるかと思ったんですがね」

「分かる気が、しなくもねえぜ」与兵衛が言った。

「どうお分かりになるんです？」

「いい人だ、と見られたくねえんだよ。鼻つまみは鼻つまみでいた方が楽なんだろうな」

訊いた。

「そんなもんですかね？」

「そんなもんだ」

分からねえ、と呟きながら艪を漕いでいる余市に、《浜田屋》の舟を見掛けたか、訊いた。

「このところ、見ませんでございますね。陸《おか》に上がりっ放《ぱな》しなんでしょう」

「甲羅《こうら》でも干しているか」

見掛けたら、どっちに向かったか覚えておいてくれ、と心付けを与え、吾妻橋のたもとで舟を下りた。広小路を横切り、口入屋の《川口屋》に行き、右吉に元締の都合を尋ねた。

「旦那なら、こちらにいる限りお会いするとのことなので」

いつもの手順通り、まず人を送り、了承を得てから、前回から案内に立っている清蔵に従い、浅草新鳥越町の妾宅に向かった。清蔵はこちらから話し掛けない限り口を開かない。押し黙ったまま、妾宅に着いた。

招じ入れられ、奥に通った。長火鉢を挟んで、承右衛門と向かい合った。

「教えてもらいたいことがあって来た」

「どのようなことでございましょう？」

「元締は、元締と呼ばれる者たちの中では、江戸で一、二を争う大物で間違いないな？」

「何を仰るかと思えば」承右衛門が、口を開けて笑った。

「答えてくれ」

「まあ、そのように立ててくださる方もいらっしゃるようでございますが」

「では、大物に問う。大目付を動かしたいんだが、どうすればいいか、教えてくれねえか」

おやおや。承右衛門は、明らかに驚き、与兵衛を見てから答えた。

「そのようなこと、手前のような一介の口入屋がどうして知っておりましょうか」

「悠長に話している暇はねえんだ。考えてくれねえか」

承右衛門は鉄瓶の湯を急須にさし、猫板に並べて置いた湯飲みに注ぐと、ひとつを与兵衛の方へと押し、

「《目目連》を、ご存じですか」と訊いた。

「物の怪だろう？　目の沢山ある」

「その物の怪から名付けたと思われる、集まりのことです。《目目連》は、江戸での大小の出来事をすべてとは申しませんが、非常に多くのことを知っていると言われて

います」

大熊からも、占部らからも聞いたことがなかった。

「知られぬようにしておりますからな」

「すると、元締の悪事も知られているのか」

「前にお話しいたしましたように、確かに悪事はしておりましたが、昔のことです。今の手前はそのようなことはいたしておりませんし、知られぬよう気を配っておりますので」

「《浜田屋》は、どうだ？　知っているのか」

「さあ、どうでしょうか」

「《目目連》がどうしたのだ？」

「それを動かしたら、と考えたのです。手前どもが寄ったら、怖いのが出てきますが、滝村様なら大丈夫かと」

「動かすとは？」

「《目目連》は幕閣に、それも相当の御方に食い込んでいると聞いております。《目目連》を動かし、その御方から大目付に働き掛けてもらうのです」

「どうやって《目目連》に近付くのだ？」

「それは存じません。滝村様は無茶を平気でなされる方なので、もし《目目連》のことが分かった時はそのようになされるとよろしいかと思ったのです」

「考えておこう」

与兵衛が茶を飲み干すのを凝《じ》っと見ていた承右衛門が、滝村様は不思議《ふしぎ》な御方だ、と言った。

「もしかすると、江戸の闇《やみ》を吹き払ってくださるかもしれませんな」

闇の中にはお前さんも入るのではないか。そう言いたかったが、教えを乞いに来た身である。茶が胃の腑に落ちるのを待って、礼を言い、立ち上がった。

与兵衛を送って戻ってきた清蔵が言った。

「お教えにならなかったようですが」

「《笹ノ井》のことかい？」

「へい」

「まだ、いいよ」

吉右衛門の本当の名は吉助《きちすけ》という。二十年前、紀州から出てき、宗兵衛の許で使い走りをしていた若い衆である。宗兵衛が上州安中《あんなか》宿の女に生ませた娘に、暮らしの費えを届けに通っているうちに恋仲になってしまった。

腕っぷしはからきしだが、押し出しが利くからと、七年前、安中で所帯を持たせていた吉助と娘に居抜きで買い与えたのが《笹ノ井》だった。

「よく調べたね」

「この世の中、見ていない振りをしていても、必ず誰かが見ているものだ、とつくづく思いました」

「あたしもだけど、お前も見られているんだよ」

「へい…………」

「見抜けるかね、八丁堀は」

「どうでしょうか」

「教えてやってもいいけど」承右衛門はくすり、と笑うと続けた。「吉右衛門みたいのを一目で見破れないようじゃ、まだまだだね」


その頃、芝大門前の《浜田屋》の奥座敷では、宗兵衛と庄之助が火桶を挟み、声を潜めて話し合っていた。

「冗談じゃない。長沼なんて小さな藩のことで尻尾を摑まれるのは、間尺に合わないね」

「吉右衛門も、あんな女に手を出すようでは困りました。女が欲を掻いてくれたお蔭で助かりましたが」

「確かにそうだけどね、この月初めに御用聞きの忠八ってのが、私と遠山様の名を出して調べに来た、と知らせてくれたのは吉右衛門だ。あれがなかったら、今頃どうなっていたか、考えてもみな」

吉右衛門も吉右衛門だけど、と言って宗兵衛が庄之助を睨んだ。

「死体を残したのは拙かったね。あの女、暫く身を隠していたようだけど、折角帰りを待っていたんだ。上手いことひっ攫《さら》えばよかったのに。長屋で殺っちまうから騒ぎになったんだ。鈴のように攫えなかったのかね。あの若い侍たちの時も、結局攫って埋めたのはひとりだけで、後のふたりはその場でか、運ぶ途中で捨てたじゃないか」

「申し訳ございません」

「倉吉たちも腕が落ちたのかね。しくじりは、二度と許さないからね」宗兵衛は金火箸で灰を掻き寄せると、しかし、と言った。「遠山様の御名を聞かれていたとは知らなかった。ここに出入りする姿を見られたくないばかりに、いつも《笹ノ井》を使っていたけど、もう止めだ。油断したよ」

「八丁堀には、遠山様がどこのご家中なのか、分からぬはずです」

「簡単に知られて堪るものかい」宗兵衛は吐き捨てるように言うと、鈴の名を口にした。「ちゃんと埋めただろうね？」

「ひとりでは寂しがるといけないので、宮坂の倅の近くに埋めておきました」

「優しいことをするじゃないか」

宗兵衛は、微かに見せた笑顔を消し、庄之助に顔を寄せた。

「殺しが続いたから暫く静かにしていたいんだけどね、伊皿子の長屋にまで顔を出すようになっては、滝村は邪魔だね」

「よく調べたものだと驚いております」

「《百まなこ》と《犬目》を割り出した男だ。丑の日も八丁堀の見習の者たちも、先生が斬ったと見抜いているのだろうね？」

庄之助は頷くと、伏見の名を上げた。始末を頼みますか。

「知られ過ぎているだろ。身体付きで見破られてしまうよ。古川先生と赤池先生でいいじゃないか。滝村は退き技しかないんだから、訳もないさね」

「ですが、ふたりとも顔を見られております」

「世の中には、お面って便利なものがあるだろう。何なら、《百まなこ》でも付けてもらおうか」

「伏見様には？」

「決まっているだろ、あっちの片《かた》を付けてもらうんだよ。先生を呼んできておくれ」

庄之助が手を叩いた。障子が開き、倉吉が顔を上げた。

「伏見様を呼んで来てくれ」

倉吉が離れに向かった。離れは、奥の脇に造られており、風呂と厠《かわや》が備えられていた。宗兵衛らを待たせることなく、倉吉の後から伏見が来た。倉吉は伏見を座敷に入れると、障子を閉めて、向かいの座敷に消えた。

「早速ですが、斬ってもらいたいのがいるのですが」

「引き受けよう」伏見に迷いや躊躇《ためら》いはなかった。

「人数は、三人。いつもつるんでおりまして」

「構わん」

「相手は御家人の来島半弥と、その取り巻きです。神谷町の元締・卯左衛門、ご存じでございますね」

伏見は黙ったまま聞いている。

「卯左衛門の子分から竹皮問屋《佐乃屋》の倅・鶴之助を嵌《は》めた一件を聞き出して、強請《ゆす》ってきたのでございますよ」

「元締を、か」思わず伏見に、笑みが生まれた。

「小悪党ってのは、困りますね。己の力の程ってものを知らないのですから」

「本所深川では、それと知られた悪なのです」庄之助が言葉を添えた。

「斬り方に注文を出して申し訳ないのですが」と宗兵衛が言った。「丑の日殺しも、あの《笹ノ井》の客のふたりも皆袈裟斬りだったので、今度は袈裟斬りはしないようにお願いしたいのです。よろしいでしょうか」

「どうも、あれが一番斬り易いのでな。だが、元締に言われたことは守ろう」

「先生が聞き分けのよい御方で助かります」宗兵衛が頭を下げた。

「何を言う。こうして夜露を凌《しの》げ、美味いものを食えるのも、すべて元締のお蔭だ。たとえ御法度《ごはっと》に背こうとも、恩は恩だ」

「御法度のことは抜きにして、そう言っていただけると、お世話をしている甲斐があるってものでございます」

「いつ殺る?」

「今夜にでも」

金の受け渡しは三日後と言い渡してあったが、相手が油断しているうちに片付けてしまうのだと、宗兵衛が言った。

「それに、後三日も生かしておくのも業腹ですので」

伏見と庄之助と、手伝いの若い衆ひとりが、昼の間に《浜田屋》の裏戸から出、増上寺から金地院に抜けて土器町《かわらけちょう》の小体な家に入った。ここで日が落ちるのを待つのである。若い衆は弁吉《べんきち》と言った。待つ間の暇潰しに、小刀で焚《た》き付けなどに彫り物をしている。弁吉が彫っているのを見るのは四度目のことになる。いつも彫り終えると竈の下に投げ入れてしまう。伏見が訳を訊いた。

「思い出さないためです」

弁吉から、ぷんと血がにおい立ったような気がした。恐らく俺からも同じにおいがしているのだろう。

夕刻、戸を叩く者があった。倉吉だった。庄之助は倉吉と二言、三言戸口で話すと、伏見に、出掛けますと告げた。伏見は、弁吉と庄之助に相前後するようにして暮れなずむ道を進んだ。三人は土器町から車坂町《くるまざかちょう》を通り、新シ橋前の御用屋敷へと出、汐留橋《しおどめばし》のたもとから庄之助が手配していた猪牙舟《ちょきぶね》に乗った。舟は三十間堀川を行き、真福寺橋から稲荷橋に抜け、大川に入った。永代橋を潜り、小名木川《おなぎがわ》の手前の仙台堀に折れた。これから崎川橋まで行き、亥の堀川を北の竪川《たてかわ》に向かうのである。橋を渡る者、河岸を歩く者と、人出が多い。

「今日明日は、深川八幡《はちまん》の歳の市が開かれるので、そのせいでしょう」

「よいのか、このような日に」

「なに、混雑するのは八幡宮の周りだけでございますし、川面なんぞ誰も見ませんから」

「成程な」

「間もなく崎川橋です」

崎川橋は、林田伸二郎の亡骸が杭に引っ掛かったところである。これが殺しに向かうのでなければ、小名木川か竪川を通るのだが、両方とも大川への川口に橋番屋があった。自身番と違い、橋番屋は舟の往来に目を留めている。番屋の者に姿を見られぬように越したことはないので、仙台堀から入ったのである。舟が仙台堀から二十間川へと抜けると、行く手に崎川橋が見えた。

「やっつけ仕事はいけませんね」と庄之助が伏見に言った。

これが遊び納めだと、永代寺門前町に遊びに来た林田伸二郎を、牛太郎《ぎゅうたろう》に扮した弁吉が誘い出し、土橋の近くで伏見が斬った。そこまでは上手く運んだが、埋めるところを見られそうになり、死体を洲崎《すさき》近くの木置場に捨てたのだ。それが崎川橋の杭に引っ掛かろうとは思いも寄らないことだった。伸二郎が帯びていた両刀は、杭に掛からないように、と抜いて川に捨てたのだが。

舟は崎川橋で向きを北に変えた。橋番屋が新辻橋《しんつじばし》の南詰、柳原町《やなぎわらまち》三丁目にあるため、手前の菊川橋《きくかわばし》の東詰に着け、伏見らは陸に上がった。橋のたもとにしゃがみ込んでいた男が庄之助に近付き、耳打ちして橋を渡って町屋に消えた。男は弁吉の弟分で、名を甲子次《きねじ》と言った。舟が向きを変え、京極丹後守《きょうごくたんごのかみ》の屋敷前の河岸に船縁を着けた。こちら側は武家の屋敷が並んでいるが、亥の堀川を隔てた向こう側は町屋になっている。

「では、よろしくお願いいたします」

庄之助は伏見に言うと、弁吉に行くように命じた。弁吉が裾を摘んで、新辻橋を渡り、柳原町一丁目の町屋に入って行った。

「以前は長崎町《ながさきちょう》の《しま屋《や》》に入り浸っていたのですが、今は河岸を変えておりましてね。どこに行っても嫌われているそうです」

柳原町一丁目の町屋の奥から、罵声《ばせい》が聞こえてきた。器の割れる音に次いで、障子が蹴り飛ばされる音がし、足音が立った。

伏見らは武家屋敷の土塀に沿って立った。

「三一《さんぴん》が、赤鰯《あかいわし》で斬ろうたぁ笑わせるぜ。糞《くそ》して寝やがれ」弁吉の威勢のいい声が響いてくる。

「おのれ、言わせておけば」

追っ手の足音が重なった。新辻橋を駆け渡り、弁吉がやってくる。

「待てい」追っ手が叫んだ。

「待て、と言われて待つ奴がいるか。間抜け」

「斬れ」

伏見の前を弁吉が行き過ぎ、追っ手が走り抜けた。その瞬間、伏見が地を蹴った。最後尾の男の首筋を斬り、続いて振り返ろうとした男の咽喉を斬り裂いた。思わず足を止め、倒れ込んでいる男らを見て、先頭の男が、待て、と伏見に言った。待ってくれ。開いた掌で押し止めるような仕種《しぐさ》をした。伏見の剣が閃《ひらめ》き、男の掌の先半分が跳ね飛んだ。男の顔が引き攣《つ》っている。

「何者だ……?」

伏見は無造作に踏み込むと、男の腹を剣で払った。血と腸《はらわた》が噴き出した。男が腸を抱えるようにして血溜まりの中に頽《くずお》れた。斬り飛ばされた掌で腸をまさぐっている。

「来島半弥でございます。参りましょう」

庄之助が舟に合図を送った。伏見と弁吉が乗り、庄之助が乗り移った時には、棹《さお》が河岸の石垣を突いていた。

提灯の波が遠くで小さく揺れている。

「お見事でございました」

「段取りがよかったのだ。俺は仕上げを手伝っただけだ」

「恐れ入ります」

舟が崎川橋を過ぎて要橋《かなめばし》に掛かった。八幡宮の辺りの空が仄明るんでおり、時折鳴り物と嬌声《きょうせい》が聞こえてくる。

「賑やかですね」

「我らには縁のないことだ」

伏見が右手首を縦に数度振ってから腕を組んだ。

「どうかなさいましたか」庄之助が訊いた。

「ほんの僅かだが、斬れ味が鈍《にぶ》ったような気がするのだ。研ぎに出すかな」

「そのようなことまでお分かりになるのですか」

「俺にはこれしかないからな。他のことでは、庄之助殿の方が優れていよう」

何の衒《てら》いもない物言いだった。

「一度申し上げておきたかったのですが、伏見様には、この稼業は合わないかもしれませんね」

「おかしなことを申すな。他にどのような生き方があると言うのだ」

舟は仙台堀を抜け、大川に出た。もう八幡宮からの賑わいは聞こえてこなかった。

第六章　竹原《たけはら》明王

一

十二月十五日。朝五ツ（午前八時）。

出仕した滝村与兵衛を、同心・占部鉦之輔の手先として働いている入堀の政五郎が待ち受けていた。政五郎は、大門裏にある御用聞きの控所に陣取り、与兵衛が来るのを、今か、今か、と待っていたらしい。

「旦那、本所の来島半弥が殺されやした。場所は、横川の新辻橋の近くです」

「いつのことだ？」

「昨夜でございます。このことで、占部の旦那が中でお待ちでございます」

ありがとよ。与兵衛は定廻りの詰所に急いだ。まだ見回りに出る前で、詰所には、瀬島を除く五人の定廻りがいた。与兵衛は占部に声を掛け、斜め後ろに座った。占部は振り返るなり、殺されやがった、と言った。

「腹を真っ二つだ。殺ったのは、殺しの請け人だ。半弥と連れのふたり、計三人をあっという間に片付けちまいやがった」

占部が概要《あらまし》を話した。若いのが、半弥に酒をぶっ掛け、悪態を吐いて逃げる。追ったところをひとりずつだ。

「見掛けた者は？」

「殺る場所も考えてあったのだ。片側は武家の屋敷で、見た者は幅二十間（約三十六メートル）の川を挟んだところからだから、顔も見分けられねえ始末だ」

「昨日は深川八幡宮の歳の市ではありませんか、見た者がいるはずですが」

だからだ、と占部が言った。誰も川なんぞ覗かずに市に急いでいたので、見てもいねえんだよ。

「恐らく、どこぞの誰かを強請《ゆす》り、殺されたってところだな」

「依頼を受けたのは、《浜田屋》でしょうか」

「でなければ、《川口屋》承右衛門。お前の御贔屓《ごひいき》のどちらかだろうが、尻尾《しっぽ》を捕まえるのは難しいぞ」

「塚越に、聞き込みを頼む序《つい》でに、昨日のことを訊いてきます」

この刻限なら、まだ見回りに出ていないはずだった。十四、十五日は深川八幡宮、十七、十八日は浅草観音、二十、二十一日は神田明神、二十二、二十三日は芝神明と、高積は必ず歳の市の見回りに出張っていた。

「頼むぜ」

占部に応えて詰所を出ようとして、《目目連》という名を聞いたことがあるか、尋ねた。占部の記憶にはなかった。

「御支配なら、何かご存じかもしれんぞ。あの歳で、やたら覚えもいいしな」

高積見廻りの詰所に行くと、まだ塚越はぐずぐずとしていた。昨日の半弥殺しのことを訊いたが、今朝まで知らなかったらしい。早々に八幡宮から引き上げてしまったとのことで、殺しのあった頃合には近くにいなかった。また今日も八幡宮を見回るというので、殺しの請け人らしいのを見掛けなかったか、聞き込んでおくように頼んだ。

「そのような張りのある調べがあると、足の出が軽いな」

「後で俺も行くから、首尾を聞かせてくれ」

「それまでに調べておいてやる」

塚越が出掛けるのを見送り、大熊正右衛門が出仕して来るのを待った。

大熊は与力の出仕刻限である昼四ツ（午前十時）よりも四半刻（三十分）程早く、奉行所に出仕して来た。

来島半弥ら御家人が三人も一度に殺されたのである。目付や徒目付が、藁《わら》をも摑む思いで訪れて来ることも十分考えられたからだった。

そのような時に、《目目連》をご存じですか、と尋ねに行くのも気が引けたので、折を見て、と思いを改め、見回りに出掛けようとすると、当番方の同心が、高積見廻りの詰所に現れた。

「御支配がお呼びです」

渡りに舟であった。直ぐ様、当番方を追い抜く勢いで年番方与力の詰所へ向かった。

「早いな」大熊が、文机《ふづくえ》に積み上げられている文書の束を脇に片付けながら言った。

「中一日で進展もないだろうが、何か摑んだか」

取り立てて話すことは、何もなかった。

「急かしている訳ではないぞ。一応訊いておかねばならんでな。呼び立てて済まなかったな」

「ひとつ、お訊きしてもよろしいでしょうか」

「遠慮は無用だ。何なりと訊くがよいぞ」

探索中に《目目連》という名を聞いたのですが、お聞き覚えはありましょうか、と尋ねた。

「これは珍しい名を聞いたものだな」

「ご存じなのでございますね」

「いや、知っている、と言える程のことは知らんのだが……」

大熊が言葉を探していると、廊下を摺り足で近付いて来た足音が詰所の前で止まった。

「よろしいでしょうか」両御組姓名掛り同心の久留米の声だった。

「これは、私より物識《し》りが来た」

与兵衛に言うと、久留米に入るように言った。久留米が詰所に入り、名簿を差し出した。

「直しの箇所は朱書きしてございます。お目通しをお願いいたします」

「手間であった」名簿を預かり、文机に載せると、丁度よいところに来てくれた、と久留米に言った。「滝村に、《目目連》について訊かれていたのだが、一度聞いたことは忘れぬ其の方なら、覚えがあろう?」

「……ございます」久留米が、与兵衛を見てから答えた。

「知っていることを、話してくれ」

「確か、江戸の平安を願う者の集まりであるとか……」

「どこで知ったのだ?」

「見習の頃、父から聞いたような」

「それはまた、古い話だな」大熊が、呆れたように言った。

「まだ」と久留米が大熊に訊いた。「その《目目連》とやらは、あるのでございましようか」

「何だ、それくらいなら儂と同じではないか。ご苦労であったな。下がってよいぞ」

久留米は物問いたげな顔をしていたが、では、と言って、詰所を出て行った。それを待って大熊が、おもむろに口を開いた。

「潰れたという話は聞いていない。ということは、まだあるはずだ。久留米の申した通り、何やらの寄合がそのように名乗っている、としか聞かぬな。そんなことしか分からぬが、それがどうした?」

与兵衛は、大熊の物言いに圧されるものを感じ取り、いいえ、と言った。

「まったく聞き覚えのない名でしたので、伺ったまででございます」

「其の方は、目も鼻も利く。しかし、利き過ぎることがある。用心せいよ。世の中には、触れていいものといけないものがあるからな」

年番方与力の詰所を辞して廊下を行くと、五十貝五十八郎と久留米が立ち話をしていた。

「お済みですか」と久留米が、与兵衛に訊いた。

はい、と答え、近付くと、五十貝様に伺っていたところです、と言った。

「初めて聞いたが」と五十貝が言った。「まあ、江戸には色んなのがいるからな。危ない者どもなら、疾《と》うに知られていよう」

さてさて、と五十貝が与力の詰所に急ぐと、少しよろしいですか、と久留米が誘った。付いて行くと表から裏に回る露地に出た。

「あそこが暖かなのです」

古いお調書を納めてある蔵の前だった。よく晴れた日には、お調書を台に広げ、虫干しをする場所でもあった。

「私はここが好きでして、時々ですが居眠りに来ます」

久留米が口を開けて、声に出さずに笑った。

「お話とは?」与兵衛が訊いた。

「どうして《目目連》のことを?」

「ちらと小耳に挟んだので」

「それは、どちらで?」

「何か?」

くどく訊き過ぎた。怪しまれてはならない。久留米は、やんわりと釘を刺すに留めることにした。

「父に言われたことを思い出したので、お伝えしておきます。《目目連》には関わるな。それだけでした。訳は話してくれませんでしたが」

「見習の時というと?」

「四十年程前になりますか」

「その頃からあるのでしょうか」

《目目連》の集まりが始まったのは、二十四年前である。久留米が加わってからだと十年だったが、大熊に訊かれ、咄嗟《とっさ》に見習の時と答えてしまった以上は、それを押し通すしかない。

「だと思いますが……」

「お父上は、《目目連》の何を恐れたのでしょうか」

「それは、私には……」

「分かりました。覚えておきます」

風もなくうっとりするような暖かさだった。久留米が思い出したように言った。

「お母上は、いかがですか」

「お蔭様で、随分とよくなりました」

咳《せき》も出なくなったので、日差しのよい日には、足腰が弱るからと、庭に出て草木の手入れをしていた。

「結構なことでございますね」

それでは、と言い置いて埃《ほこり》を払うと、久留米は表の方に歩いて行ってしまった。

見回りに出るのが遅くなっていた。腰掛茶屋で待っている寛助らが痺《しび》れを切らしているだろう。与兵衛は勢いを付けて腰を上げた。

深川八幡宮の歳の市は人でごった返していた。人波を摺り抜けて世話役の控所に行くと、塚越が茶を飲んでいた。

「今年もすごい人出だな」

「江戸中の掏摸も来ているだろうよ」

違いねえ。相槌《あいづち》を打ったところで訊いた。どうだった？

「済まん。それらしいのを見た者は見付からなかった」

「簡単に尻尾を摑ませる奴らではないからな、仕方あるまい」

「様子を見るか」

「それでは逃げられてしまう。突っついてやれば巣から出て来る。獣とは、そんなものだ」

「何だか、危ないにおいがするぞ。大丈夫か」

「来島半弥を殺ったのは誰か。利三郎らを殺った奴らかもしれないし、違うかもしれない。だが、利三郎の方の見当は付いている。炙《あぶ》り出してやるぜ」新辻橋を見たら帰るぞ。茶を飲み干して、縁台に置き、刀を腰に差した。

「怖そうだから、殺したのが誰かなどとは訊かん。だが、一言言っておく。与兵衛、お前、変わったな。高積の顔ではなくなったぞ」

「当たり前だ。俺は《百まなこ》に、今際《いまわ》の際《きわ》に頼まれたのだ。奴を捕まえてくれとな」

　塚越が、はっ、として与兵衛を見詰めた時には、人込みの中を歩き出していた。寛助らが慌てて後を追った。

その日の午後、与兵衛の姿は芝大門前にあった。増上寺の門前を流れる幅二間（約三・六メートル）の桜川のほとりにある茶屋に入り、じっくりと腰を据えた。《浜田屋》の直ぐ前である。《浜田屋》の者が与兵衛に気付いたのは、座り始めて四半刻してからだった。屋号を染め抜いた半纏が、門前を清めるような振りをしては与兵衛の様子を窺っている。

「旦那」と寛助が、くるりと半纏に背を向けて言った。

「よく見えている」

この日は一刻余、翌十六日は二刻の間、見張りを続けた。

「これだけこれ見よがしに、お前がくさいと言っているんだ、いらいらしてることだろうよ」

「明日もまた？」寛助が訊いた。

「いいや、明日からは浅草だ」

「鬱陶《うっとう》しいね」と宗兵衛が、与兵衛らを見下ろしながら庄之助に言った。

宗兵衛がいるのは、《浜田屋》の隣店、扇問屋の《美作屋《みまさかや》》の二階だった。《美作屋》も宗兵衛の持ち物で、《浜田屋》とは、板塀に細工《さいく》した隠し戸で繋がっていた。

宗兵衛らがこっそりと出入りするのにも使えば、目立たないように人数を集めるのにも使っていた。

「裏戸には見張りを立てていませんから、嫌がらせのようです」

「この宗兵衛を嘗めているとしか思えないね……」

宗兵衛が庄之助に耳打ちをした。

「明日、ですか」

「もう着いているんだろう？」

「今朝程……」

「だったら、早いところ働いてもらおうじゃないか」

宗兵衛が、障子の隙間から与兵衛を見た。

そして十七日になった。

この日と翌十八日は、浅草観音の歳の市だが、浅草の雑器市で売られている大黒天《だいこくてん》を盗むと幸運が舞い込むという俗信があり、普段から指癖の悪いのから、盗みとは縁のなかった女子供まで、鵜《う》の目鷹《たか》の目で市に並んだ大黒天を狙ったのである。失敗しても代価六十四文を払えば罪にはならないのだが、喧嘩も起これば、もっと大掛かりの盗みも起こるからと、高積見廻りは終日詰めることになる。

出仕した後、塚越と並んで奉行所を出、浅草に向かった。数寄屋橋御門を渡り、京橋、江戸橋を通り、照降町から浜町へと抜けた。終始塚越は何か言いたげにしていたが、言ったのは一言だけだ。

「無理はするなよ」

「分かっている」答えも一言で済ませた。

それで互いの思いは十分伝わった。

「高積ぃ」と声を掛けられたのは、浅草御門を過ぎ、鳥越橋を渡ったところだった。北町の松原真之介の声だった。

「雁首揃えているところを見ると、浅草か」

「左様です」塚越が答えた。

「少し付き合ってやるか」

松原が脇に並んだ。塚越が押し出される格好で、前に立った。

「こんなところで油を売っていてよろしいのですか」与兵衛が訊いた。

「年番方のような口を利くんじゃねえ。俺は今、先月から持ち越してきたのを片付けてきたばかりなんだ」

「これは失礼を申し上げました」

「分かればいい。で、何をするんだ？　雑器市の見回りか」

運試しだ、俺たちも大黒様をかっぱらってみるか。松原が汐留の弐吉に言った。

「旦那、ご冗談でもよしておくんなさい」弐吉が真顔で答えた。

「叱られたではないか。おい、高積、なぜお前が叱らん？」

「叱ったら、また年番方か、と言うのでしょ？」

「まあ、そんなところだ」

風雷神門《ふうらいじんもん》、俗に言う雷門《かみなりもん》が目の前に迫った。その辺りから奥は人で溢《あふ》れている。

「二手に分かれるか」塚越が与兵衛に言った。「俺は、真っ直ぐ行くから、脇から奥山に抜けてくれ」

雷門から仁王門《におうもん》まで数珠《じゅず》屋、菓子屋に汁粉などを商う町屋が東西に並んでいる。仲見世である。脇というのは、その東の町屋の裏を通って馬道を行くということだった。

「落ち合うのは、弥助《やすけ》のところでいいな」

弥助は雑器市の世話役で、瀬戸物屋が稼業である。毎年この二日間、お店の脇に仮の控所を設けていた。

「この人波では仕方ねえな。お前の後から付いて行くしかねえか」

松原はぶつぶつと呟きながら、与兵衛の後から人込みに入って行った。

それを数間離れたところから見ている男たちがいた。

「どうしましょう？　あれは北町の定廻りですぜ」《浜田屋》の甲子次だった。

「却《かえ》って好都合じゃねえか。定廻りと一緒なら、どっちが狙われたか、調べが込み入るってもんだ」

「成程」

「感心してねえで、先生方を呼んでこねえか」

甲子次が身を翻《ひるがえ》した。男は、銜《くわ》えていた楊枝《ようじ》を吐き捨てると、左側の男たちに言った。

「後は任せたぜ。俺は顔を知られているので、離れているからな」

倉吉が、鶯茶《うぐいすちゃ》の羽織を着た男に言った。

二

与兵衛らは、仁王門前に軒を並べた二十軒茶屋や楊枝屋、いたるところで商いを始めている雑器売りを見回りながら随身門《ずいじんもん》を抜けると、そこでふうと息を継ぎ、馬道から観音堂裏に回った。見世物小屋の呼び込みと雑器売りが、競うようにして声を張り上げている。一通り見回ってから、裏に抜けた。浅草田圃《たんぼ》を師走《しわす》の風が吹き抜けてくる。冷たい風が心地よかった。

「いや、参ったぞ。本当に参った」松原が膝に手を当て、前屈みになりながら首を振った。「悪いが、人気のないところで休ませてくれ」

茶屋のようなものはなかった。田圃に沿って、道が延びているだけだったが、十五間（約二十七メートル）程先に腰を掛けられそうな石が並んでいた。

「済まねえが、水売りを探して来てくれ。この人出だ。必ずいるはずだ」

松原が弐吉に言った。弐吉が手下に命じた。千太と富三が、観音堂の方に走った。

「おい、高積」と松原が掠《かす》れ声を出した。咽喉《のど》に水気がないのだろう。

あの野郎だ、と松原が続けて言った。俺を高輪まで歩かせやがった犬殺しだ。奴の素性、分かったのか。

「はい」

「誰だ？」

歩いてくる町屋の衆がいた。ざっと六、七人はいるだろう。先頭を歩いているのは、鶯茶の羽織を着込んだお店者の風体をした男で、それに愛想を振りまくようにして弁慶縞《べんけいじま》や子持《こもち》縞の着流しの男どもが付いている。

「それが……」

「お前の取り柄《え》は何だと思う?」

面と向かって訊かれると、上手く答えられなかった。男どもから目を離し、首を捻ってみせた。

「隠さず物を言う。そこだ。他には何もない」

「はあ」

「だから、早く言え。俺は咽喉が引っ付きそうなのに、無理して話してやっているんだ」

「聞いて驚かないでくださいよ……」

「驚くか」

言った松原が顔を引き攣らせて、避けろ、と叫び、飛び退いた。男どもが左右に割れ、般若《はんにや》と鬼の面を被った浪人が与兵衛に斬り掛かってきた。与兵衛は振り向き様に刀を抜き合わせると、松原を追って一間程跳ねた。

「何者だ?」松原が叫んだ。「昼日中から八丁堀を狙おうとは、いい度胸じゃねえか」

寛助と弐吉らに、匕首《あいくち》が襲い掛かっている。米造らの怒鳴り声が聞こえてくる。

「松原さん、連中を頼みます」

「そっちは、ひとりでいいのか」

般若と鬼が左右から、じりと間合を狭めている。

「やってみます」

「直ぐ戻る」

松原が寛助らを取り巻いている男らの背に十手を叩き付け、蹴散らした。鶯茶が、先生、と叫んだ。早いとこ頼みますぜ。

下段と上段に構えた般若と鬼が、左右から同時に与兵衛に斬り掛かった。一方の剣を受けると、他方に斬られる。与兵衛は足を退き、間合を取った。更に般若と鬼の剣が唸った。与兵衛は尚《なお》も下がった。

「逃げるか、腰抜けめ」般若が怒鳴った。

「大丈夫なんで？」寛助が松原の背越しに訊いた。

「案ずることはねえ、と言いてえが、いいか、答えられないことを、一々《いちいち》訊くな」

それより、てめえらの方がよっぽど危ねえ。松原が十手と脇差《わきざし》を弐吉らに渡し、刀を抜いた。

与兵衛は下がりながら僅かずつ右に回った。般若が爪先《つまさき》を躙《にじ》りながら前に出た。鬼が踏み出した。与兵衛は、また下がると見せて、飛び込み、小手を打った。手応えがあった。

　手首が落ちたはずだった。しかし、鬼は両の手で柄を握り締め、渾身《こんしん》の力を込めて、胴を取りにきた。既《すんで》のところでかわし、鬼の手首を見た。鉄を仕込んだ厚い革が巻かれていた。

「手の内は知っている」

　般若と鬼が、再び下段と上段に構えた。どうやってかわすか。首筋を汗が流れた。

　般若と鬼の息が止まった。来る。後ろに一歩退いただけでは足りない。それとも、前に出るか。般若と鬼の切っ先がぴくりと動いた。その時、呼子《よびこ》が鳴った。高く、鳴り響いている。寛助と弐吉、それに米造と新七が吹き捲《まく》っているのだ。

「先生」寛助らの前にいた鶯茶が辺りを見回しながら叫んだ。人影が現れ始めていた。

　おのれ。般若と鬼は口々に呟くと、刀を鞘に納め、駆け出した。少し行き、鉤《かぎ》の手に折れると、田圃道が延びている。男どもが後に続いた。その男どもの横っ腹に出会《でくわ》すように、千太と富三が水を入れた貧乏徳利《どっくり》を手に戻ってきた。

「捕まえろ」松原がふたりに叫んだ。

千太が徳利を振り回し、最後尾にいた弁慶縞の背に投げ付けた。弁慶縞が翻筋斗《もんどり》打って倒れた。

弁慶縞の前を駆けていた者が振り返ったが、千太と富三の飛び掛かる方が早かった。男が逃げながら、

「何も言うな。喋《しやべ》ったら殺すぞ」叫んでいる。富三が、弁慶縞を縛り上げた。

「よくやった」

駆け寄った松原が、割れた徳利を見、弁慶縞を睨み付け、脇腹を蹴った。

「てめえ、俺の水を。楽しみにしていた、俺の水を。許さねえ」

もう二発蹴飛ばしたところで、与兵衛に訊いた。

「狙われたのは、どっちだ。俺か、お前か?」与兵衛が答える前に、捲し立てた。

「俺は好かれているぞ。町の衆から声を掛けられるし、餓鬼《がき》どもは顔引き攣らせて寄って来るからな」

「好かれているようには見えませんが、俺でしょう」

「そうだ。お前だ」

与兵衛は、松原を弁慶縞から遠ざけて、言った。

「実は、この二日間……」と《浜田屋》を苛立たせようと、これ見よがしに《浜田

屋》を見張っていたことを話した。

「それで、報復として襲って来たってのか」

「それと、話の途中でしたが、高輪の浪人は、《浜田屋》の用心棒です。名は伏見行蔵。そこまで調べられた、と焦ったのかもしれません」

「ということは、利三郎らを手に掛けただけでなく、他の袈裟斬りも、《浜田屋》が嚙んでいるかもしれないってことか」

与兵衛は頷いてみせた。

「《浜田屋》か……」

「だろうと思っています」

「そして、あいつら……」男どもが逃げて行った方に目を遣った。

「十中八、九《や》、間違いないでしょう」

「よしっ。止めろ」

「はい？」

与兵衛は、松原が何を言おうとしているのか飲み込めず、思わず訊き返した。

「俺は怖いもの知らずで通っている。そう思われるように振る舞ってきたからだ。だが、怖い奴は知っている。《浜田屋》は怖い。危ない。もう二十年程経って足腰が立たなくなった時に取っ捕まえればいい。それが賢明な生き方ってもんだ。長生きしたければ、そうしろ」

松原は言い終えると、くいと顔を上げ、お前、と言った。俺を侮《あなど》っただろう?

「……いいえ」

「侮っても構わん。だから、言う。止めろ。いいか、この世には、いい奴より悪い奴の方が多い。その悪い奴どもに束になって掛かってこられたら、とてもかなわねえ」

縄を打たれた弁慶縞が暴れている。松原はちらと弁慶縞を見ると、小走りになって傍らに行き、十手を腹に突き立て、ぐりぐりと押した。弁慶縞が呻いた。

「今、俺たちは大切な話をしているんだ。後でいたぶってやるから、静かにしていろ」

松原は戻って来ると、

「忠告はした。聞いたたな」と言った。「で、止める気になったか」

「いいえ」

「よし、覚悟が出来ているなら、それでいい」

行くぞ、と弐吉らに言った。田原町《たわらまち》の番屋だ。

与兵衛は新七を奉行所に走らせ、捕方を呼ぶことにした。奉行所に連れ帰る途中で襲われぬとも限らない。奉行所の仮牢に入れ、じっくりと差し向けた者の名を聞き出すのだ。

「それまで、俺に任せてくれねえか」

松原は、弁慶縞を自身番奥の鉄輪に縛り付けると、大家らを外に出し、取り調べを始めた。

「旦那、お茶、いかがです？」寛助が、与兵衛に言った。

「俺にもくれ」松原が弁慶縞を小突きながら言った。

てめえの名は？　誰の差し金だ？　答えねえところを見ると、おめえの考えであぶれ者を雇って襲ったって訳か。そりゃ罪が重くなるぜ。島流しで済むと思うか。当然、思わねえよな。おい、何とか言え。

「見当は付いているんだ」と寛助が、茶を淹れながら弁慶縞に言った。「旦那に手間ぁ掛けさせるんじゃあねえ」

茶が入った。弐吉と千太が手で礼を言い、富三が湯飲みを松原に渡した。

松原は、あちあち言いながら、茶を啜り込むと、また弁慶縞の前に座り直し、

「てめえ」と吠《ほ》えた。「黙《だ》んまり決め込んで、それが通ると思っていやがるのか」

松原の声に被って、表で小さな叫び声と乱れた足音がした。

「うるせえな。見てこい」

富三が閉めていた腰高障子に手を掛けた瞬間、障子が開き、外に放り投げられた。

あっと思った時には、外から雪崩《なだ》れ込んできた男どもで、自身番の中が溢れた。畳が三畳、板の間が三畳。計六畳の中に、与兵衛と松原、寛助と米造、弐吉と千太、それに捕らえた弁慶縞と、七人いたところに、もう六、七人は入ってきたのだろう。寛助らを隅に寄せ、咄嗟に抜いた脇差と十手で匕首と渡り合ったのだが、腕に幾つか傷を受けたらしい。十手を握っている掌が血で滑《すべ》った。

「息の根を止めてやるぜ」

怒鳴った鶯茶の右の二の腕を与兵衛の脇差が捕らえた。鶯茶が、先生、と表に向かって叫び、男どもを下げた。しかし、先生と呼ばれた般若と鬼の面は現れず、刀を切り結ぶ鋼を打ち付け合う音が聞こえてきた。

「今、捕方が来るからな。待っていろ」表から、誰かが叫んだ。

「兄貴」鶯茶に傍らの男が言った。

「おう、こっちだこっちだ。急げ」切り結ぶ音とともに、更に大きな声が聞こえた。

「畜生《ちくしょう》。引き上げるぞ」

鶯茶が吐き捨てるように言い、男どもが自身番の外へ飛び出した。

「滝与の旦那」

寛助が張り詰めた声を出し、板の間を指さしている。血塗《ちまみ》れになった弁慶縞の側に、松原が横たわっていた。腕と足から血を流している。その後ろに倒れている千太はぴくりとも動かない。

「旦那ぁ」

弐吉が松原の横に行き、肩を揺すった。

「痛《いて》え。動かすな」

弐吉は倒れている千太を見、即座に尻を叩いた。頭に瘤《こぶ》を作っているだけです。

「旦那、手当てしますんで、我慢してくださいよ」

弐吉が血止めをしながら、傷は腕と太腿《ふともも》です、と与兵衛に言った。

自身番の中が暗くなった。入り口に人が立ったらしい。振り向いた与兵衛に、

「怪我《けが》は？」

と、浪人が訊いた。見たことのない浪人だった。歳は三十の半《なか》ばか。

「今、外で叫んでくださったのは？」

「身共《みども》です」

「かたじけない。助かりました」礼を言い、捕方は、と尋ねた。

「来ません。あれは芝居です」

「そうでしたか」

「しかし、少し遅かったようですな……」

浪人が、与兵衛と松原と米造を見た。米造は腕を斬られていた。

「野郎はどうだ？　まだ生きているか」

松原が弁慶縞を顎で指した。弐吉が首を横に振った。

松原の腕と太腿に巻いた手拭いから血が滴《したた》り落ちている。

「深そうですな」と浪人が言った。「手当て、いたしましょうか」

「誰か外にいるか」与兵衛が外に向《みな》かって叫んだ。返事をした自身番に詰めていた大家に、医者を呼んでくることと、奉行所まで走ること、雑器市の控所にいる塚越を呼んでくることを命じた。塚越がいなかったら、ここに来るように言付けをしてくれ。

「医者が来るまで診《み》ていましょう」

浪人は、傷を負った三人を見比べると、松原の脇に座り、傷口に当てていた手拭いを取り外して覗いた。

「これは、深く斬られましたな」呟くように言うと、弐吉に手拭いを渡し、傷口を強く押しているよう命じ、表を見た。先程与兵衛が医者を呼びに行かせた大家が、心配そうに見ている。

「医者を呼びに行ったのでは？」浪人が訊いた。

「行かせています。奉行所にも走らせています。それから、表に倒れていた方が気付かれました」

「呼んでくれ」与兵衛が言った。

頭を振りながら、富三が入ってきた。富三が、松原を見て立ち竦んだ。旦那、大丈夫で？

「お前に用がある」浪人が富三に言った。

誰だ？　富三は怪訝《けげん》な表情を浮かべたが、訊くのが憚られたのと浪人の口調に圧《お》され、へい、と答えた。

浪人は懐から布袋を出し、富三に放ると、煎《せん》じるように言った。

「血止めの薬だ。急げよ」

慌てて火鉢の前に屈み込んだ富三に、浪人が蕎麦屋の場所を教えた。湯と、序でに焼酎《しょうちゅう》ももらってきてくれ。蕎麦屋になかったら、三軒先に煮売り酒屋がある。

次に大家を呼び、針と糸はあるか、と訊いた。

「ございませんです」

「前の木戸番からもらってこい。鋏《はさみ》もだぞ。序でに湯もな」

「湯なら、今……」富三が走り去った方を見た。

「早い方を使うんだ。急げ」

大家の方が先に戻ってきた。

「ぬるいな。鍋《なべ》に湯を入れ、もっと煮立たせろ。湯が沸《わ》くまでに、針に糸を通せ」

大家の指が震えている。代わって寛助が針に糸を通した。火鉢の火が熾《おこ》り、湯が熱くなった。

「針と糸を入れろ」

富三が戻り、湯と焼酎がきた。持って来い。浪人が大声で言った。

「酒は飲めるか」浪人が松原に訊いた。

「うわばみよ」

「よろしい」

湯飲みに焼酎を注ぎ、飲め、と差し出した。痛みを和《やわ》らげてくれるからな。松原が飲んでいる間に、浪人は大家に手拭いと箸を出させると、束にして手拭いで巻き、銜えろ、と松原に言った。

松原が口に銜えたのを見て、千太と血止め薬を煎じ始めていた富三に手足を押さえるように言った。弐吉と寛助が足を摑んだ。

腕の手拭いを取った。傷口から血が盛り上がり、流れた。

浪人は傷口を湯と焼酎で洗うと、縫《ぬ》い、糸を結び、糸を切り、湯で手を洗い、また針を刺し、縫うという作業を繰り返した。松原が刺す度に、唸り、高積ぃ、とくぐもった声を出した。

「貸しだぞぉ」

「昔はな」と縫いながら浪人が松原に言った。「傷に小便を掛けたりしたそうだが、ははは、医術は長足の進歩を遂げているでな。運がよかったな」

「よくねえ」だが、お蔭で分かったことがある。松原が呻きながら続けた。「これから人を斬る時は、痛いだろう、と詫びながら斬ろう」

「いい心掛けですな」

腕を終え、太腿に移った。

「こっちの方が縫いでがあるな」浪人が、傷口を湯と焼酎で洗い、針を刺した。

「高積ぃ」声に力がなくなっていった。

縫い終えた浪人が寛助に、ここに、と懐を指した。袋がある。取ってくれ。

寛助が手を差し込み、茶色の布袋を取り出した。

「中に金創薬《きんそう》が入っている」

寛助が油紙を開くと、掌大の紙と練《ね》り薬が出て来た。

浪人は紙に練り薬を塗ると、縫った傷口に貼り付け、手拭いを巻いた。

「こちらの御仁《ごじん》は、これでもう心配はないでしょう」

「済まぬ。助かった。礼を申す」松原が脂汗《あぶらあせ》を滴らせながら言った。弐吉らが口々に礼を重ねた。

浪人はひとりひとりに応えると、与兵衛と米造に座るように言った。

「次はお手前方の番ですな」

米造の傷は薬を貼れば治る程度だったが、与兵衛の傷は、少し深かった。

「縫わなくてもよいのですが、縫った方が治りが早い。どうします?」

明日から見回りするのに、傷口を庇《かば》ってはいられない。縫ってもらうことにした。

「では、焼酎を飲んでください」

箸を噛んで堪えたが、見栄と誇りがなければ叫び声を上げるところだった。松原は与兵衛の何倍も縫っていた。よく堪えたものだと、誉めた。

「高積なんぞとは、鍛えが違う」

嫌味が言えるのだから、大丈夫だろう。米造の腕に金創薬を貼っている浪人に、薬の成分《なかみ》を訊いた。

「黒文字の根皮と芍薬《しやくやく》の根と蒲《がま》の花粉を粉に碾《ひ》き、胡麻《ごま》油で練ったものです。私も何度か世話になりました。効きますよ」

「貴殿が作られたのですか」

「勿論です」

明日にでもまた医者に診せるといいでしょう。浪人は湯で丁寧に手を洗うと、いただきます、と言って残りの焼酎を湯飲みに注いだ。

その時になって与兵衛は、まだ名も訊いていないことに気が付いた。

「私は南町奉行所同心の滝村与兵衛と申します。卒爾《そつじ》ながら、貴殿のお名は？」

「竹原明楽《たけはらあけら》。明るく楽しく、と書きます」

「承りました。医術の心得のあるところを見ると、お医者ですか」

「いいえ、用心棒です」

「誰の？」

「お手前の、です」

「俺の？」

「頼まれたのです。多分襲われるから気を付けるように、と」竹原は焼酎を飲み干すと、歯の間から熱い息を吐き出し、続けた。「それが先程は間に合わなかった。此度も、もうあるまいと思っていたら、襲われた。どうも、指図してもらわぬと、あの手の輩《やから》の動きは読めませんな」

「頼んだのは、誰です？」訊いて、承右衛門の顔が思い浮かんだ。「《川口屋》ですか」

「はい。お手当がよいもので、こちらとしても助かっています」

「いつから、です？」

「十三日からになりますか。赤坂から伊皿子町まで走らされました。伊皿子町では、あの蕎麦屋にいたのですよ。いやあ、不味《まず》い蕎麦でしたな」

「その後も？」

「ずっと」

「気付きませんでした」

「離れておりましたので。と言うよりも、離れ過ぎていたのかもしれませんが」

「《川口屋》とは長いのですか」

「かれこれ五年になりますか」

「いつもこのようなことを？」

「なるべく刀を抜くのは嫌だと言ってあるのですが、なかなか」

《川口屋》は、《浜田屋》同様、殺しの請け負いをしているという噂があった。この浪人も請け負っているのだろうか。そのようには見えなかったが、訊けない。

表に立っていた自身番の書役が駆け込んで来て、お役人様たちが走ってきます、と与兵衛に言った。

「では」と竹原が言った。「根掘り葉掘り訊かれたくないので。これで」

思わず笑いそうになったのを堪え、

「助かりました」与兵衛が頭を下げた。

「御礼は、元締の方に」

「元締ですか」

「いや、今のは忘れてください」竹原が大真面目になった。「人前では元締と言ってはいけないと、きつく言われているのです。主の方へ」

「承知しました」

「まだどこかに出掛けるようでしたら、この先の蕎麦屋にいますので声を掛けてください。万一のことがあると、身共の信用がなくなりますので」

与兵衛は松原を見て、訊いた。これは万一ではないのですか。松原が見返している。

「いいえ、こちらは頼まれていませんので」

「うるさい。出てけ」松原が頭だけ持ち上げて怒鳴った。

「それだけ声が出れば、上々です」

竹原は、素早い身のこなしで表へ去った。

「あれは、抜けているのか。真っ正直なのか。どっちなんだ」松原が板壁を叩いた。

「妙な奴ですね」

「どうでもいい……」松原が唸った。「俺は痛えんだ」

飛び込んできたのは、占部だった。続いて新七と入堀の政五郎らが入ってきた。捕方らは表を固めている。

与兵衛は占部に、ことの経緯を、《浜田屋》に触れながら掻い摘んで話した。

「浪人ふたりに破落戸《ごろつき》が六、七人だ。中のひとりは、鶯茶の羽織。右の二の腕に深傷を負っている。奴ら、ばらけたとしても、二組か三組だろう。行き先は恐らく芝大門辺りだ。政五郎、聞いたな?」

「へい」

「急いで探してくれ。それと、その殺された野郎の身許だ。俺もこの辺りを聞き回る。一刻以内ならば、ここに知らせろ。居所が分かるようにしておく」

政五郎は、弁慶縞を床に寝かすと、手下に身の丈などを書き留めさせ、表に走り出て行った。

「大八車を二台、借りたい。都合してくれ」占部が大家に言った。

一台は松原を乗せるためで、もう一台は弁慶縞の死体を乗せるためだった。戸板で運ぶには、奉行所まで距離があり過ぎた。

「聞いての通りだ。松原さんを奉行所《きた》に届けるぞ」

「荷物扱いとは、ひでえな」

煎じ薬はひどく不味かった。与兵衛らが顔をしかめながら松原を大八車に乗せているところに、大家に言い付けておいた医者が来た。

「遅かったぜ」与兵衛が医者に言った。

「そうですか。間に合いませんでしたか」医者が大八車に掌を合わせた。

「殺すんじゃねえ」

松原が目を剝いて、医者を見た。与兵衛は医者と大家らに礼を言い、引き取ってもらってから松原に訊いた。

「痛くありませんか」

「無駄なことを訊くな。浴衣《ゆかた》も縫えそうにねえような藪《やぶ》に縫われたんだ。俺は死体になった気分だ……」

用心棒の人相風体を新七に教え、これから出る、と伝えてくるように言っていると、松原が空を見上げたまま、ぽつりと言った。

「嫌な雲だな。明日の明け方くらいに雪が降るぞ」

思わず与兵衛も空を仰いだ。

塚越が田原町の自身番に駆け付けてきたのは、その四半刻後だった。大黒天泥棒の始末をしていて、控所に着き、与兵衛の言付けを聞くのが大幅に遅れたらしい。

三

与兵衛は、呉服橋御門内の北町奉行所で襲われた顚末《てんまつ》を話し、松原に付き添って八丁堀の同心組屋敷へと向かった。新造の智にもう一度経緯とともに傷の具合を話さねばならないからだった。振り返ると、竹原明楽と名乗った用心棒も律儀に付いて来ていた。

あの男に尾けられているのに気付かなかったのか。忸怩《じくじ》たる思いはあったが、傷の手当ての仕方ひとつ見ても、修羅場《しゅらば》に慣れ切っているのは分かった。

松原の組屋敷は、北島町の神保《じんぼう》小路にあった。白魚橋、弾正橋と渡り、本八丁堀に入ると、そのまま東に進み、一丁目と二丁目の境の通りを北に向かう。五町半（約六百メートル）程で、神保小路の曲がり角に着いた。大八車を軋《きし》ませて角を曲がると、松原の屋敷のある組屋敷の表門が見えた。板屋根に木戸門である。先乗りした千太と富三が両開きの門を開け、待っていた。同じ組屋敷の新造たちが、二、三人ずつ固まって、路地の両側に立っている。

木戸を入った二軒目が、松原の組屋敷である。表門と違い、組屋敷は片開きの木戸門のため大八車では入れない。松原は大八車から下りると、新造たちに会釈し、千太の肩に摑まって組屋敷に入った。玄関で、新造の智と三人の子らが出迎えていた。既に、千太らから手傷の具合を聞いていたからだろう、慌てた素振りは見えなかった。

「ご無事で何よりでございます」智が落ち着いた声で言った。

「心配を掛けたな。大した傷ではないが、皆が騒いでな」松原も威厳に満ちた声を出している。木戸の外にいた新造たちが、浅傷《あさで》のようで、よかったですね、と言い交わしながら戻ってゆく。

「ようやく帰りやがったな」

浅かろうと痛えんだ、と言い、式台に上がろうとして、松原が呻いた。

「教訓だ」と子供らに言った。「今、俺は見栄を張っていた。見栄は無駄だ。お前たちは、素直に痛がれ、怖がれ。よいな」

次女の綾《あや》と末っ子の長男・慎一郎《しんいちろう》が顔を見合わせていると、長女の紘が父親を見上げて、はい、と答えた。

「見栄は張りません」

「それでいい」

松原は廊下をそろそろと千太の肩に摑まるようにして進み、すぐに横になった。

「既にお聞き及びでしょうが」

与兵衛が手短に傷を負った経緯を智に話していると、智の顔色が変わった。

「では、傷口を縫ったのは、お医者様ではないのですか」

「はい……」

「富三は、そのようには申しておりませんでした。失礼いたします」智は廊下に出ると、千太の名を呼び、医者を呼んでくるように言い付けた。

「旦那が、どうかなさいましたか」千太の後から、弐吉と富三が駆け付けてきた。紘に綾に慎一郎たちも、驚いて飛んできている。

「手当てが正しかったのかどうか、診ていただかないと、心配なのです」

「昌庵先生でよろしいでしょうか」

「構いません。急ぐように言うのですよ」

千太が組屋敷から飛び出して行った。

「母上、誰が父上を襲わせたか、指図をした者は分かっている、という話です」紘だった。弐吉らに聞いていたらしい。

「まだ証が摑めないでいるのですが、近いうちに、必ず摑んでみせます」与兵衛が智に言った。

「でしたら、ここは母と私が見ておりますので、直ぐにも探索にお向かいください」紘が言った。

「紘」座敷から松原が怒鳴った。「無礼を申すでない。下がっていろ」

「父上、私は悔しいのです……」紘の頰に涙が伝った。

「俺も悔しいのだ。焦らせるな」

「……………」唇を嚙んでいる紘の肩を、智が優しく包んだ。

「必ず捕らえます。約束します。占部さんが、奴らのことで何か摑んだかもしれません」

与兵衛は、奉行所に戻ることにした。智と紘に見送られ、組屋敷の玄関に立った。

「母子で無礼を申しましたが、これも主を思ってのこととお許しください」智が板廊下に手を突いた。

「分かっております。お手を……」

「父上」

与一郎の声だった。多岐代もいる。寛助か朝吉に聞いたのだろう。見舞いに来たらしい。

多岐代と智が手を取り合って、話している。智が多岐代の腕の中に崩れた。張り詰めていたのだろう。

目許を拭いながら紘が玄関から出て来て、与一郎の傍らに立った。

「与一郎様がうらやましい」

「どうして、ですか」

「私は男に生まれたかったのです。男なら、仇《かたき》を討ちに行けるのに」

「紘殿の気持ち、察するにあまりありますが、父にお任せなさい。父が必ずことの真相を明かしてくれます」

「はい……」

紘が、木戸門の外から覗いている竹原に気付いた。竹原が紘と与一郎を見て、軽く会釈をした。

「あの方は？」

与一郎は、玄関脇にいた寛助を呼んで尋ねた。助けてくれた方だと寛助が、米造を呼び寄せ、手当てをしてもらった腕を見せた。

「まあっ」言うが早いか、小走りになった紘が木戸を抜け、竹原に深々と頭を垂れた。「只今、母を呼んで参ります」

「お待ち下さい。大袈裟なことになるのは、どうも」竹原が手で制しながら、与兵衛に掌を合わせた。助けてください。

「そうは参りません」

「何卒《なにとぞ》……」

「では、こういたしましょう」紘が言った。改めて御礼を申し上げに参りたいと存じますので、お住まいをお教えください。

「困りましたな。正直に申し上げますと、身共は既に十分な金子をいただいているのです。ですから、どうか」竹原が紘に頭を下げた。

「左様なのですか」木戸から出て来た与兵衛に訊いた。

「当人の言う通りです」

「まだ、こちらに?」竹原が半分逃げながら与兵衛に訊いた。

「そろそろ奉行所に戻ろうかと思っています」

「それは結構ですな。近くまでお供いたしましょう」断らないでくださいよ。竹原が真顔で言った。「身共の雇い主は怖い方なので、へまは出来ないのですから」

「分かりました」

誰か来ますね。竹原が、組屋敷の表の木戸門を見ながら言った。新造が息せき切ってやって来るのが見えた。

「伯母《おば》です」松原の姉の純《じゅん》だった。

「真之介はどうなのです?」

純は紘の返事を待たずに、木戸を通り抜けると、玄関に急いでいる。玄関脇にいる寛助らを見ると、まあまあ、と呟き、案内を待たずに奥へ走り込んで行った。玄関にいた多岐代らの姿がない。奥に行っているのだろうか。

間もなく純の、ひいっ、という叫び声に続いて泣き声が聞こえてきた。

「ただ事ではないようですが」竹原が言った。

「見て参ります」

奥に駆け込んだ紘が、ゆったりと微笑《ほほえ》みながら戻ってきた。

「父が手許にあった晒しを顔に被せ、伯母を脅かしたのです」

与兵衛と竹原に続いて紘と与一郎が笑い声を立てた。どうかいたしやしたか？　寛助らが、寄ってきた。

「行くぞ」

与兵衛らが去り、多岐代と与一郎も組屋敷に帰ると、紘が富三を呼んだ。紘の話を聞いた富三が、慌てて弐吉を探した。

第七章　紘《ひろ》と与一郎《よいちろう》

一

十二月十七日。七ツ半（午後五時）。

滝村与兵衛が奉行所に帰り着くのとほぼ同時刻に、占部らが戻ってきた。

年番方与力・大熊正右衛門も居残っており、占部と与兵衛は年番方の詰所に呼ばれた。

「北町《きた》から使いが来て、丁重に礼を言われたところだ。まさか自身番が襲われようとはな。驚いたぞ」

詳細を話すように、と大熊が言った。与兵衛に次いで占部が、逃げた賊の行方《ゆくえ》について述べた。政五郎らの探索の目を逃れ、姿をくらましたらしい。

「逃げた先なのですが、不思議なことに、どこをどう聞き回っても、芝の方に逃げたとは思われないのです」

「どこぞに隠れ家を設けておるのかもしれぬぞ。滝村は、《浜田屋》だと申すのだな？」

「《浜田屋》だとすると、与兵衛は用心棒の顔を見ておりますので、般若と鬼の面を付けたのも得心がゆくのですが」占部が言った。

「伏見 某《なにがし》か」

「いいえ、伏見なら面を付けていようが身体付きで分かります」与兵衛が答えた。

「他に、古川と赤池という用心棒がいるそうです」占部が言った。

「その者らに相違ないのか」

「見たと言っても、断言出来る程は、よく見てはおりませんでしたので」

「左様か……」大熊が天井を見上げた。

「《浜田屋》に行ってみたいのですが」占部が言った。

「何の証もないのだぞ」

「だからです。はっきりとてめえらに絞ったと教えてやれば、暫く目立った動きはしなくなるでしょう。そのうちに奴の息の掛かった小悪党どもを調べれば、必ず襲った者が浮かんでくるのではないか、と思うのです」

「鶯茶の男の右の二の腕には、私の付けた刀傷がありますし、顔もはっきりと覚えております。その者を見付け出せば、引っ立てて、吐かせてみせます」

「奴らが焦っていることは確かだ。やってみろ」

椿山にも、《浜田屋》と関わりのある連中を調べさせておくでな。大熊が言った。

「そうとなれば、明日にでも早速、与兵衛と行って参ります」

大熊は頷くと占部に、来島半弥の一件の進み具合を尋ねた。

「恨んでいる者の数が多く、絞り切れないでおります」

「殺したい程恨んでいる者が、か」

「左様でございます」

「詰まらぬ一生だな。他人様に感謝されることはあったのであろうか」大熊が訊いた。

「ないでしょう」占部が事も無げに言った。

その夜、六ツ半（午後七時）。紺屋町の三津次が房吉を連れて、与兵衛の組屋敷を訪ねてきた。

「凝《じ》っとしてられねえんです。どうか、手伝わせておくんなさい」

「手を上げてくれ。こっちから頼まなければならないところだったのだ。明日から江戸中を駆けずり回るんだが、頼めるか」

「任せておくんなさい」

「瀬島さんが、腕は折り紙付きだと言っていた。よろしくな」

「勿体《もったい》ねえ」三津次と房吉が、腰が見える程低頭した。


十二月十八日。

松原が言ったように、明け方近く、江戸の空に雪が舞ったが、積もることなく解けて消えた。

「助かったぜ」

早めに出仕した与兵衛らの数を見て、占部がおうっと声を上げた。

「すごい頭数だな。与力様並だぜ」

寛助らとともに、三津次が房吉を連れて加わっているのだ。

「行くか」

《浜田屋》へ向かった。居職らの仕事始めの刻限である朝五ツ（午前八時）に行けば、出掛けたとは言えまい。

檜皮葺門から玄関に通り、案内を乞うと、宗兵衛はいると言う。居留守を使わずとも、何を訊かれても動じないだけの自信があるのだろう。帳場に通された。

間もなく宗兵衛と庄之助が、奥から出て来た。

「まだ用心棒の先生方は寝ているのかな?」占部が訊いた。

「そのようにだらし無くはしておらぬぞ」伏見が内暖簾を割って帳場に入って来、隅に腰を下ろした。

「他にも、ふたり程いたようだが」占部が宗兵衛に訊いた。

「五日程前から箱根に行っておりますが」

「いい身分だな」

「腰を痛めたのでございますよ」宗兵衛はゆったりと笑って見せると、今日は何か、と占部に訊いた。

「いやな。浅草の方で北町の定廻りが襲われたんだが、逃げて行った者の中に、お前さんの手下に似た者がいたという話を小耳に挟んだのだ。まさか、そんなことはしねえよな?」

「勿論でございます。誰がそのようなことをお耳に入れたかは存じませんが、手前どもは一切関わりのないことでございます」

「そうは言われても、一応は調べねえと上がうるさくてな。若い衆《の》は今いるかい？」

「おりますが」

「済まねえ。ちと出て来てもらえるか」

宗兵衛が庄之助に、表に集めるように言った。

若い衆が玄関の前に居並んだ。屋号を染め抜いた揃いの半纏を着ている。

「今いる者たちでございます」

「袖をたくし上げ、右の二の腕を肩まで見せてくれ」

刀傷を負った者はいなかった。与兵衛は、ずらりと並んだ若い衆の顔を見回した。

襲って来た時に見掛けた者はいなかったが、目付きの鋭い男はいた。倉吉に近付き、知らぬ顔をして名を訊いた。倉吉が答えた。

「生国は？」

「一月《ひとつき》と同じところにいない親だったので、どこだか……」

「訊かなかったのか」

「訊く前にあの世に逝《い》っちまいやした」

「済まねえことを訊いたな。許してくれ」

「いえ……」倉吉が戸惑《とまど》ったように目を伏せた。

与兵衛は、占部に顔を横に振って教えた。

「忙しいところを悪かったな。この中にはいねえようだ」ここにいないのは誰と誰かを、占部が庄之助に訊いた。

「後は、七十になる男衆《おとこし》がふたりいるだけでございます」

「どうやら見間違いのようだが、これもお役目でな、勘弁してくれ」

「お疑いが晴れてようございました」

宗兵衛は慇懃《いんぎん》に頭を下げると女将に、お帰りだよ、と言った。

若い衆に見送られ檜皮葺門を出た占部が、振り返りながら与兵衛に言った。

「椿山が、お調書を山と積み、《浜田屋》と関わりのあった者を徹夜で片っ端から抜き書きしてくれた。奴の苦労に報いるためにも、必ず鶯茶を探し出そうぜ」

「はい」

与兵衛に合わせ、寛助と三津次らがきつく唇を結んで頷いた。


与兵衛らの気配が《浜田屋》の敷地から消えた。

帰ったか。宗兵衛は鈍い日を照り返している式台の板床を見た。

「埃っぽくなったね。もう一度拭いてもらおうか」

女将に言い付け、庄之助を近くに呼んだ。

「何があたしの手下に似た者だ。笑わすんじゃないよ」

「倉吉らは、随分と離れたところにおりましたし、見られていることはないと思います」庄之助が言った。

「下手な口実だが、そんなことは百も承知のはずだ。いよいよ奉行所が《浜田屋》を捕らえようとしている、と伝えに来たのだろう」伏見が他人事のように言った。

「仰る通りでしょうな。でも、先生、あたしどもは簡単には捕まりませんよ」

「そう願っている。まあ、万一の時になっても慌てるな。俺は助かろうなんて思ってはいないが、これまでの恩義がある。元締らは助けるでな」

「先生、あたしはこれまで沢山の用心棒の方を使って来ました。ですが、伏見先生、あなたが一番怖い。あなたは死ぬことを恐れていない。どうしてなのです？」

「簡単なことだ。生き過ぎているからだ。余生を生きている者に、死を恐れる謂《いわ》れはない」

　宗兵衛と庄之助が顔を見合わせていると、何か話があるのだろう、と伏見が宗兵衛に言った。

「俺に構わず進めるといいぞ。俺は古川と赤池が箱根から戻るまで元締の側から離れぬからな」

伏見が帳場から奥へと戻ると、宗兵衛と庄之助が額を寄せた。

「今回のことで、身に染みました。やはり用心はするものですね」

「その通りだよ。関宿の者を使ってよかったよ」宗兵衛の頬に浮かんでいた笑みが消えた。「もう市中にはいないだろうね?」

「ぬかりはございません」

「二の腕を斬られた関宿のお人は?」

「一年は遊んで暮らせる物を渡しましたし、口の堅い男ですので、ご安心を」

「物入りだね」

「外の者を使うと、どうしても、そうなります」

「まさか古川先生と赤池先生が加わってしくじるとはね。思いもしなかったよ」誰だい、と宗兵衛が拳を握り締めた。「助けに入った浪人というのは?」

「調べさせておりますが、何しろ顔を見たのが両先生と関宿の者たちですので」

「市中のことはさっぱりかい?」

「手間取っております」

「急いでおくれよ。腸《はらわた》が煮え繰り返っているんだからね」

宗兵衛は煙管《きせる》を手に取ると、苛立たしげに、火皿に刻みを詰め込んだ。

十二月十九日。四ツ半（午前十一時）。

与兵衛が《浜田屋》の出入りを見張るために使った増上寺門前の茶屋に、松原真之介の長女・紘と弐吉の手下・富三が詰めて一刻余が経つ。

「紘様……」

泣きそうな顔をしている富三を無視して、紘は凝っと檜皮葺門を見詰めている。

「もう帰りましょう。旦那に叱られちまいますんで」

お願いでございます。掌を合わせようとした富三を遮り、紘が檜皮葺門を目で指した。あれは？

「宗兵衛で、ございます」富三の声が半泣きになった。「そんなにご覧になっちゃいけません。気付かれてしまいます」

宗兵衛は門前に立つと、睨《ね》め付けるように四囲を見回した。険しい目付きだった。

この日宗兵衛は、外出の折に尾けてくる者があるかどうかを見極めるために、歩いて金杉橋北詰にある息の掛かった料理茶屋まで出向くところだった。与兵衛らも、見張りを付け、尾けるかどうか迷ったのだが、宗兵衛には伏見がいる。あれだけの手練れが気を張っていたら、尾けるのは容易なことではない。暫くは敢《あ》えて人を配さないでいたのである。宗兵衛と伏見はゆっくりと中門前《なかもんぜん》の方へと歩き出した。

「悪相ですね」紘が小声で富三に言った。

「何人も殺してきている奴ですからね」

「尾けますよ」

「そりゃねえっすよ。お約束が……」

紘の申し出は、《浜田屋》の顔を見たい、ということだった。食い下がる紘に、弐吉も折れたが、尾けることは許さなかった。顔を見たら、帰るんですぜ。それを約束していただかねえと、富三は貸せやせん。

「それでいいって仰ったじゃねえっすか」

紘は答えずに、富三を置いてずんずんと追って行く。ええぃ。富三も仕方なく紘の後を追い、物陰に隠れながら尾けた。

中門前一丁目の角口で、宗兵衛らが右に折れた。

「どこに行くのでしょうね?」

「さあ」

「悪い者が行くのですから、悪い者がいるところでしょうか」

「ですから、止めましょうよ。ねっ？」

そんなことでどうしますか。富三を叱りながら角を曲がった紘が、人影にぶつかりそうになり、慌てて避けながら人影を見上げた。宗兵衛とともに角を曲がった伏見だった。

伏見は、驚き、立ち竦んでいる紘を見詰めると、くるりと背を向け、何もなかったかのように歩き出した。宗兵衛に話し掛けている。紘は足の震えを隠そうともせずに、富三に言った。

「……帰りましょう」


今日は、もう出掛けない、と言う紘の言葉に安堵し、富三は組屋敷の表門から弐吉らを追って市中に消えた。残された紘は、板屋根の下に佇み、《浜田屋》宗兵衛と伏見の姿を心に刻み付けた。

「明日から、どうしたらいいのだろう？」

思いあぐねていると、滝村与一郎が横町の角を曲がって来るのが見えた。与一郎は道場の稽古が休みだったので、同じ八丁堀にある母・多岐代の実家《さと》に到来物を届けに行った帰りだった。板屋根の下に紘の姿を見出した与一郎は、少し緊張した。父が手傷を負った悲しみを持てあまし、屋敷にいたたまれずに外にいるのだろうと解したからだった。何かそれらしきことを言わねば。口をもぐもぐさせている間に、組屋敷の表門に近付いてしまった。

「与一郎様」

「はい……」息を吸った与一郎の耳に紘の声が届いた。

「父を襲った者の顔を、見て参りました」紘が捲《まく》し立てるように、尾けたことを一気に話した。「そうしたら、何ということでしょう。用心棒が、ぬっ、と立っていたのです。驚きました。足が震えました」

「尾けるのは、難しいことです。危ないから、お止めなさい」

「尾けたことは？」

「あります」

「上手《うま》くいったのですか」

「心得を聞いておりますので」

「何と心強い。では、明日からお力添えください」

「はい……？」

「一緒に《浜田屋》を見張るのです」

「見張って何をするんです？」

「分かりません」

「分からないで見張るのですか」

「もし誰かと会ったら、相手が誰かを突き止めればお役に立つはずです」

「駄目です。お手伝いは、出来ません。我らの手にはあまることです」

「ならば、致し方ありません。私ひとりでやります」

「ひとりで尾けるなど、以《もっ》ての外《ほか》です。今日も、恐ろしい思いをしたばかりでしょう」

「父が襲われたのです。黙ってはいられません。たとえ、殺されようと悔いはありません」

「弱りましたね」

止めさせる法はないかと思案していた与一郎の目に、紘の髷《まげ》と小袖が映った。

「紘殿は姿を見られていましたね」

紘が、顎を咽喉《のど》に引くようにして頷いた。

「武家の娘がまた見張っていたら、直ぐに知られてしまいます。それに、私たちの髷や着ているものは、見るからに武家のものです。ふたり並んで歩くとか立ち止まっていたのでは、見咎められてしまいます」

羽織袴《はかま》の与一郎には前髪があり、紘は稚児髷《ちご》だった。

「町人の姿をすればよいではありませんか。簡単なことです」

「髷はどうします?」

どこで町人の着物を手に入れるのか、どこで着替えるのか。与一郎は差し障りのある事柄を数え上げた。聞き終えた紘がにっこり笑って、胸を反らせた。

「私に、お任せください」

与一郎様は、明日から数日の間で結構です。稽古を休んでください。御家の方に、くれぐれも気付かれぬようお気を付けくださいましね。

「明日の朝五ツに、この表門で。必ずでございますよ」

言い終えると紘は、明日の手順を考えているのか、奮然として組屋敷小路をすたたと去ってしまった。

はてさて、困ったぞ。与一郎は頭を抱えたかったが、尾行には自信があった。この際だ、私の力を見せ付けてやるか。腕捲りするような心持ちで、木戸から屋敷に入り、奥まで聞こえるように大声で言った。

「只今戻りました」

十二月二十日。

与兵衛が朝吉や寛助らを供に組屋敷を出るのを見送ると、与一郎は道着と竹刀を手に表門へと急いだ。紘と、半泣き顔をした富三がいた。

「人目があります。参りましょう」紘がさっさと歩き出してから与一郎に言った。

「富三の長屋は、汐留橋を渡った新町なのです。まさにお誂《あつら》え向《む》きではございませんか」

新町ならば、大門前まで十二町（約千三百メートル）の近さである。

富三の長屋は、竹籠屋の脇を入った《雑巾長屋《ぞうきんながや》》だった。ある時期、老いも若きも子供らも、店子ら皆が雑巾のような粗末な着物を着ていたところから、そのように名付けられたらしい。

「こちらでございます」

富三が奥から二軒目の借店の戸を開けた。薄縁《うすべり》を敷いた床に背負い籠がふたつ並んでいた。

「与一郎様、お上がりください」

紘は与一郎の背を押すようにして薄縁に上がると、籠から町屋の娘が着る小袖を取り出して、広げた。

「どうです？」

「はあ……」

「急いで着替えましょう。頭は手拭いを被ってください」

紘はもう帯を解き始めている。見ている与一郎に気付き、

「そちらを向いてお着替えください。いいと言うまで振り向いてはなりませぬよ」

思わず、ははっ、と笑い声を上げた富三に、外に出ているように言い、帯を薄縁に落とした。

「風呂敷《ふろしき》が入っています。脱いだものは畳んで包み、籠に入れてください。お腰の物も同じです」

「持って行くのですか」

「ここに戻って着替えるつもりですが、何が起こるか知れませんからね」

しかし、竹刀と大刀は籠からはみ出してしまう。脇差だけを入れ、竹刀と大刀は置いて行くことにした。

与一郎の着るものは、お店の小僧が着る木綿《もめん》の小袖で、綿入れの半纏が添えられていた。着替え、手拭いで髷を隠すと、お似合いでございますよ、と声が掛かった。見

ていたらしい。振り向くと、色だけは赤が入って娘のように見えるが、ほぼ同じような姿をした紘がいた。手拭いを姐さん被りにしているところが、可愛くもある。

「へえっ」

「何が、へえっ、ですか」

「見違えました」

「いい方にですか、悪い方に、ですか」

「いい方に、です」

「では、参りましょう」

腕を通し易いように、籠を紘の背に当てた。

「ありがとうございます」紘の細い項《うなじ》が前に傾《かし》いだ。

紘と与一郎に富三が加わり、昼間のみ、長くても二刻（四時間）と区切っての見張りが始まった。

二

十二月二十一日。六ツ半（午後七時）。

浅草御門を過ぎ、鳥越橋を渡り、新堀端を北に進むと、薬師橋《やくしばし》と抹香橋《まっこうばし》の中程に宗瑞寺《ずいじ》という古刹《こさつ》がある。北条家縁《ゆかり》の寺である。

この宗瑞寺の塔頭《たっちゅう》に、《目目連》が集まっていた。

「皆さん、無事にお着きになられてなによりでした」世話役の《丹波屋》長右衛門が言った。「九日の丑の日に何事も起こらなかったので、今日も大丈夫とは思ったのですが、こうして皆さんのお顔を見るまでは心配をいたしておりました。帰りも十分にお気を付けください。まだ丑の日は二刻半ありますので」

「町のあちこちに奉行所の方の掲げる灯が見えました。暗いところを避ければ、まず危ないことはございますまい」《大黒屋》徳次郎が久留米に目を遣って言った。

「今夜は、多くの同心たちが町に出ております。何かあった節には、大声をお出しくださればよろしいでしょう」

「喜んでよいものやら」《大黒屋》に合わせて、幾つかの笑い声が重なった。

では、と言って長右衛門が軽く咳をした。

「この前の寄合の後、《浜田屋》のことを調べておいたのですが、なかなか悪《わる》に磨きを掛けておりました」

「竹皮問屋の《佐乃屋》を乗っ取ったとか、聞きましたが」

「さすが、お耳が早いですね、《播磨屋》さんは」長右衛門が続けた。「《浜田屋》の名を出さずに、してのけた。遣り方は汚いのですが、狙った獲物は逃さない。大したものです。しかし、大きくなり過ぎました。己の力を過信しているのでしょうね」

「八丁堀の滝村様と松原様を襲ったというのは本当なのですか」《播磨屋》太兵衛が訊いた。

「それですよ。馬鹿なことをするものではありませんか。恐らく、そうせざるを得ないところに、滝村様が持っていったのでしょうが、己の首を絞めるようなものです」

「奉行所は、動かないのですか」《大黒屋》だった。

「滝村が襲った者のひとりに深傷を負わせたそうで、今はその者を探し出そうと、手分けして市中に散らばっている《浜田屋》の息の掛かった元締らを一軒一軒調べて歩いているところです。もう暫く掛かるでしょう」久留米が言った。

「上手く見付かりますか」

「さて、どうでしょうか。都合が悪くなれば、子分だろうと始末するのが《浜田屋》ですから」

「《浜田屋》には恐ろしく腕の立つ用心棒がいるそうですが、滝村様とではどちらが強いのですか」《播磨屋》が長右衛門に訊いた。

「風魔の衆に見てもらったことを申し上げますと、格が違うそうです。滝村様には、まったく勝ち目はないということです」

おやおや。寄合にざわめきが起こった。

「そこで、《川口屋》承右衛門が、滝村与兵衛に用心棒として明王を付けたようです」久留米六左衛門が言った。「《川口屋》は、《浜田屋》と並ぶ、一方の香具師の大元締で、これまでにも何度か寄合の席でも名が出ているので、皆さんご存じのことと思います」

寄合の衆が頷いた。

「《川口屋》は滝村様が上手く使っているという話を聞いたことがありますが、明王という方のことは初めてです。どのような方なのですか」《大黒屋》が訊いた。

長右衛門が久留米を促した。

「名は、竹原明楽。明楽の明を取って明王と呼ばれているそうです。明王は、大日如《だいにちにょ》来《らい》の命ずるまま諸悪を懲《こ》らしめるのですから、大日如来が《川口屋》となります」

それはまた、すごい。思い上がりも甚だしいですな。寄合から苦笑が漏れたが、久留米は構わずに続けた。

「大分長いこと、荷揚げ人足など、《川口屋》の表稼業の顧客だったようですが、そこで見込まれたのでしょう、三年前程になりますか、裏の稼業を手伝うようになったと見ています」

「裏と言うと、殺しですか」《大黒屋》だった。

「はい」

「明王のように、憤怒の相をしているのですか」端に座っていた《上総屋《かずさや》》小吉《こきち》が言った。《上総屋》は〆粕魚油問屋《しめかすぎょゆ》である。

「心の奥底は知りませんが、見たところ善人なのです」非番の折に、こっそり見に行ってみたのだと久留米が言った。

「明王は、殺しの請け人もしているのですよね。それでも善なのですか」

「それが分からないところなのです。毒を餡《あん》でくるんでいるような、とでも申しましょうか」久留米が言った。

「善人は悪人にはかなわないと言います。それで、滝村様の用心棒が務まるのでしょうかね」《大黒屋》が言った。

「知りたいところですな」《上総屋》だった。

「立ち合わせてみたいですね。勝った方が本当の悪ってことになりますからね」《大黒屋》が久留米に言った。

「詰まるところ、《浜田屋》が雇っている用心棒らを押し立てて襲ったら、滝村様と明王では防げないということですか」長右衛門が久留米に訊いた。

「と思います」

「困りましたね。滝村様は今のお江戸には必要な御方。むざむざ殺させる訳にはゆきません」

「そうですよ」《大黒屋》が言った。「あの時、あたしたちは何人の人を使って調べました？　それでも突き止められなかった《百まなこ》と《犬目》を、探り当てたのですからね」

「《犬目》は、怪我の功名では？」《播磨屋》だった。

「難しいことは言いっこなしですよ。しかし、あの《川口屋》、あたしは滝村様を殺しに掛かると見ていたのですが」

「あたしもです」《大黒屋》が言った。

「利に敏《さと》いですからね。まだ、生かしておくと思いますよ。もし牙を剥いたら、その時はまたその時、考えましょう。お江戸の安泰、それが私たちの願いですからね」長右衛門が言った。

「《川口屋》は、汁粉の塩ですか」

「そんなところでしょう」

「では、やりますか」《大黒屋》が、掬《すく》い上げるような目をした。

「奉行所が何とかするかと思っていたのですが、指を銜《くわ》えている間に、此度の殺しなど《浜田屋》は遣りすぎています。江戸市中の方々のためにも、潰さねばならないでしょう」

「あたしたちも、こんなことが言えるようになったのですね」《大黒屋》が言った。

「風魔の方々のお蔭ですね。それと、私たちが力を付けたってことでよろしいのではないですか。それでは、皆さん」

長右衛門が寄合の衆に賛同するか否かを問うた。全員が頷いて見せた。

「やりたくはないのですが、《目目連》で始末の手伝いをしてあげましょう。あの伏見という用心棒を亡《な》き者にします」

「風魔の衆が、まさか敗れるとは思いませんが、相手が相手です。一応念のために、しくじった時のことも考えて依頼しておいた方が、損が少ないかと」《播磨屋》が言った。

「手堅い商いをする《播磨屋》さんらしいですね。では、しくじった時のことを含めて手配するようお願いいたします」

《大黒屋》が左右を見て、頭を下げた。

「いっそのこと、《浜田屋》を始末したらどうなのです？」《上総屋》だった。

「それはいけません」長右衛門が答えた。「奉行所の手で捕らえさせる。あたしたちは決して表に出ない。それでこそ江戸の安寧《あんねい》が保てる、というものでございましょう」

翌日《大黒屋》が風魔ひとりを供に、箱根山中にある風魔の里へと旅立つことになった。

「戻って来るまで、保ってくれるとよいのですが」

長右衛門が《大黒屋》に言った。


十二月二十二日。

浅草花川戸町の口入屋《川口屋》承右衛門は、右吉と奥座敷にいた。

「どうやら」と右吉が言った。「《笹ノ井》を辞めた者を調べて滝村様に教えた件が、《浜田屋》に知られたようでございます。我々が聞き回ったところを、倉吉が調べたという話が入ってきています」

「すると、明王がこっちの息の掛かった者だということも、そのうち探り出されちまう、という訳かい？」

「と思われます。《浜田屋》のことです、その時は何かしてくると思うのですが」

「危ないね……」

承右衛門は表に続く襖の向こうに目を遣ると、あれで守れるかね、と右吉に訊いた。途中の座敷に三人の用心棒がいる。

「まず、かなわないでしょう」

「だろうね。ここにいるのも、外回りも当分止めて、どこかに潜るかね」

「それが一番だと思いますが、ここは……」

「何だい？　殺《や》ろうってのかい……？」やはり右吉だね、と承右衛門が鼻先に皺を寄せた。「実は、私もそう思っているんだよ」

誰をだい？　《浜田屋》は難しいし、あの伏見って用心棒も無理だね。

「殺るとしたら、残りの用心棒しかないね。どこぞで油断しているところを消してしまうってのは、いい趣向だよ。蛸《たこ》は脚が八本あるからくねくね動けるけど、何本か捥《も》いでしまえば、動きが悪くなろうってもんだよ」

「そうなると戦になりますが」

「いいじゃないか。相手は奉行所に睨まれている。こっちには奉行所がついている。

命が保てば、賽《さい》の目がどう転んでも、こっちの勝ちだよ」

古川と赤池という用心棒、ひとりずつなら殺れるだろうね。承右衛門が訊いた。

「三人のことはずっと調べておりますので、どこで飲み食いするかまですべて摑んでいます。特に古川と赤池は、酒と女にだらしがない分、狙い易いかと」それに、と言い足した。「今は小細工のために出掛けた箱根から戻って来ております」

「殺り時かい？」

「へい」

「常日頃からの心掛けが大切だね」

まったくで。右吉が訊いた。請け人は、誰をお考えで？

ふたりは同時に、手持ちの殺しの請け人の顔を思い描いた。

「明王は高積見廻りに付いてますし、万一にも姿を見られると、待ったなしにまずいことになります。《犬目》はいませんしね」

「お武家、それも腕の立つ者相手だと、《犬目》がいたとしても駄目だろうよ。《浜田屋》は勿論、江戸の者にまだ知られていなくて腕が立つと言えば、蛇《じゃ》の目《め》だろうね。蛇の目の新五郎《しんごろう》。《蛇《じゃ》の新《しん》》。あのお人なら、片付けてくれるよ」

「では、《蛇の新》に話を通しておきます」

「そしたら、早めに殺らせておくれ。ふたり一度に殺っても構わないよ。《浜田屋》を震え上がらせてやろうじゃないか」

「引き受けた時には、清蔵を付けておくのが宜しいかと思いますが」

「いいね。だけど、お前は間違っているよ。《蛇の新》の思惑《おもわく》なんざ、どうでもいい。必ず引き受けさせるんだ。否やはなしだよ」

「承知いたしました」

「もうひとつ、あるよ」

「へい……」

「明王だけど、そろそろ私の近くに置いておくから、戻しておくれ」

三

十二月二十三日。

与一郎と紘は、二十日から《浜田屋》宗兵衛の動きを見張っていたが、宗兵衛はぱたりと外出を止め、引き籠もっている。

「出て来ませんね」与一郎が、籠の縁に顎を乗せるようにして言った。

「もしかすると、病気なのでしょうか」紘が答えた。「稽古を休み続ける訳にもゆきませんので、今日出て来なかったら、二、三日、休みませんか」

「居続けると目立ちますから、そうしましょうか」

与一郎と紘が見張りを解いた翌日、即《すなわ》ち十二月二十五日の昼過ぎ、古川鎌太郎が《浜田屋》の裏戸から外に出た。《浜田屋》に裏戸があることに、与一郎も紘もまだ気付いていない。だから、もしふたりがこの日も見張っていたとしても、宗兵衛が裏戸から出れば見逃すことになる。だが、この日も宗兵衛は、

――先生方は、気散じにどこかにお出掛けくださってもよろしゅうございますが、日暮れ頃までにはお戻り願いますよ。

と言って、奥から動こうとしなかった。

古川の行き先は、辺りが桐《きり》の畑であるところから、俗に桐畑《きりはた》と呼ばれている悪所だった。増上寺を裏に抜けると広小路に出る。広小路を埋める古着屋や茶屋や見世物小屋の向こうが青龍寺《せいりゅうじ》門前代地で、ここに古川の通う悪所があった。表向きは茶屋で、茶汲女が春を売るのである。

古川の気に入りは、《ふくべ》の品《しな》という女だった。金払いのいい古川は、《ふく

べ》では上客であった。

「これは旦那、お品でございますか」主が腰を折り、手揉みをして迎える。

「借りるぞ」古川が、過分な銭を主に手渡す。

小路の奥にある仕舞屋へと、河岸を移すのである。そこは座敷を貸すだけの店だった。頼めば、酒も仕出しも供してくれるが、ひどく高いものに付いた。

「承知いたしました。直ぐに伺わせますので」

古川が奥に足を運ぶのを見て、主が男衆に品を送るように命じた。


「こちらの思惑《おもわく》通りに運んでいるようです」清蔵が隣に佇む男に言った。

「女が来る前に片付けよう」男が答えた。《蛇の新》である。歳は三十の半ば。病を抱えているのか、頰が削《そ》ぎ落としたようにこけている。

清蔵と《蛇の新》は、ゆっくりと広小路を渡ると、古川の消えた小路の奥に向かった。

清蔵が古川の入った仕舞屋の戸を開けた。鶴のように痩《や》せた老女が、清蔵を見た。

清蔵は手招きをして抜け裏に誘い出すと、手に金を握らせ、古川の座敷の場所を尋ねた。

「二階の奥ですが……」

「酒か食い物を頼んだか」

「酒を」

「肴《さかな》は?」

「いつも梅干しだけです」

「酒と梅干しはどこにある?」

「お出しするところなので、台所に」

「済まねえが、寸《ちょん》の間《ま》留守にしてもらいてえんだ。そこまで油揚げでも買いに行ってくれねえか」

「いいですけど……」

「序《つい》でに、俺のことを忘れてくれれば、これをやるが」一両小判を二枚見せた。

「あたしは歳で物覚えは悪いし、目も耳も駄目なんですよ」老女が掌を出した。

清蔵が掌に小判を載せた。

「分かっているだろうが、万が一にも、このことを誰かに話した時は、惨《むご》たらしい末路を迎えることになるからな」

「もう十分惨いけど、あたしも馬鹿じゃないからね、これ以上は御免ですよ」

「長生きしろよ」

「そのつもりですよ」

老女は背を向けている《蛇の新》を見ようともせずに、小路の更に奥へと消えた。

清蔵が《蛇の新》を見た。《蛇の新》は仕舞屋に入ると、清蔵を残して戸を閉めた。

間もなくして、仕舞屋の二階で何かが倒れる音がした。音は一回だけで、また静かになった。

終わったな。清蔵が小路を見回していると、仕舞屋の戸が開き、《蛇の新》が出て来た。

《蛇の新》は清蔵に何も言わず、梅干しの種を吹き飛ばした。


「大変ですぜ」

《浜田屋》の若い衆・甲子次が、裏戸を蹴り開けるようにして駆け戻ってきた。

「うるせえ」倉吉が怒鳴り付けてから言った。「落ち着いて話してみろ」

「古川先生が、殺されました」

「何だと……」

出掛けたのは、つい一刻前である。庄之助が場所を訊いた。青龍寺門前代地の仕舞屋だと甲子次が言った。

「大騒ぎしてたんで、どうしたって訊いたら、番屋の奴が《浜田屋》の用心棒ではないかと言うものだから、顔を見たら古川先生なもんで、びっくりして……」

「騒がしいが、何があった？」伏見と赤池虎之助が、奥から出て来た。

庄之助から話を聞いた赤池が、

「伏見氏は残ってくれ、俺は古川かどうか、確かめてくる」

「倉吉、お前もだ」庄之助が言った。

甲子次の先導で倉吉と赤池が裏戸から出て行った。

「お品って女に入れ揚げていたようだけど、やはり女が絡んでいるのかね。後で教えておくれ」

いつ来ていたのか、宗兵衛はそう言うと、奥へ引き上げた。伏見が続いた。

「おい」と庄之助が若い衆に言った。「今の元締のお言葉を伝えて来い」

若い衆が三人の後を追った。

《ふくべ》では、見出人の品と主らが南町の同心の聞き取りを受けていた。同心も心得たもので、品が仕舞屋で何をするかを知り抜いていながら、それには触れずに殺しの経緯を聞き出そうとしていた。主らとともに、仕舞屋の切り盛りをしている老婆もいた。知らぬ存ぜぬを通しているらしい。

「これでは埒《らち》が明かんな」赤池が言った。

「先生は、お茶でも飲んでいてください。調べが一段落したら呼びに参りますので」

倉吉が言った。

「そうさせてもらうか」

赤池は近くの茶屋を指し、あそこにいるからな。

茶を飲んでいた赤池に、裏の葦簀《よしず》を分けて入って来た男が、十手を懐から覗かせた。

「恐れ入りやす。《浜田屋》の旦那には、いろいろ裏で面倒を見てもらっている神谷町の次郎吉《じろきち》と申します。古川先生の件でちょいとお耳に入れたいことが」

うむ。赤池がそっと立ち、次郎吉に続いて葦簀から半身を乗り出した。

「実は……」声が小さくなった。

「ん……?」

耳を次郎吉に寄せたと同時に、腹を熱いものが貫いた。あっ、と叫ぼうとした赤池の口を男の手拭いが塞いだ。腹を更に二カ所刺されたことまでは分かったが、そこで赤池の意識は途絶えた。

《蛇の新》は赤池の腹に匕首を残し、十手を手に葦簀から離れた。十手は、聞き込みをしていた御用聞きを後ろから殴り倒して手に入れたものだった。

何食わぬ顔をして歩いてきた《蛇の新》が、辻で待っている清蔵に言った。

「片付いた」


「赤池先生も……」宗兵衛が絶句した。

昼日中に用心棒として頼みにしていた者がふたり、相次いで殺されたのである。

請け人の仕業だ。即座に思いはしたが、さて誰かとなると、思い当たる者がいなかった。古川と赤池は、伏見より腕は落ちる。だが、簡単に殺されるような者ではない。そんなふたりを抗《あらが》う余地も与えずに殺し、風のように逃げ去ったのである。

「《百まなこ》と《犬目》は既に亡い。とすると、誰なんだ？」

宗兵衛と庄之助は、思い付く限りの請け人を並べ立てた。しかし、夜陰に紛れての仕事ではない。これ程の殺しが出来る請け人は思い付かなかった。

「だけどね」と宗兵衛が言った。「請け人は誰だか分からないが、それ程の者を使いこなせるのは、江戸広しと言えど、私を除けば、ひとりしかいない。馬鹿だね。てめえで正体を明かしたようなもんだ。《川口屋》承右衛門。あいつだよ」

「ですが、元締、《川口屋》も馬鹿ではありません。そんなことをしたら、喧嘩を売るようなもの。共倒れになるかもしれないではありませんか」

「勝てば、江戸をひとりで牛耳《ぎゆうじ》れる。奴はてめえの運に賭《か》けたのさ」

庄之助が、どういたしましょう、と宗兵衛に訊いた。

「決まっているよ。殺るしかないね。隣に」と、《美作屋》を顎で指し、「十人程人を集めておくれ」

「また関宿から呼びますか。市中から掻き集めることは出来ますが、ここに来た占部と滝村という同心たちがあちこちと調べ回っているので、どうも呼びづらいのですが」

「調べが終わって、見張りのいなそうなところのを使おうじゃないか。関宿もよかったけど、万一にもあの八丁堀と出会《でくわ》すとまずいことになるしね」

「では、今揉めごとを抱えていないところから五人ずつでいかがでしょうか。倉吉と回りますが」

「任せるよ。これから何があろうと《浜田屋》が後ろ楯になるからと、言い含めておくれ」

伏見様を、万一の備えとして連れて行ってもよろしいでしょうか。庄之助が訊いた。

「先生がいなくとも、番屋の時はどうにかなったじゃないか。どうせ勝負は今回も家の中だ。先生は残すよ。私の側にいてもらいたいしね」

「承知いたしました」

「《川口屋》のことは、竈の灰の嵩《かさ》まで調べてあるんだ。隠れ家をどこに移そうと、そこを襲えば、しくじることはないさね。吉良上野介《きらこうずけのすけ》だよ。いるところを見定めて殺るんだよ。お前に任すからね」

「承右衛門の白髪《しらが》首を血に染めてご覧にいれます」

「頼むよ」

庄之助は奥の座敷から表に移ると、倉吉らを呼んだ。

「手分けして、承右衛門の居所を聞き出して来るんだ。行きも戻りも、出入りは隣の《美作屋》を使え」

《浜田屋》は、日頃から金を握らせ、承右衛門の動向を見張らせている者たちを浅草周辺に飼っていた。その者たちから、居所を聞いて回るのである。

「倉吉には、別の仕事がある。一緒に来てくれ」

その頃、滝村与兵衛は、護国寺《ごこくじ》前の音羽《おとわ》にいた。

椿山の抜き書をもとに、占部と手分けして、《浜田屋》に腕貸ししそうな元締の周囲を探り、鶯茶の男を探しているのだが、未だ見付けられないでいる。探し始めて七日が経っていた。

「次は、巣鴨《すがも》だが、ちいと休もうか」

茶屋に寄り、茶と餅を頼み、奥の縁台に座った。

「どこに隠れやがったんでしょうね」茶を啜っていた寛助が、ぽつりと言った。「舟に乗せている訳でもねえでしょうにね」

「舟か……」

寛助の言葉で、与兵衛は余市の言ったことを思い出していた。江戸川を遡った下総の関宿で、《浜田屋》の日除舟を見掛けた、と言っていたが、どうして宗兵衛の舟が、関宿にいたのだ？

「奴は関宿と何か繋がりがあるのか」

「さあ」寛助が首を捻って三津次に訊いた。

「聞いたことはございませんが、何もないのに《浜田屋》の舟がうろうろすることはねえと思いますが」

与兵衛に、はた、と閃くものがあった。関宿は、関宿藩の城下町である。町奉行所の力の及ぶところではない。

「もしかすると、江戸者は使わずに、外の者を使ったとは考えられねえか」

「滝与の旦那、そいつはありですぜ」寛助が餅を口に詰め込んだ。

「ありそうだよな」与兵衛が、茶をぐびりと飲んだ。

「あっしどもに行かせておくんなさい」三津次が言った。「関宿には、知り人がおりますんで、もし宗兵衛と繋がりのあるのがいたとしたら、鶯茶の野郎が隠れていても必ず見付け出してご覧に入れます。お願いいたしやす」

「頼めるか」

「そんな水くせえ。行け、と一言仰ってくれればいいんです」

「もし鶯茶がいたとしても、町奉行所の者がお縄にすると、支配違いだ何だ、とうるさいことになる。が、お前が、恩義ある瀬島さんの倅の仇の片割れだ、として捕らえれば、関宿藩の者も四の五の言いはしないだろう。それどころか、美談で済むかもしれねえ。俺たちは残りの奴どもを調べるから、行ってくれ」

「必ず、見付け出します。利三郎様のご無念を晴らすためです。何でもいたします」

「そうとなったら、用心棒を付けてやる」

「へっ」寛助と三津次の声が重なった。「そりゃ、どちらさんで？」

与一郎が通う道場の高弟・荒木継之助《あらきつぐのすけ》だった。前にも白鳥の伝蔵一味の捕縛に力添えしてもらったことがあった。今は大名家の出稽古で糧《かて》を得ているが、捕物も気に入ったようで、また使ってくれと言われていた。

「やっとうの先生なら、鬼に金棒でさあ」

三津次と房吉が荒木継之助と関宿に向かったのは、翌二十六日の早朝のことだった。


三津次らが早立ちに備えて深い眠りに就いている頃――。

《川口屋》承右衛門の居所を聞き出しに行っていた者たちが、次々に《美作屋》に戻って来た。

「甲子次、どうだった？」庄之助が訊いた。

「出掛けた様子はない。《川口屋》にいるのではないか、と言っておりました」

「そうかい。次は？」

「人の出入りがないから、《川口屋》にいるのでは、と」甲子次の隣の男が答えた。

「次」

「新鳥越町一丁目のお弓が、昨日按摩《あんま》を呼んでおります。多分、今日辺り元締が来なさるのでは、と申しております」

「他にお弓のところだと言われた者は？」

三人が声を上げた。

「別のところを言われた者は？」

弁吉が、へい、と答えた。

「どこだ？」

「橋場《はしば》じゃねえか、と」

「承右衛門は橋場に隠れ家を持っていたか」

庄之助が倉吉に訊いた。倉吉が、初耳です、と答え、弁吉に尋ねた。

「お前が行った先は、誰だ？」

「渡し場の半助《はんすけ》です」

橋場の渡し場の船頭頭だった。出任《でまか》せを言って下手を打つような男ではない。そう思ったのだろう、倉吉が黙った。

庄之助は、ずらりと居並んだ男衆を見回した。二十人近くが聞き込んで来た中で、橋場と言ったのは半助だけだ。承右衛門とて、己の身が危ういのは百も承知しているはずだ。何人かの者が、そこだと見当を付けるところにいるとは思えない。

「橋場のどこか、場所は訊いたか」庄之助が弁吉に訊いた。

浅茅ケ原《あさじがはら》への抜け道の脇だと聞いておりやす。弁吉が答えた。万平という若いのが、手水鉢《ちょうずばち》を洗っていたらしいです。

「よしっ。倉吉、弁吉に案内させて、承右衛門が橋場にいるかどうか探って来てくれ。戻るのは、土《ど》ブ店《だな》の《坪屋《つぼや》》だ。俺たちもそっちに行っているからな」

《浜田屋》は江戸の四方に、人の集まれる酒屋を持っていた。《坪屋》もそのひとつで、年齢が上がり喧嘩渡世が出来なくなった者を、店の主に据えていたのである。

「へい」

直ぐさま立ち上がった倉吉と弁吉に、続けて庄之助が言った。

「もうひとり付けよう。甲子次、お前だ。いいか。ふたりとも、何事も倉吉の指図に従うんだぞ。今更のことだが、無理に近付いてはならねえ。人に訊いてもならねえ。辛抱強く見張り、お前らの目と耳で確かめるんだ。外は寒い。誰か綿入れを持たせてやんな」

倉吉と弁吉と甲子次が綿入れを包んだ風呂敷を背負い、裏から走り出すのを見届けると、庄之助が脇にいた男に、ここが勝負所だ、と言い、ふたりの元締の名を上げた。

「頼んでいた若い衆を《坪屋》に寄越すよう、伝えて来てくれ。くれぐれも旅支度を忘れずに、ともな」


甲子次が《坪屋》の戸を叩いたのは、夜更けだった。

「間違いありません。承右衛門は橋場におりやす」

見たのか。

しょんべんに起きた承右衛門が、手水で手を洗うので戸を開けたんです。あの白髪頭は承右衛門に違いありません。

よくやった。庄之助が、隠れ家の間取りを問うた。

「八畳がふたつ、六畳がふたつ。それに台所と風呂。それくらいです」

「こっちの人数とぴったりだ。倉吉は？」

「弁吉の兄《あに》ぃと見張っています」

「よしっ。明朝七ツ（午前四時）に早立ちと見せて、千住《せんじゅ》に向かう。山谷橋《さんやばし》を渡ったところで橋場に向かい、寝込みを襲う。白髪首を血に染めた者には箱根の湯で好き勝手させてやるぞ」

旅支度をした者たちが歓声を上げた。

「静かにしろい。喜ぶのは、仕留めてからのことだ」


十二月二十六日。七ツ半（午前五時）。

浅茅ケ原に着いた庄之助らは、甲子次の指さす暗がりに目を凝《こ》らした。岩のような塊《かたまり》がふたつ見えた。綿入れにくるまった倉吉と弁吉だった。

竹筒に入れた白湯を渡し、承右衛門がいるか、訊いた。

「出ちゃおりません。寝入っているはずです」

「よしっ、龕灯《がんどう》に火を入れな」

甲子次が、火種から蠟燭《ろうそく》に火を点《とも》した。四つの龕灯が、地面を丸く月のように照らし出した。ひとつが庄之助の手に渡った。

「後は、打ち合わせの通りだ。頼んだぞ」

庄之助らが四方から承右衛門の隠れ家を囲んだ。庄之助は、耳を澄まして辺りの様子を窺《うかが》い、人気のないのを確かめると、龕灯を上げた。表と裏から、旅姿の男たちが雨戸を蹴破って家に雪崩《なだれ》込んだ。家の中で龕灯の明かりが揺れている。天井板を叩く音がし、ものを壊す音が続いて起こった後、突然音が途絶えた。

「人っ子ひとり、おりません。蛻《もぬけ》の殻《から》です」飛び出して来た男が叫んだ。

「どういうことだ?」庄之助が倉吉に訊いた。

「確かにいたはずなんですが」庄之助に答えると、男に怒鳴った。「天井裏までよく見たのか」

「勿論です。でも、誰も」

「申し訳、ございません」倉吉が膝に手を当て、頭を下げた。

「お前らしくないしくじりだな」

庄之助は旅姿の男たちに巾着を渡した。

「ご苦労だった。五、六日たっぷりと飲んでくれ」

男たちは、千住から九里十一町(約三十七キロメートル)のところにある取手《とりで》の旅籠で、ほとぼりをさますのである。しくじった時の取り決めだった。

庄之助は大きく舌打ちをすると、帰るぞ、と言った。

四

十二月二十八日。

与一郎と紘は、前々日から《浜田屋》の見張りを再開していた。

昼四ツ（午前十時）。半刻程前に出ていた庄之助が戻り、檜皮葺門の中に消えた。

「あの者は、よく出入りしますね」与一郎が言った。

「若い方たちが皆頭を下げているから、番頭なのでしょうね」

駕籠が止まった。門の中で声がしている。宗兵衛と用心棒が、庄之助らに見送られて出て来た。

「出掛けるようですね」紘が言った。

「尾けますか」

「勿論です」

「では、見送りの者たちが門の中に引き返したら、行きましょう」

庄之助が若い衆に指図している。

「あの人は、番頭で間違いなさそうですね」

庄之助らが門の中に入った。与一郎と紘は駕籠が行った方へと足を急がせた。

駕籠はゆったりとした歩みで中門前を進んでいる。これなら、見失うことはないでしょう。与一郎がほっとして紘に囁《ささや》き掛けていると、駕籠の後ろから付いて行く用心棒が、ふいに振り向いて、与一郎と紘を見た。明らかに、ふたりが尾けていることを知った上で見詰めているとしか思えなかった。

「駄目です」と与一郎が紘に言った。「私のかなう相手ではありません」

「そのように、思います……」

「でしたら、汁粉でも飲みましょう」

紘が驚いて、与一郎に訊いた。

「……汁粉、ですか」

「甘い物は嫌いですか」

「そういうことではなくて……」

「ここで立ち竦んでいる訳にもゆきません。正月屋《しょうがつや》がいましたから、汁粉を飲みながらこれからのことを考えましょう」

正月屋とは汁粉売りの異名で、辻などで温めた汁粉を一椀十六文で商っていた。

「分かりました」

来た道を引き返す与一郎の後に紘が続いた。

二椀求めた与一郎が、道の端にしゃがみ込んだ。紘もそれに倣《なら》った。

「このようなところで食べるのは初めてです」紘が辺りを見回して言った。《浜田屋》が少し先に見えた。

「私も、です。一度やってみたかったのです」

ふたりは椀を抱え、甘さの広がる口を動かしながら顔を見合わせて笑った。

椀の中身が半分近くになった時、紘は与一郎に名を呼ばれ、通りを見た。《浜田屋》の隣の《美作屋》から、紘の言う番頭が出て来たのだ。

「あの人、さっき《浜田屋》に入りましたよね」

「そうですよね……」でも、と紘が続けた。「私たち、後を尾けて、ここを離れた時がありましたから、その時に……」

「出たのでしょうか」

「そうとしか、考えられません」

「いや、例えば、中で繋がっているとか」

「……思ってもみませんでした。与一郎様はすごいことを考えるのですね」紘が目を丸くした。

暫くの後、庄之助が《美作屋》に入って行った。ふたりは、椀の縁からそれを見ていた。汁粉を食べ終えたふたりは、取り敢えず庄之助が《浜田屋》に戻るのを見届けるまでは見張ることにした。

それから、半刻が経った頃、宗兵衛の乗った駕籠が《浜田屋》に戻って来た。出迎えの者たちが半纏姿を並べている。その先頭に庄之助がいた。

「あれは……」紘が言った。

「やはり、繋がっているんですよ」

「与一郎様、すごい」

与一郎が照れているうちに、宗兵衛らは檜皮葺門の中に入って行った。人が消えた門から、用心棒の侍が出て来ると、迷いもなく真っ直ぐ与一郎と紘の方へ向かって来た。

「与一郎様……」紘が、掠れたような声を出した。

「案ずることはありません。私がおります」言いはしたが、足が震えた。籠の中に風呂敷に包んだ脇差が入っているが、取り出す間はない。

「おい」と、伏見がふたりに言った。「飽きずに何をしている？　見張っているつもりか」

「…………」

「黙っていると、斬るぞ」伏見が刀の柄に手を掛けた。

「あなたが、父を斬ったのですか」紘が気丈に言った。

「父とは？」

「北町奉行所同心です」

伏見は、ふっと目を遠ざけるようにしてから言った。

「……俺ではない」

「では、誰です？」

「知らぬ」伏見は、一呼吸おいてから言い添えた。「そなたらが見張っているのは、虎狼《とらおおかみ》だ。危ない真似《まね》をするでない。帰れ」

伏見の後ろ姿を見送り、与一郎が言った。

「帰りましょう」

「どうしました？」

「あの……」と紘が言った。

足首が濡れて光っている。

「……乾くまで、戻れません」

「私も、ちびっとやってしまいました」

震える声で笑っていた与一郎が、通りに背を向けて言った。

「父です。隠れましょう」

滝村与兵衛が寛助らを伴って、《浜田屋》に向かって来るのが見えた。

「隣と繋がっていることを、お教えしなくてよろしいのですか」

「……今は、よしましょう。ひどく機嫌が悪いようですから、この姿を見られると、暫く家から出してもらえなくなります。いや、話せばどのみち外出は出来なくなるでしょうが」

今夜か明日の朝にでも、父の様子を見て、今日の昼見たということで話そうと思います。その代わり、これで見張りは中止になりますが、いいですね。

紘が渋々承諾した。

与一郎が見た通り、与兵衛は苛立っていた。これだけ探索を続けているにも拘《かか》わらず、どこに潜り込んだのか、鶯茶の男を見付け出すことが出来ないでいる。だが、微かに活路も見えていた。関宿である。だから、苛立ってはいたが、半分は苛立って見せていたことになる。

「《浜田屋》はいるか」

与兵衛は、半纏の若い衆の返事を待たずに、押し退けるようにして檜皮葺門を通った。殺された古川と赤池のことを訊くという名目で、《浜田屋》を訪れようとしているのである。

――お調書を読んだが、殺ったのは請け人だ。となれば《川口屋》だろう。あの狐《きつね》が突っついてくれたお蔭で何か動くかもしれねえ。それと、関宿だ。もし関宿に鶯茶がいるとしたら、俺たちが江戸でちょろちょろしている限りは、奴は鶯茶の口封じには動かねえはずだ。

与兵衛ら奉行所はまだ、《川口屋》が隠れ家と見せて《浜田屋》をからかったことを知らなかったのである。

あの日——。

——見たかったね、と橋場から戻って来た清蔵に、承右衛門が言った。まさか、お前が白髪頭の鬘《かつら》を被っていたとは、あの間抜けどもは思いもしなかっただろうよ。

——縁の下から陰伝いに抜け出したのに、まったく気付きませんでした。危うく笑い声を立てるところでした。

——お前をそんな目に遇《あ》わせる羽目になったのも、奉行所が早く何とかしてくれないからだよ。おっかなくて、あたしゃ大手を振って表を歩けないよ。

——後は滝村様にお任せいたしましょう。何とかしてくれるはずです。右吉が言った。

しかし事態は、与兵衛や《川口屋》承右衛門が思ってもみない方向へと動いていった。《目目連》である。

与兵衛が《浜田屋》を立ち去ってから、三刻(六時間)余が経った。

「伏見先生をここへ。それと、誰か見張っていないか、調べておくれ」宗兵衛が倉吉に言った。

倉吉は弁吉を奥に行かせ、若い衆《の》と手分けして表と裏に回った。

「両方におりました」

「うるさいもんだね。でも、お蔭で、仕事がやり易いよ。血の雨を降らせても、こっちは誰も出掛けていないことになるからね」

「何をするのだ?」伏見が訊いた。

「江戸に流れて来た者で、ちょいと言うことを聞かないのがいるのですよ。脅かして済めばよいのですが、それでも逆らうようでしたら、見せしめに腕か足を斬り落としていただきたいのです」

「縄張《しま》りを守るのも大変だな」

「気苦労は絶えないのでございますよ」

「隣からお出掛けください」庄之助が言った。「相手は五人組ですから、逃げ道を塞ぐ者が要ります。案内の倉吉の他、甲子次ら五人を付けますので、よろしくお願いいたします」

「手順としては、あっしが一応諭しますが、駄目な時は先生に声をお掛けしますので、後は有無《うむ》を言わさず斬っておくんなさい」倉吉が言った。

「分かった」

伏見らは、《美作屋》の裏戸から片門前の裏路地を抜け、増上寺をぐるりと回って金杉川沿いの明地に入った。暗闇の中に、倉吉らの立てる息遣いが大きく響いた。

「待て」伏見が身構えて、四囲の気配を探った。

「どうしたんです？」

訊いた倉吉に、

「黙れ」鋭く言い放ち、伏見はぴくりとも動かなくなった。

倉吉らは顔を見合わせると、伏見を真似て辺りを見回した。

金杉川の向こうも明地である。人の気配はない。

「先生……」

「誰か、いる」

「………」倉吉らが身を寄せ合い、固まった。

じりじりと時が流れた。何も起こらない。

気配がふっと消えた。伏見が構えを解き、息を吐いた。

「何だったんだ?」

伏見が独《ひと》りごちるように呟いた時、ひゅん、という風を切る音がした。音は続いて起こった。

伏見の身体が前に飛び、地に転がった。矢が身体を掠めた。見えない。矢柄《やがら》が黒く塗られている。忍び仕様の矢である。倉吉たちが悲鳴を上げている。矢を全身に受け、針鼠《はりねずみ》のようになった若い衆が、ふたり倒れた。倉吉も肩と太腿を射られている。

「転がれ」

伏見は叫びながら、懸命に闇を読んだ。鏃《やじり》が宿す微かな光と音で矢を見極め、脇差の木刀で叩き落とした。倉吉らが呻き声を上げているが、助けに走る余裕はない。

矢の攻撃が止み、明地の奥で黒い影が動いた。数は八人か。影がふたつに分かれ、片方が伏見に向かって来た。伏見は影に背を向けると、駆け出した。

四つの影が草を滑るようにして伏見に迫った。先頭と二番目の影の組んだ手を梃《てこ》にして、三番目の影が空を飛んだ。三番目に続いて四番目も跳ね上がった。四人が抜刀した。その瞬間、伏見の足が止まり、捻るようにして影目掛けて刀を閃かせた。ひとりが腹を斬られ、飛び降りたひとりも首筋を斬り裂かれ、息絶えた。

うぬっ。残りのふたりが前後から攻め立てたが、斬り合わせる間もなく、地に這《は》った。

刀に血振りをくれ、皆の許に駆け戻ったが、若い衆四人が止めを刺されており、倉吉と甲子次の姿がなかった。連れ去られたらしい。

伏見は、襲ってきた忍びの面体を見、懐中の品を探ってから、来た時に使った裏路地を通って《美作屋》を経て《浜田屋》に戻った。

「懐から、何か出て来たのですか」庄之助が訊いた。

「いいや、何も」

「倉吉と甲子次は、どうなったと思います？」宗兵衛が訊いた。

「死体を運ぶとも思われぬ。生きたまま連れ去られたのであろう」

「甲子次は、どこまで知っていた？」宗兵衛が庄之助に訊いた。

「長沼藩のことは何も知らないはずですが、《笹ノ井》の客の一件にはすべて関わっています」

「上手くないね」

「ふたりとも、簡単に吐く男ではありません。特に倉吉はどのような責めにも耐えるかと」

「そんなことは分かっている。あいつのことは心配していないよ。でもね……」

直ぐにも舟で脱しようと言う宗兵衛を庄之助が止めた。夜が明けるまで待つように、と伏見も勧めた。忍びが相手だ。暗くては、守れぬ。

「だったら、これから《美作屋》に移るよ。ひとり残らずだよ」

「まだ、そこまでは……」

「早いに越したことはないんだよ。隣は知られていないはずだけど、念には念を入れ、夜が明けたら、私たちは舟に移るからね。何もなければ、また戻ればいいだけのことだよ。抜け道だけどね、分からないように、雪は丁寧にならしておくれよ」

「お任せください」

「《笹ノ井》にも知らせておくれ。暫く留守にした方がいいってね」

「明日にでも、走らせます」

「今夜中だよ」

「ですが……」

「おっかないのがまた出て来るか、試してみたいじゃないか。頼むよ」

庄之助は、若い衆への指図を終えると、伏見に訊いた。

「お気を悪くしないでくださいよ。まだ忍びなどという者がこの世にいるのか、もうひとつ得心がゆかないのですが」

「黒い矢柄。身の動き。俺も初めて見たゆえ、断言は出来ぬが、見誤ったとも思えぬ」

「忍びに恨みを買った覚えなど、ないはずです」庄之助が宗兵衛に言った。

「当たり前だよ。そんなもの、相手にしたことはないよ」

「請け人とは、考えられませんか」庄之助が宗兵衛に言った。

「《川口屋》か」

「はい」

「もし《川口屋》なら、浅茅ケ原から消えた謎《なぞ》の絵解きも出来る。奴は恐ろしい敵になってしまったようだね」

若い衆が、庄之助に《美作屋》に移る支度が出来たと告げた。庄之助が思い付いたように、宗兵衛に訊いた。

「明地の死体ですが、いかがいたしましょうか」

「野晒しでは可哀相《かわいそう》だし、寺に運ぶ途中で見咎められても困る。明日になって何も起こらなかったら、明地に埋めてもらおうか」

「明るくなれば、明地に出向いても大丈夫でしょうか」庄之助が伏見に訊いた。

「大事あるまい。忍びは、やることが早い。恐らく忍びの死体はないだろう」

五

宵五ツ（午後八時）。

木戸門が軋んだ音を立てて開いた。与兵衛が組屋敷に戻って来たのだ。玄関に迎えに出た与一郎は、素早く与兵衛の顔色を読んだ。《浜田屋》の前で見掛けた時と違い、表情に落ち着きがあった。

「お帰りなさい」

多岐代が小袖の袂で刀を受け取っている。

「父上」与一郎が言った。後でお話がございます。

「どうかしたのですか」多岐代が驚いて訊いた。

「お役目に関わることでございます」

「では、直ぐに聞こう」

与兵衛は居間に向かった。与一郎が続き、多岐代が後に付いた。

「何だ？」

「実は」

紘とともに《浜田屋》を見張っていたことを、用心棒に気付かれたことも含めて話した。

「まあ、何という危ないことを」

取り乱しそうになる多岐代を制し、続きを話すように、と与兵衛が促した。

「そこで、思わぬことが分かりました。《浜田屋》の隣に《美作屋》という扇問屋がございますが、両店はどこかで繋がっていると思われるのです」

「どういうことだ？」

「それは実《まこと》か」

《浜田屋》に入った者が《美作屋》から出て来たのだと、与一郎が言った。

「はい。この目で見ました」

「よくやった、と言いたいが、言わぬ。母上が言った通りだ。危ないことだ。二度と勝手なことはいたすな」

「はい……」

「罰《ばつ》として、五日の間、外出を禁ずる。もし約束を破った時は、向こう三月《みつき》の間、稽古に出さぬからな」

「承りました」

「となれば、飯だ。腹が減った。昼から何も食っていないのだ」

多岐代が、お着替えは、と訊いた。

「やっておくので、夕餉《ゆうげ》の用意を頼む」

多岐代が台所に去ると、帯を解きながら、よくからくりを見抜いたな、と与一郎に言った。

「《浜田屋》は、私を含め何人もの者が見張っていたのだが、誰も気付かなかったのだぞ」

与一郎が嬉しそうに鼻の穴を膨《ふく》らませた。

「喜ぶな。あそこにいるのは、人を殺すことを何とも思わぬ者どもなのだぞ」

伏見が、私たちが見張っているのは虎狼だ、危ない真似はするな、と言ったことを話した。

「あの者が、か」

「はい……」

木戸の開く音がした。人が訪れて来る刻限ではない。

「見て参ります」与一郎が素早く立った。

玄関に行くと、戸口の外に、見慣れぬ男がいた。小袖に羽織を着、裁着袴《たっつけばかま》を穿《は》いている。

「どちら様でございましょうか」

「滝村様は、お帰りであろうか」

「お名乗りいただけないのでしたら、お答えいたし兼ねますが」

「名乗れないこともある」

「どうした？」与兵衛が出て来た。男を見て、問うた。「どなたかな？」

「人払いを。決して貴殿に危害を加える者ではない」

「与一郎」

下がるようにと、与兵衛が言った。

「訳を話してもらおうか」

「《目目連》の使いとして参った。手前とともにおいでいただけようか」

思わず与兵衛は男を見詰めた。これが、《目目連》なのか。

「其処許《そこもと》が信ずるに足るか否か、私には分からぬのだが」

「手前は頼まれて、こちらに来た者でござる。その頼まれごとのために、四人の配下を亡くした。にも拘わらず、手前にも滝村様がどれ程のご器量なのか、知らされておらぬ。あいこであろう」

「どこに行けばよいのだ？」

「それも、手前には分かっておらぬ」

「何と？」

「《浜田屋》を捕らえたいのなら、手前を信じることだ」

与兵衛が男を見詰めた。男も見返した。

「よし、参ろう。しかし、何も食っていないのだ。腹が減っているのだが、何とかならんか」

「後で、何とでもしよう。味は請け負えぬが」

「信じよう。仕度してくる」

与兵衛は奥に下がり、出掛けると多岐代に告げた。豪と与一郎が心配げに見ている。

「案ずることはございません。お休みになっていてください」

豪と多岐代に言い、組屋敷を出たところで、どこに行くのか、男に訊いた。

「経緯は略させてもらうが、《浜田屋》の若い者をふたり、捕らえてある。どこに連れて行けばよいか。指図を願う」

「略さずに経緯を聞こう」

伏見行蔵を襲ったが、仲間四人が殺された。その折に、身動きの取れなくなったふたりを頂戴してきたのだ、と男が掻い摘んで話した。

「手前どもの主は、一に伏見を亡き者にすること。それが出来なんだ時は、二に《浜田屋》の者を捕らえ、滝村様に渡し、調べに力添えするように、と言っているのだが、受けるか。勿論、捕らえる前に、下見はしてある。倉吉と甲子次という者どもだ」

「《目目連》とは、そのようなことまでするのか」

「手前どもは仕事を請け負うたまで。《目目連》が何を企《たくら》もうと関わりはない。で、どうなのだ？」

「《目目連》が何を思うて俺に肩入れしてくれるのか、よくは分からぬが、渡りに舟だ。ありがたく乗せてもらおう。となれば、どこかで聞き出さねばならぬ。場所は、心当たりがある。相手が受けてくれるか分からぬので、とにかく一緒に走ってくれ」

「承知した」

八丁堀から浅草の花川戸に急いだ。

「尾けられる心配はないのか」

「配下の者がともに見張りながら走っておるので、懸念には及ばぬ」

思わず四囲を見回したが、どこにいるのか、見当も付かなかった。何者なのだ？

男を見た途端、閃くものがあった。

「伏見とともに用心棒をしていた古川と赤池。両名を手に掛けたのは、貴殿らか」

「いや」

「実か」

「お手前に嘘を吐いて何になる」

「……長いのか」

「何が？」

「《目目連》と関わって」

「……八年程になる」

「昔、俺の親父が《目目連》の名を口にしたことがあったが」と鎌をかけた。「まだ続いていようとは思ってもみなかった。出来て何年くらいになるのだ？」

「そのようなことを訊いて、何とする？」

「お江戸開闢《かいびやく》以来あるのかと思ったのだ」

「まさか。天明の頃に出来たと聞いているぞ」

「親父から聞いた頃だな」

「お手前、話すと足が遅くなる。黙って足を出せ」

「…………」

天明の頃というと二十年から三十年前である。確か、久留米六左衛門は見習の頃、亡父に聞いたと話していた。久留米は寛助と同じで六十三歳である。見習の頃に聞いたとすると、四十年程前に結成されていないと辻褄《つじつま》が合わなくなる。久留米と男、どちらかが偽《いつわ》りを言っているのか。しかし、今はそれどころではない。与兵衛は懸命に足を繰り出した。

鳥越橋を渡る頃、白いものが落ちてきた。風に舞い、渦《うず》のような模様を描いている。急ごう。更に駆け、《川口屋》の表に着いた。音を殺して揚げ戸を叩いた。暫くして土間を歩いて来る足音がした。足音は揚げ戸の前で止まった。

「夜分に済まぬ。南町の滝村与兵衛だ」

覗き窓が開いた。清蔵だった。清蔵が振り向き、右吉に告げている。早くお開けしねえか。右吉の声とともに揚げ戸が開いた。

土間に入り、元締はいるか、訊いた。別のところにおりますが。

「実はな」

与兵衛は、《浜田屋》の手先を捕らえたことを話した。

「問い質《ただ》したいのだが、どこか場所を貸してもらえないか」

「奉行所では駄目なので？」

「責めに掛けるには老中の許しが要る。そんなのを待っている暇はねえんだ」

「よろしゅうございます」

「どこだ？」

右吉は覗き窓から外を見て、近間にいたしましょう、と言い、浅茅ケ原近くの隠れ家の場所を口にした。

「そこに頼む」与兵衛が男に言った。

「後刻連れて行く」

「其処許《そこもと》だが、名無しの権兵衛では呼びづらい。何と呼べばよい？」

「そうよな。では、綿虫《わたむし》とでも」

「柄《がら》でもねえが、そう呼ぼう」

綿虫が潜り戸を出ると、影が寄り添って来、ふたりで浅草御門の方に走り去った。

「どちらさんで？」右吉が訊いた。

「俺にもよく分からねえんだが、《目目連》の使いの者だと言っていた。敵ではなさそうだ」

「何か働き掛けたのですか。《目目連》に？」

「いいや。何もしてねえ。向こうが勝手に捕らえてきたのだ」

「面白い御方でございますね」

「そんな風には見えなかったぞ」

「滝村様がです」

右吉は清蔵に、与兵衛を隠れ家に案内するように言い、

「私は元締に知らせに参りますので」

よろしく伝えてくれるよう右吉に頼み、与兵衛は清蔵と浅茅ケ原に向かった。

第八章　雪の源森川《げんもりがわ》

一

滝村与兵衛らが、浅茅ケ原近くの隠れ家に着いて間もなく、《川口屋》承右衛門と右吉に万平、それに竹原明王が来た。承右衛門は、履物を脱ぎ捨てると、囲炉裏《いろり》の火にかじりついた。《目目連》の使いの者と聞いて、雪を押して出て来たのだろう。

更に半刻の後、綿虫が倉吉と甲子次を担いだ配下の者とともにやって来た。雪は本降りになったらしい、綿虫らが頭と肩の雪を払っている。

目隠しをされた倉吉と甲子次が床に転がされ、息を吹き返した。ここは、どこだ？　叫んだ倉吉の腹に綿虫の拳がめり込んだ。いいと言うまで、口を利くな。ふたりの矢傷は手当てされ、布が巻かれていた。

「死なれては困るでな」

「どれ」と言いながら明王が、布を解き、倉吉らの手当ての跡を見ている。「血が止まっている。さすがですな」

「さすがとは？」綿虫が訊いた。

「深い意味はござらぬ。忍びという者を初めて見たので驚いているのだ」

「忍びなのですか」与兵衛が、綿虫に訊いた。

「余計な詮索は止めてもらおう。この者らに訊きたいことがあるのではないのか」

「そうなのだが、頼めるか」与兵衛が承右衛門に言った。「痛め付けるのは、どうも苦手なのだ」

「旦那、昔ならいざ知らず、今の私どもは殴《なぐ》って性根を叩き直すくらいしかやったことがございませんのですよ。何かを聞き出そうなどということは、とてもとても」承右衛門が言った。

「ならば、忍びに頼もうか。やってくれると助かるのだが」

「仕方ない。しかし、惨《むご》いぞ」

甲子次の身体がぴくりと動いた。

「必ず聞き出すが、話し終えた時は死んでいても構わぬか」

「その時は簀巻きにして大川に沈める。そっちは得意だよな?」

まあ、大昔に一度見ていたことがありますので。承右衛門が答えた。

「となれば、こっちの元気のいい方からやるか」

綿虫が配下の者に目配せをした。配下のふたりが、身体をくの字に折り曲げていた倉吉を、綿虫の前に引き立てて来た。

「目隠しを取ってやれ。何をされるか、見たいだろうしな」

倉吉と甲子次が、家の中を見回し、与兵衛と承右衛門に目を留めた。

「八丁堀。てめえ、承右衛門に飼われていたのか」

「この御方の名誉《めいよ》のために言っておくけど」承右衛門が言った。「滝村様は、そんな御方ではないですよ」

「なら、この顔触れは何なんだ?」

「お前さんの主が、あまりに非道だからだよ。悪さにも限度があるってことを知らないからね」

「何を訊けばよいのだ?」綿虫が言った。

「訳なんぞ後でいい。《浜田屋》が瀬島利三郎ら三人を殺したかどうか。殺したのなら、宮坂甲太郎の死体をどうしたか。訊いてくれ」

綿虫が配下に、ふたりに猿轡《さるぐつわ》を嚙ませてから、倉吉の手足を柱に縛り付けるように命じた。舌を嚙み切られると聞き出せんのでな。

捩《ね》じった手拭いが、倉吉と甲子次の口に巻かれた。甲子次が、泣き声を上げている。うるせえ。倉吉が猿轡の下から叫んだ。

「どうなんだ？」綿虫が倉吉に訊いた。

「…………」

「聞こえなかった、とは言わせんぞ」

綿虫が肩の傷口を指でぐいと押した。傷口から血が溢れ、滴り落ちた。

「……知らねえ」倉吉が答えた。

「もし」と承右衛門が、綿虫に言った。「一応は私の家の中なので、あまり汚さぬように願いますよ」

「ならば、箸を貸してもらえるか」

「食べる時に使う箸ですか」右吉が飯を搔《か》っ込む仕種をした。綿虫が、そうだと答えた。万平が台所から塗り箸を取って来て、綿虫に渡した。

「これはいい品だな」

綿虫は甲子次に見せると振り返り、無造作に倉吉の矢傷に差し込んだ。倉吉の目がめりめりと音を立てて開き、唇から涎《よだれ》が糸を引いて垂れた。

「汚すな、と言われただろうが、我慢しろ」箸をぐりぐりと回した。倉吉が白目を剝き、瘧《おこり》に罹《かか》ったように身体を痙攣《けいれん》させている。

箸が抜かれた。倉吉が、脂汗を流しながら、肩で息を継いでいる。

「こっちはどうだ?」

綿虫が太腿の傷に箸を差し込んだ。倉吉が息を詰めて堪えている。

「次は、お前の番だからな。大人しく待っていろよ」綿虫が甲子次に言った。

与兵衛は、首を激しく横に振っている甲子次を見ながら立ち上がると、いいかな、と綿虫に言った。

「やる気になったか」綿虫が差し出した箸を手で遮り、倉吉に話し掛けた。

「無理をするな」

「…………」

「話さなければ、死ぬまで責められるぞ」

「てめえがやらせているんだろうが……」

「それを言われると返す言葉もないが、この責めを甲子次が耐えられると思うか、どうせ奴が吐かされるのなら、早いところ吐いた方がよいのではないか」

「吐こうが吐くまいが、死罪は免《まぬか》れねえんだ。吐いて堪るか」

「では、もう少し痛い目に遇うしかねえな」

下がろうとすると、遠く橋場の方から刻を知らせる拍子木《ひょうしぎ》の音が小さく聞こえて来た。何刻になるのか、右吉に訊いた。

「夜九ツ（午前零《れい》時）でしょうか」

「これは困った」与兵衛が綿虫に言った。「我ら幕臣は上の者の許しなしに家を空けることは出来ぬのだ。家の者に知らせておかぬと、何かあったのでは、と大騒ぎになるでな。済まぬが、誰か大急ぎで組屋敷まで走ってくれぬか」

「一筆書いてくれるか。あの顔ではご妻女殿に信用してもらえぬ」綿虫が配下の者を目で指した。

確かに、信に足る面相ではなかった。矢立を取り出し、懐紙に、
案ずるな　飯ももらって食っている　明朝出仕前には戻る　与兵衛
綿虫に渡した。綿虫は素早く目を通すと、配下のひとりに急いで届けるよう命じた。配下の者が戸の外に消えると、忘れていた、と呟いた。飯を食わせる約束であったな。

「夕餉はまだで？」承右衛門が訊いた。与兵衛が経緯を話した。

「では、こちらで用意させましょう。こんなこともあろうかと、冷飯で相済みませんが、持って来てあるのですよ」

「味噌粥《みそがゆ》でよろしいですか」万平が訊いた。

「腹に入れば何でも結構だ」

万平が竈の火を熾《おこ》し、水と飯を入れた鍋を掛けた。

「熱い粥か。俺ももらおう」綿虫が言った。

「一緒に食べますか」

「こいつどもに」と綿虫が倉吉と甲子次を見た。「煮えたぎったのを飲ませてやろうと思っただけだ。俺はいらぬ」

甲子次が這って逃げようとして、引き摺り戻された。

「それは別の時にしてくれ。そこまでやると、俺は同心を辞めることになる」

「なかなか面倒なものだな」

「罪人でも人なのでな」

倉吉が、細めた目の端で与兵衛を見ている。

「聞いただろう。何をされるか分からぬぞ。どうせ吐くなら、早いところ吐いたらどうだ？」与兵衛が倉吉に言った。

「耐えられる限りは耐える。それでなくては、元締を裏切ることになるんでね」

「偉いね」承右衛門が言った。「どうです竹原さん、悪も立派なもんでしょう」

「そうとも言えるが、無駄とも言える。苦しみからは、出来るだけ早く逃れた方が得策ではないか」

「おや、そうですかね……」

笑顔で与兵衛から綿虫に目を移した承右衛門の表情が固まった。

綿虫の刀が閃いたのだ。帯が切れて落ち、倉吉の前がはだけた。腹に巻いた晒しに血が滲《にじ》み、滴った。

葱を刻む、ひどく場違いな包丁の音がしている。味噌が鍋に落とされたらしい。いい香りが立って来た。

「いつでも食べられますが」清蔵が、万平に代わって控えた声で言った。

「直ぐもらおう」与兵衛は答え、綿虫と配下の者に言った。「この刻限です。今吐かせても明朝までは動かせません。一緒に食べたらいかがですかな」

「せっかくだ。もらおうか」

「へい」

万平が味噌粥を注いだ椀に、清蔵が刻み葱を落とし、盆で運んできた。

一口啜った承右衛門が、美味いね、と清蔵に言った。温まるのが嬉しいね。

「元締は味噌汁を肴に酒を飲んだことはありますか」明王が訊いた。

「ないですね」

「それはいかんですな。蜆《しじみ》の味噌汁はなかなかいいものですぞ」

「今度試してみようかね」

黙って食べ終えた綿虫が、椀を床に置き、どうだ、と甲子次に訊いた。

「倉吉を苦しめるのも楽にするのも、お前の胸三寸で決まるのだぞ。今お前が話してしまえば、倉吉の責めも終わり、お前の責めをしなくとも済むのだぞ」

「兄ぃ」甲子次が猿轡の下で半泣きの声を上げた。

「てめえ、吐くなよ。吐いても吐かなくても、どのみち俺たちは死罪なんだからな」

「吐かねえ」

「その意気だ。吐いたらあの世で締め上げてくれるからな」

「俺が心配なのは、兄ぃだよ。兄ぃが死んじまうよ」

「俺なら大丈夫だ」

「だと、よいのだがな」綿虫が配下の者に目配せをした。

配下の男は倉吉にものも言わずに近付くと、刀の切っ先一寸（約三センチ）程を肩口に刺した。

甲子次がくぐもった声で叫んだ。止めてくれ。止めてくれ。

「もうそいつはいらん。痛め付けるだけ痛め付けたら、殺してしまえ」

切っ先が、更に肌に食い込んだ。倉吉の口から泡が噴《ふ》いている。

お願いだ。甲子次が叫んだ。話す。話すから、止めてくれ。

「ならば、話してみろ。嘘を吐いたら、どうなるか、分かっているな？」

「言う。言う。何でも言う」

配下の男が切っ先を抜き取った。倉吉が気を失った。

「瀬島利三郎ら三人を殺すよう命じたのは、《浜田屋》だな？」与兵衛が訊いた。

「答える前に訊かせてくれ。話しても、殺されるのか。倉吉の兄ぃも俺も？」

「お前たちが、手を下したのか」

「そんなことはしてねえ。後始末をしただけだ」

「それが本当なら、島流しで何とか収めてもらえるよう口利きしてやるぞ」

「兄ぃもか」

「兄ぃもだ」

「なら、言う」

「殺しを命じたのは《浜田屋》で相違ないな？」

甲子次が、躊躇《ためら》いながら頷いた。

「瀬島利三郎と林田伸二郎の遺体は見付かった。残りの宮坂甲太郎はどうした？」

「……埋めた」

「場所は？」

金杉川沿いの明地で、埋めたところもはっきりと覚えていた。

「順を追って聞こうか」三人を殺した動機を尋ねた。

《笹ノ井》で《浜田屋》と長沼藩勘定方の遠山益右衛門が会っているところを見られただけでなく、利三郎が御用聞きを使い、《浜田屋》と遠山の身辺を調べていると知ったことが、殺害に及んだ因であった。しかし、甲子次は、なぜ三人を殺してまで、見られたことを隠し、調べられるのを恐れたのかまでは、知らなかった。

「倉吉は知っているんだな？」

「……知らねえ、と思う」

「箸をくれ。こいつにも、どれくらい痛いか分からせてやる」

「その気になったか」綿虫が与兵衛に箸を手渡した。

「どの辺りまで刺したらよいのだ？」

「深ければ深い程効き目があるぞ」綿虫が甲子次の肩を露わにした。血止めされた矢傷があった。「ぐさっとやれば、白目を剝くぞ」

「本当だ。嘘じゃねえ」甲子次が身体を揺らしながら言った。「元締が決め、先生たちが殺す。俺も兄ぃも、始末するだけだ」

「瀬島利三郎と林田伸二郎を斬ったのは、伏見行蔵だな？」

「そうだ」

「宮坂甲太郎は？」

「赤池先生だ」

「丑の日殺しを知っているな？」

甲子次の身体がぴくりと応じた。

「あの斬り口は伏見の太刀筋としか思えんのだ。あれも伏見か」

「知らねえんだ。でも、殺しのあった丑の日に、夜分伏見先生が出掛けていたことは確かだ」

「倉吉もだな？」

「…………」

「箸で刺されたいのか」綿虫が言った。

甲子次が小さく首を前に傾けた。

「起こすか」と綿虫が倉吉を見た。「俺たちが起きているのに、寝てやがる」

「刺して起こすのか」

「飛び起きるぞ」

「それよりも血止めを頼む。傷の手当てをしていれば、目を覚ますだろう」

「仕方あるまい」綿虫が配下の者から貝殻に入れた練り薬を受け取りながら言った。

「だがな、強情を張ったら、また刺すぞ」


夜八ツ（午前二時）になる頃、足音が聞こえた。ひとりではない。

明王が刀を抜き払い、承右衛門の前に回った。右吉と清蔵は懐に手を入れ、匕首の柄を握り締めている。綿虫と配下の者は戸の脇に身を潜めた。

足音が止まり、ここか、と言う占部鉦之輔の耳慣れた声がした。

「戻りました」綿虫の配下の者らしい。

「入れ」

戸が開き、吹き込む雪とともに、配下の者に続いて、占部と瀬島亀市郎、寛助と米造と新七が飛び込んできた。

「どうした？」与兵衛が言い、綿虫が配下の者に訊いている。

「どうしたもこうしたもあるか」網代笠《あじろがさ》の雪を払いながら占部が言った。「お前の御新造に、出掛けたが夜中近くになっても帰って来ない、と叩き起こされ、お前の屋敷で待っていたのだ。寛助らも同様だ」

「与一郎様が、この雪の中を知らせに来てくださったのです」寛助が言った。

「そうしたら、文を持ったのが現れた、という寸法だ」

「撒くのは簡単でしたが、お連れしても構わぬかと」配下の者が綿虫に言った。

「何を」占部が荒い声を上げ、この調子で表で騒いでいたら、と言った。「瀬島さんが聞き付けてな。一緒に来られたのだ」

話し声が聞こえる距離ではない。足音を聞き付け、表に出て来たのだろう。

「無事で安堵したぞ」瀬島が柱に縛られている倉吉らを顎で指して言った。「して、其奴《そやつ》どもは吐いたのか」

「はい」

「実か」瀬島と占部が同時に叫んだ。

「利三郎を殺めたのは？」

「《浜田屋》宗兵衛が命じ、伏見行蔵が手に掛けたそうです。此奴どもが見ています」

「やはり、そうであったか。おのれ」瀬島が土間から上がり、倉吉の胸倉を摑もうとして、隅にいる承右衛門らに気が付いた。「まさか、《川口屋》か……」

「左様でございます」

「何ゆえ、ここにいるのだ？」

「ここは承右衛門の持家《もちや》で、調べのために貸してもらったのです。此度の一件では、随分と世話になりました」

「そうであったか」

瀬島は承右衛門の前に手と膝を突き、深々と頭を下げた。

「かたじけない。この恩は生涯《しょうがい》忘れぬ」

お手をお上げください。江戸に住まう者として当然のことをしたまででございますので。答えながら承右衛門が与兵衛を見た。与兵衛は背を向けている。

「我らをここに連れて来た……」

瀬島が、家の中を見回した。いつ去ったのか、綿虫たちの姿は消えていた。

「あの危なそうなのは、何者なのだ？」

「私も、よくは知らないのです。取り敢えず今は、味方であるということで」

「左様か……」瀬島が得心のゆかぬ顔をして占部を見た。占部は、瀬島には答えず、

「それにしても」と家の中を見回した。「まさに、悪の巣窟《そうくつ》のようなところだな。昼間見れば、床は血の染み込んだ跡だらけではないのか」

「占部様、家を借りておいて、それはないのではございませんか」承右衛門がゆったりとした笑みを浮かべて言った。

「これで《浜田屋》も終《しま》いだ、と喜んでいる顔だぜ」

「以前なら、そうでした。ですが、私は滝村様にお会いして考えを改めることにいたしました。恨まれても一生、拝まれても一生ならば、他人様に喜ばれ、大手を振って大道を歩く道を選ぼうか、と。もう手荒なことからは足を洗うつもりでございます」

「本当だろうな?」占部が言った。

「この年で、牢屋から刑場に引き出されるのは御免でございますから」

「信じてみようじゃねえか」裏切ってくれるなよ。占部が承右衛門に言っている。与兵衛は、承右衛門の傍らで神妙にしている右吉に言った。

「七ツ（午前四時）になったら奉行所に連れて行く。それまで居させてくれ」

「では、味噌粥を温めさせましょうか」右吉が瀬島や寛助らを見た。「身体も温まりますし」

「雪の夜の粥とは風流だな。もらうぜ」占部が言った。

「俺の分は、このふたりにやってくれ。寒そうで見てられねえ」

倉吉と甲子次が、顔を見合わせてから与兵衛を見上げた。

「粥が温まるまでに、教えてもらいたいことがある」与兵衛が承右衛門に言った。

「何でございます。旦那に言われると、びくっとする癖が付いてしまっておりましてね。容易《たやす》く答えられることにしてくださいよ」

「江戸の大工で、仕掛け細工の得意なのは誰だか、教えてくれねえか。これぞって腕っこきがいるだろう」

「左様でございますね」暫し考えていた承右衛門が、盗み見るような目をして言った。「根が正直なのがよろしいですか、清濁《せいだく》併せ飲むのがよろしいですか、それとも腹黒いのがよろしいですか」

「随分いるんだな」

「まあ、商売ですので」

「何でもいい。一番の腕前の奴は?」

「四ッ谷御簞笥町の大工・松次郎《まつじろう》でしょう」

「手数掛けて済まねえが、その松次郎に大急ぎで俺の名を伝えといてくれねえか。もしかすると、頼みごとをするかもしれねんだ」

「よろしゅうございます」

「そいつは、腹黒か」

「私と同じでございます」

「腹黒だな」

「ご冗談を」

倉吉と甲子次に縄を掛け、七ツの拍子木を合図に、承右衛門の隠れ家を出た。雪はまだ衰《おとろ》えを見せずに降り続いている。

――この雪では歩くより、舟がよろしいでしょう。

承右衛門の言を採り、吾妻橋から三十間堀川に架かる新シ橋まで舟に乗ることにした。

「それから、差し出がましいようですが、竹原先生をお連れください」

「心配するな。こっちにも人はいる」

「いいえ。これから《浜田屋》に出役を掛けるのでしょうが、向こうには、あの用心棒がおります。無理に捕らえようとすれば、死人の山となりましょう。あの方とまともに立ち合えるのは、竹原先生しかおりません。ここは、何も言わずにお連れくださ い」

言われてみれば、数がいても心許無かった。

「借りるとしよう」

「はいはい。お貸しいたしましょう」

倉吉と甲子次の頭には、占部らの網代笠が被せられ、裸足は酷だからと隠れ家にあった草鞋《わらじ》が与えられていた。与兵衛らは右吉が《川口屋》から運ばせた傘をさしている。米造と新七は、一足先に隠れ家を出、年番方与力の大熊正右衛門の屋敷に向かった。大熊を起こして出仕を乞うためである。捕物出役の要請を町奉行に出してもらわねばならない。

まだ町は寝静まっている。与兵衛らの雪を踏む足音が、通りに響いた。明王が一番後ろで、寒そうに首を竦めた。

二

与兵衛らを乗せた舟が、大川を滑るように流れた。雪が横殴りに降っている。川風がまともに顔に当たる。

寒いだろう。筵《むしろ》をやれ。倉吉と甲子次の身体に筵が巻かれた。

「旦那」倉吉が与兵衛に言った。「あっしらより旦那の方が寒そうですぜ」

与兵衛は、腕を組み、歯を食いしばって舳先の向こうの暗い川面を見ていた。

「雪の降る、こんな刻限に舟に乗る。最初で最後だろうから、目に焼き付けているのだ。気にするな」

「……あっしは三度目になりやす」

「それはすごいな。まさか、船頭をやっていたのか」

「あっしは辛抱が足りませんから、船頭にはなれやせん……」

艪が撓《しな》り、舟が揺れた。

「最初は餓鬼の頃で、こんな夜、鬼のような養い親を真木撮棒《まきざっぽう》で殴り、舟をかっぱらって逃げたんでございますよ。二度目は……」

「無理に話さなくてもいいぞ？」

「元締に拾われた後で、誰も見ている者がいないからと、死体を捨てに川の半ばに出た時でした。そして、今夜って訳です」

「大変《てえへん》な半生だったな」

「でも、あっしは元締に拾われてからは飯の心配なしに暮らせやしたから、運が悪いとは思っちゃいませんぜ」

「それは違うぜ。まともな者と出会えなかったお前は、運が悪かったんだよ。出会いを間違えなければ、それなりの者になれたと思うぜ」

「……旦那、あっしは煙管職人になりたかったんですよ」

「煙管か、いいじゃねえか」

「曲がっちまいやした……」

舟の先に両国橋が黒い影となって見えた。か細い明かりを灯した提灯が西から東に渡って行く。舟が橋の下を潜る寸前に、灯の中に女の半身が浮かんだ。

「どこに行くんでしょうね?」倉吉が言った。「待っているひとはいるんですかね……」

「きっと、いるはずだ」

「だと、いいですね……」

舟は新大橋《しんおおはし》を過ぎて西に折れ、浜町堀と中洲の間を進んだ。永久橋《えいきゅうばし》、崩橋を通り、新堀川に入り、鎧《よろい》の渡しで寛助を下ろした。多岐代とともに占部と瀬島の新造に無事を知らせるためであった。

「直ぐに奉行所に参《めえ》りやす」

寛助が雪の中に消えた。

「達者なものだな」瀬島が言った。

「年が明けると六十四です」

「立派なものだ。爪の垢《あか》でも飲ませてもらおうかな。俺は、今年で定廻りを下りる。後は頼むぞ」

「瀬島さん」最後尾にいた占部が声を掛けた。

「養子を決めたのだ。まだ十歳だから、当分出仕は続けるがな」両御組姓名掛りの久留米の三番目の孫だ、と瀬島が言った。「なかなか出来のよい奴でな。俺の持っているあらゆるものを授けようと思っている」

「与兵衛、今度は断るなよ」占部が言った。

「お前の倅と同い年だ。競わせてやるぞ」

楽しみにしています。答えながら、久留米の『見習の頃に聞いた』という言葉と、孫の参之助を思い出していた。眩《まぶ》しげに目を細める癖があった。

舟は真福寺橋を潜り、三十間堀川に入った。紀伊國橋《きのくにばし》を通った。暗く沈んでいた新シ橋のたもとに、ひとつ提灯が灯っている。提灯がぐるりと回った。提灯の波が、新シ橋を一列に飾った。すべてに御用の文字が見えた。

「おうっ」と占部が立ち上がって叫んだ。

「旦那ぁ」米造と新七の声だった。

舟から降りた与兵衛に、

「捕まえやした」と米造が言った。「紺屋町の親分が、鶯茶をお縄にしたそうです」

「実か」占部が訊いた。

「先程紺屋敷の方に関宿から知らせが入ったとかで、親分が奉行所に走って来やした。浅草で襲ったと、吐いたそうです」

「出来《でか》した」

よし。占部が拳《こぶし》を掌《てのひら》に打ち付けている。

奉行所の大門が開けられていた。大門は、月番の場合、明け六ツ（午前六時）に開けるのが決まりである。にも拘わらず、既に開いていた。大熊正右衛門が命じたことは明白だった。与兵衛らは大門を通り、玄関に向かった。寛助がいた。ご苦労だった。声を掛けると、寛助が鼻水を啜り上げながら乾いた足袋を差し出した。多岐代が持たせたのだろう。受け取り、濡れた足袋を脱ぎ、玄関を上がった。寛助は、明王らと御用聞きの控所に入った。そこには火鉢がある。倉吉らは仮牢に運ばれている。

当番方が年番方与力の詰所に、与兵衛らの着到を知らせに急いだ。与兵衛は定廻りの詰所で熱い湯をもらい、新しい足袋に足を通した。人心地ついていると、年番方与力の詰所に呼ばれた。占部と瀬島に続いて与兵衛も詰所の敷居を跨いだ。

「関宿での捕縛を聞いた」と大熊が言った。「よく関宿に気付いたな。見事だ」

それはよい。だが、と言って与兵衛を睨んだ。

「今、見て来た。倉吉なる者は、責めを受けたようだな？」

「はい……」

「儂には責めを許した覚えはない。誰が責めた？」

「……それは」

口籠もっている与兵衛に占部が言った。

「あれが《目目連》なのか」

「現れたのか、《目目連》が？」大熊が訊いた。

「《目目連》に遣わされた者でした。その者に、責めるよう頼みました」

「何ゆえ、そのような者が現れたのだ？」

「証がなく、どうしても《浜田屋》宗兵衛を捕らえられない我々のために、《目目連》と、更に別の誰かが動いたと思われます」

「話せ」

「《目目連》は、宗兵衛らの捕縛の支障になる伏見を闇に葬《ほうむ》ろうとし、それにはしくじりましたが、一緒にいた倉吉と甲子次を捕らえたとかで、土産《みやげ》と称して渡してくれたのです。責めて聞き出し、証を摑め、と。また、伏見とともに用心棒をしていた古川と赤池なる者は、ともに殺しの請け人の手により殺されました。恐らく《川口屋》が送り込んだ請け人の仕業と思われます。こちらも、宗兵衛捕縛の手助けをしたつもりなのでしょう」

「すると何か、関宿の件を除くと、ここに至ったのは、《目目連》と《川口屋》のお蔭だと言うのか」

「我らの力不足のせいと存じます。申し訳ございません」与兵衛が頭を下げた。

「捕らえた者が、宗兵衛の指図で殺しを行った、と白状に及んだとして出役の願いを出したが、御奉行には、本当のことはとても言えぬな。後で関宿のことなどを言い添え、その辺りで誤魔化すとするか」

「それでよろしいかと存じます」

「《目目連》の使いだが、どのような者であった？」

「忍びではないか、と《川口屋》の者が言っておりました」

「今時、そのような者がいるのか」

「現に、おりました」

「其の方が剣を交えたら、勝てるか」

「昼間、ひとりが相手なら何とかなるかもしれませんが、夜、相手が数名ともなると、とてもかなわぬでしょう」

「野放しにしておくには、危ないの……」

「とは存じますが、久留米さんの御父上が仰っていた、『江戸の平安を願う者の集まり』が正しいのならば、案ずることはなかろうかと存じますが」

「本当ならば、な」だが、と大熊が続けた。「人は力を持つと変わる。ましてや、手足として忍びを動かせる程になると、よからぬ高望みをするようにならぬとも限らぬ。第一、江戸の平安を願うのは我々の役目であり、《目目連》の役目ではない。出過ぎたことであろう」

儂の叔父は、と大熊が襟首《えりくび》に手を当てた。ここに瘤《こぶ》が出来てな。

「長崎で蘭方《らんぽう》の修業をして来た医者は抉《えぐ》って取れば大丈夫だと請け負うたが、万一のこともあるゆえ、不快でなければそのままにしておいた方が無難だとも言った。迷った挙《あ》げ句《く》、鬱陶《うっとう》しいから取ることになった。瘤はきれいに取れたが、瘤の毒が回ったのか、叔父上は亡くなられてしまった。そういうことだ。大人しくしている間は、詮索は止めておこう。それが無難だろう。滝村も、深入りするでないぞ。今は《浜田屋》を捕らえるのが先決だ」

「その《浜田屋》のことで、分かったことがございます」

隣の《美作屋》と、隠し戸か何かで繫がっているのだ、と話した。主の名は伊助《いすけ》。手下と思われます。

「すると、《美作屋》も囲まねばならぬのだな」

「左様です。そして、これが肝心のところですが、倉吉も甲子次も宗兵衛が丑の日殺しと利三郎ら三人の殺害を命じ、用心棒が手を下したことは話しましたが、何ゆえ殺さねばならなかったのか、そこのところを知らないのです」与兵衛は続けた。「もしかすると、《浜田屋》のことです。後日、脅しの種にするためとかで、殺しを匂わす書付けを隠しているかもしれません。それがありさえすれば、そして探し出すことが出来れば、すべてを白日の許に晒すことが出来るのですが」

「よし、隈無《くまな》く探すように指示しておく」

「それから、宮坂甲太郎は既に殺され、増上寺南の明地に埋められております、甲子次が場所を知っておりますので、掘り出すように手配をお願いいたします」

「分かった」

「もうひとつ」

「まだあるのか」

「《笹ノ井》の主と女将を、奉行所に呼び出しておいてください。まだ何か隠しているようにも思えるのです」

「出役の折に、何人か割《さ》いて当たらせよう」

大捕物だな、と言い、大熊が廊下に目を遣った。遅いな。まだ出役のお許しは出ぬのか。

町奉行の用部屋前の廊下に足音が立った。

「ようやくだ。其の方らは出役の仕度をいたせ」

与兵衛にしても占部と瀬島にしても、出役に必要な仕度は、組屋敷に置いたままになっている御用箱に収めてあった。

「予備のがある」

占部は同心詰所の隅にある箱の中身をぶちまけた。鎖帷子《くさりかたびら》、鉢巻、小手、臑《すね》当てなどが、転がり出て来た。

玄関から裏の中間部屋に走る、当番方同心の足音がした。泊まりの中間が出役に駆り出されるのである。

明け六ツの鐘が鳴った。

「畜生。儀式なんぞやってたら、逃げられちまうぞ」

占部の思いを奉行も感じ取ったのか、略すぞ、と言い、いつもなら述べる出役の口上も、与力から同心へと回す水杯なども略し、玄関まで見送るに留めた。

「少しは分かって来たようだな」

占部が小声で言ったのを聞き付けた大熊が、口を慎《つつし》め、と小言をくれた。低頭した占部が場に似合わぬ頓狂《とんきょう》な声を上げた。火事場羽織に野袴《のばかま》、陣笠《じんがさ》を被った大熊が、鼻息荒く立っている。

「行かれるのですか」

「この捕物を見逃す手があるか」

先頭に立とうとした大熊が、最後尾にいる明王に気付き、誰だ、と与兵衛に訊き、直ぐに言い直した。

「誰でもいい。どうせ滝村が連れて来た者だろう。聞くと、頭がくらくらするといかん」

三

雪は、三寸（約九センチ）程積もり、尚《なお》も降り続いている。

数寄屋橋御門を抜けた捕方は山城《やましろ》河岸を通り、土橋を渡り、日蔭町通りを進んだ。戸を上げ、降る雪を見上げていたお店の小僧が、捕方を見て、口を開けている。

宇田川橋を渡った。大横町も越えた。神明前を通り、中門前で西に折れた。

「道を塞げ」

捕方が散り、片門前に通じる横町の出入りを差し止めた。

当番方与力が、緋房の付いた指揮十手を上げた。捕方がふたつに割れ、一隊が《浜田屋》を、もう一隊が《美作屋》を囲んだ。

当番方与力が占部を見た。占部はあらぬ方を見ている。大熊がいるので、いつもなら占部に召し捕りの申し渡しを言わせるのだが、自らやるしかない。当番方与力は《浜田屋》の檜皮葺門の前に進み出て、大声で召し捕りに来た旨を告げ、捕縛の命を下した。捕方が門に木槌《きづち》を叩き付け、閂《かんぬき》を壊した。戸が開いた。玄関に続く露地は雪に覆われていた。足跡はない。当然、雪掻きされているべき刻限である。

「…………」占部が先頭を切って、飛び込んだ。玄関の潜り戸を壊し、土間から式台に上がった。人の気配がない。

「雨戸を外して探せ」

叫んでいる占部を呼び、与兵衛が《美作屋》を指さした。

「隣で息を潜めているのでしょう」

「表から行くぞ」

入り込んでいる捕方に《美作屋》から逃げて来る者を捕らえるよう指示して、表に出、《美作屋》の潜り戸を木槌で打ち抜いた。占部と与兵衛に続いて入った捕方が戸を上げた。

「何事でございますか」《美作屋》の主・伊助が飛び出して来た。

「てめえんところと《浜田屋》が通じていることは、ばれているんだ。大人しく縛に就け」

「畜生」伊助が叫んだ。「逃げろ」

叫び終えた時には、占部が振り下ろした、長さ一尺五寸（約四十五センチ）の捕縛用の緋房十手で肩を叩かれ、泡を噴いて倒れた。

どこかに伏見が潜んでいるかもしれない。慎重に奥に進んでいると、明王が脇を擦り抜けて行った。

「後から来なさい」

「おう……」占部と与兵衛が、顔を見合わせてから背後に回った。

襲ってくる《浜田屋》の手下どもを脇差で払い、叩き伏せ、奥まで進んだ。しかし、《浜田屋》の女将と手下どもはいたが、宗兵衛と庄之助と伏見の姿はなかった。

「どこに逃げた？」

女将を帳場に引き出し、伊助らとともに縛り上げて問うた。逃げたことは認めたが、宗兵衛らがどこに行ったかは、頑《がん》として口を割らなかった。

「この雪の中をどこに逃げた？」占部が床を蹴った。

「舟かもしれません」

「持っているのか、舟を」占部が訊いた。

日除舟を持っていることと、どこに舫《もや》っているかを話した。

「よし、連れて行け」

「その前にやることがあります」

伊助に訊いた。

「隣とは、どこで通じている？」

「…………」

「どのみち、詳しく見てゆけば分かるんだ。隠し戸があるくらいの見当は付いているんだぞ」

「裏庭だ……」

与兵衛は伊助を連れて、雪の裏庭に下りた。早く言え。叫びながら占部が続いた。

「手間を掛けるな」

縛られている伊助の目が、石灯籠脇の板塀を指した。占部が積もっている雪を仔細に見た。

「ここらだけ低いぞ。向こう側は誤魔化したが、こっち側は手を抜きやがったな」

「どんな細工なのだ?」

「右側の柱を手前に引いてみろ」

柱の表が箱の蓋《ふた》のように開き、戸の閉まりに使う横猿《よこざる》があった。横猿を外すと、隠し戸の支えがなくなり、手前に引くと、今は雪で開きが悪いが、戸が開くようになっていた。

「成程な」

与兵衛が大熊の許に駆けた。今度は何だ。占部も、伊助を押しながら駆けた。

「何も見当たりません」

捕方の指揮をしている当番方の与力が大熊に報じている。

「御支配」与兵衛が言った。

「ん？」

「私の名を出し、四ッ谷御箪笥町の大工・松次郎を至急お呼び出しください」

「その者がどうした？」

細工仕事を見抜くには、松次郎に見てもらうのが手っ取り早いことを話した。必ず、どちらかの家の中に隠し部屋か、隠し棚があり、そこに宗兵衛がしてきた悪行の証となるものがあるはずです。もしかすると、宗兵衛らも隠れているかもしれません。

「誰ぞ走らせろ」

大熊が当番方与力に命じた。

「其の方らは？」

「舟を見て来ます。舟がなければ、水の上にいるのでしょう」

「分かった」

どこだ？　と占部が訊いた。

「芝橋の先、本芝の浜です」

そこまで調べていたのか。占部が唸った。走り出したふたりに、明王と瀬島と寛助らが付いて来た。

金杉橋を越え、芝橋を渡り、浜に下りた。

「舳先が黒い日除舟です」

浜に舫っている舟の中に屋根のある舟はなかった。

「ねえぞ」占部が叫んだ。「船頭だ。誰か船頭を呼んで来い」

米造と新七が浜を駆け上り、左右に分かれた。間もなく米造と新七が、それぞれ船頭を連れて来た。

「ここに舳先の黒い日除舟がなかったか」与兵衛が双方に訊いた。

「昨夕までございましたです」

「今朝来たらなかったでございますです」

ふたりとも、捕物出役の姿に腰が引けている。

「品川《しながわ》沖か大川か、どっちに行ったか分からねえか」

「そりゃ大川です」ひとりが言った。

「こんな日に沖に出る馬鹿はいねえでございますよ」

「よし、柳橋まで乗せてくれ」与兵衛が言った。

「七人もですか」ひとりが、ずらりとならんだ占部らを見て言った。

「二艘《そう》なら半分だ。ここで手伝えば、向こう十年、揉め事の訴えで負けねえぞ」

「お乗せいたします。いいえ、乗ってください」

与兵衛と占部と瀬島が先の舟に乗り、後の舟に明王と寛助らが乗った。

雪の浜を出、浜御殿を西に見て、船松町《ふなまつちょう》と佃島《つくだじま》の間を通り、永代橋を潜った。

白く煙《けむ》る中洲に船影はなかった。

「どこに消えやがった……」

舟は新大橋を過ぎ、両国橋を越えたところで舳先を西に向けた。柳橋である。

「助かった。酒でも飲んでくれ」

過分な礼を与え、舟を飛び降りた与兵衛は、平右衛門町の船宿《川端屋》の戸を叩いた。

「南町の滝村与兵衛だ」

「只今」戸が勢いよく開き、番頭が顔を出した。

「火は熾きてるか」

「勿論でございます」

「あたらせてくれ。それとな、熱燗《あつかん》を人数分頼む。凍《こご》え死にそうだから、鍋に入れて沸かして構わねえ。早いのが一番だ」

「これはまた、勇ましいお姿で。一体何が?」

「話は後だ。先ずは、言われたことを直ぐにやり、余市を呼んでくれ」

「酔っ払って寝てますが」

「雪を食わせて起こせ」

「承知しました」番頭が、小女《こおんな》に熱燗を、男衆に余市の口に雪を突っ込めと命じている。

「余市とやら、いい災難だな」明王は掌を擦り合わせると、「身共も頼んでよいか」

構わないから、どんどん頼むように、と与兵衛が答えた。

明王はずかずかと上がると、内暖簾に頭を差し入れ、何やら小女に身振り手振りで頼んでいる。

熱燗が運ばれて来た。明王が素晴らしい速さで戻り、椀の酒を飲み干した。

「このように美味い酒は、生まれて初めてですな。もう一杯」瞬《また》く間に二杯目を飲み干した。

「もう駄目だ」と与兵衛が椀を取り上げた。「後は、片が付いてからだ」

「その判断は正しいですな」

余市が寝惚《ねぼ》け眼《まなこ》をしょぼつかせて奥から出て来た。

「何です、旦那。朝っぱらから」

「とっつぁんに頼みがある。《浜田屋》が舟で逃げた。見掛けた者がいねえか、訊いてくれねえか。大急ぎだぞ」

「ようがす」

答えた途端、もう奥に向かって駆け出している。奥から余市の大声が聞こえて来た。何人かが、外に走り出した。他の船宿にあたっているのだろう。

「お待ちになっている間にどうぞ」

番頭が小女に運ばせて来たのは、握り飯と味噌汁だった。

「あいにく、炊き立てでなくて申し訳ないのですが」

「昨日から味噌粥を食べただけでな。腹の減ったのが分からないくらい減っていたのだ。ありがてえ」

皆で腹に詰め込んでいると、次々に店の前を足音が通り過ぎ、裏が賑やかになった。おう、それだ。余市の声に占部が、口を止めて、与兵衛を見た。

「旦那ぁ」余市が船頭の身形《なり》をして出て来た。人を走らせている間に、舟に乗る仕度をしていたらしい。「舟を見付けました。源森川《げんもりがわ》。目と鼻の先でございます」

吾妻橋の先にある水戸家の下屋敷と中《なか》の郷瓦町《ごうかわらまち》に挟まれた、幅十四間（約二十五メートル）の川だった。

「出来した。大手柄だぜ」

「ご案内いたします」

「頼むぜ」余市に言い、番頭に小粒を握らせた。押し戴《いただ》いている番頭の脇を小女が摺り抜け、これこれでよろしいでしょうか、と明王に見せている。

「上等だ」丸めた布を懐に仕舞った。「皆にもな」

小女が、焼いた小石を布で包んだものをひとりひとりに手渡した。温石《おんじゃく》である。腹の底が温かくなった。

「参りますぜ」余市が声を張り上げた。再び二艘に分かれて、大川を上った。

真横に降る雪を切り裂いて、舟が幅二間二尺（約四メートル）の源森橋を潜った。

左側は水戸家下屋敷の土塀が続き、右側は一面の雪の原だった。ところどころに壁のない屋根だけの小屋が建っている。瓦を焼く竈を覆う小屋である。雪が、一層ひどくなってきた。小屋も原も下屋敷の土塀も、白く霞《かす》んでいる。

「旦那」と余市が棹《さお》を操る手を止めた。「この先に、舫い舟があるようです」

白い幕に閉ざされており、与兵衛にはよく見えなかった。

「間違いないか」

「あっしは船頭になって六十年。地べたの上より水の上の方が長いんです。あれが土手なら、明日から陸《おか》に上がります」

「よし」

水の上を滑るように舟が進んだ。白い幕の向こうに灰色に煙る舟影が浮かんできた。舟の立てるさざ波が、日除舟の船縁を叩いている。水に差した棹が軋み、日除舟に並ぶように、二艘の舟が停まった。

「《浜田屋》待たせたな。大人しく縛に就け」占部が大声を発した。

日除舟の障子がことりと開き、伏見と庄之助が現れ、宗兵衛が続いた。

「まさか、ここが気付かれようとは、夢にも思いませんでしたよ」宗兵衛が言った。

「よく舟だと分かりましたな？」

「悪いのが考えそうなことだからよ」与兵衛が言った。

「倉吉たちが出たまま戻らないが、もしかして倉吉を捕らえ、聞き出したのでは？」

庄之助だった。

「倉吉は何も話さなかった。歯を食い縛って耐えやがった。だが、その分、殺しのことなど、甲子次がすべて話してくれた。それにな、関宿で、浅草で世話になった野郎を捕らえた。もう証がねえとは言わせねえよ」

「雪がひどくなったので、ちょいと休んだのだけど、逃げる時は休むものではないようだね」宗兵衛が庄之助に言った。「これからは気を付けないとね」

「これから、だと。まだ、これからがあると思っているのか」瀬島が言った。

「伏見先生がいるのに、その人数で来るとは、私どもにも運が残されていたようですな」宗兵衛が言った。「片付けて、先を急ぎましょう。先生、頼みますよ」

宗兵衛と庄之助に船頭が、石段を踏んで土手に上がった。伏見が抜刀して、両手を広げ、三人の前に立ちはだかった。

明王が、懐手をしたまま、伏見と向き合った。

「調べたよ。お前さん、明王とか呼ばれているらしいね?」宗兵衛が言った。

「過分な呼び名を頂戴している……」

「《川口屋》が八丁堀の助けをするとは、悪党の恥曝《はじさら》しだね」

「その口で、ようも恥曝しなどと言えるな」

瀬島が雪を蹴立てて、明王に並んだ。

「これは瀬島様、父子揃って斬られれば世話がいりませんな」

「下がっていてください」

明王は懐から手を出しながら瀬島に言い、伏見との間合を一歩詰めた。伏見が正眼《せいがん》に構えた。明王も正眼である。切っ先と切っ先の間合が僅かずつ消え、触れ合った瞬間、数合斬り結び、双方が飛んで離れた。明王の胸許と袖が切れている。刃が掠めたのだ。

「何流だ?」伏見が訊いた。

「人に教わるのが嫌いでな。我流だ」

「……我流では、一角《ひとかど》の者にはなれぬ」

「そうかな?」

伏見が小刻みに突きを繰り出し、下がる明王の小手を取ろうとした。だが、繰り出す剣よりも、剣を払う明王の動きの方が速かった。伏見の剣が空を泳いだ。

「うぬっ」

決着を急いだのだろう。伏見が仕掛け、明王がかわした。

「掛かって来い」

叫び、呼吸を継ごうとした伏見の剣を掠め、明王の一刀が打ち込まれた。伏見が剣を払った。返す刀が水平に走った。明王が脇差を逆手で抜き、伏見の太刀を受け止め、離れた。明王が脇差を順手に持ち替えている。

「久し振りだ。手応えのある相手と立ち合うのは」

伏見が下段に構えた。それを見て、明王の右手が斜め上に振り上げられた。両者が同時に踏み込み、鋼《はがね》が嚙み付き合い、火花が散った。明王が脇差で突きを入れた。伏見が払った。明王が二刀の剣を交互に、叩き付けるように繰り出した。伏見が受ける。明王の爪先が僅かずつ、間合を詰め始めている。切っ先が伏見の袖を捉え、肩の肉を掠めた。一刀で受けるには、明王の太刀の動きが速過ぎる。明王の脇差を、伏見の太刀が受けた。と同時に、明王の太刀が伏見に飛んだ。伏見が脇差で受けた。が、明王の剣は、伏見が脇差として使っていた樫《かし》の木刀を真っ二つに斬り、脇腹を抉った。かつっ、という音に次いで、肉の断たれる音がし、伏見の足許の雪を血が染めた。伏見が脇差を見た。

「用心棒」と明王が言った。「お主は、剣客《けんかく》ではなくなっていたのだ」

「…………」

明王が剣を振り下ろした。伏見の肩口から血煙が立った。

「今です」明王が瀬島に叫んだ。「仇を討ちなさい」

瀬島が雪煙を上げて伏見に駆け寄り、斬り付けた。伏見は刀を払おうともせずに、瀬島を見詰め、正面から刀を受けた。伏見が雪原に膝から落ち、座ったような姿で動きを止めた。

「…………」伏見の口が開いて閉じた。妻女と娘の名を口にしたのだろう、と与兵衛は思った。

「引っ捕らえろ」占部が叫んだ。

「はぐれの仙蔵の無念を思い知らせてやれ」与兵衛が叫んだ。

「心得てまさあ」

雪を蹴立てて走った寛助らが、宗兵衛と庄之助を押え付けた。

「親分」米造が、宗兵衛に縄を掛ける手を止め、源森川を指さした。「川っ縁ですぜ。言ったでしょ。こんなところで捕まえているのが目に見えたって」

「おうっ」寛助が嬉しげな声を上げた。「確かに言ってた。その通りになったじゃねえか。見直したぜ」

喚《わめ》きながら縛り付けている寛助らから目を離し、瀬島が膝に手を突き、明王に深く頭を下げた。

「強《つえ》えですねぇ」寛助が庄之助を縛りながら明王に言い、庄之助の頭を叩いた。「見たか、明王の腕前を。そっちより上だろうが」

「そうとも言えぬぞ」明王が言った。「もし脇差が本身であったならば、あちらの方が上だったやもしれぬ」

「勝ったじゃねえですか」

「身共が勝てたのは」と明王は懐から温石を取り出した。「これのお蔭でもある。指が温まっていたか、かじかんでいたか、の差だ。ひとつ間違えば、最初の一太刀で身共は敗れていただろう」

伏見の頭に、肩に、背に、雪が降り積もっている。

「旦那」と伏見の顔を覗き込んでいた米造が言った。「うっすらと笑っていますぜ」

「ようやく終わったのだ」

与兵衛の目に、伊皿子町の位牌が浮かんだ。

「長い旅がな」

四

降り続いていた雪が止み、日が射し、積もった雪がきらきらと輝いている。

宗兵衛捕縛を逸早く知らせようと、三十間堀川の新シ橋から一足先に奉行所に走らせていた米造が、捕方を連れて来た。寛助と新七が捕り縄を渡している。

「奉行所の中は大騒ぎです。隠れ部屋も見付かったそうです」

「何かあったと言ってたか」

「手文庫《てぶんこ》の山だったとか」

「そいつはよかった」

「舟と言い、細工仕事の大工と言い、お前には負けたぜ」占部が与兵衛の背を叩いた。

奉行所に着いた。大門を入り、玄関を見ると、《黒っ羽織》の姿があった。脇に空の荷車が置かれている。

「御支配が御目付を呼んだんだろう。仮牢の方はやっておくぞ」

占部に頼み、玄関に向かった。

「またもやお手柄のようでございますな」《黒っ羽織》が言った。

「偶々《たまたま》です」

玄関口にいた当番方の同心が、《使者の間》に行くようにと言った。濡れた足袋を脱ぎ、当番方の足袋を借りていると、丁度塚越丙太郎が奥から出て来たところだった。

「いやはや、すごい量であったぞ」羽織の埃を払いながら言った。

「手文庫か」

「そうだ。お蔭で朝から駆り出されたぞ」

「滝村様」当番方の同心が、急ぐように、と目で言っている。

「済まんが、後でな」

塚越に言い、左に折れ、《使者の間》に向かった。

隠し部屋の手文庫の中に、此度の一件を解く文書もあるとよいのだが。思っているうちに、《使者の間》に着いた。

「よくやってくれた」

大熊の第一声であった。占部が言った通り、梶山左内と寺平彦四郎が来ていた。

「今な、梶山様に、隠し部屋の話を始めたところなのだ。其の方も聞きたいであろう」

此奴が宗兵衛を追う前に、四ッ谷の大工・松次郎を呼べ、と儂に命じて行ってしまったのです。

「松次郎が来た。どこかに隠し部屋か隠し棚があるはずなのだ。見付けてくれ、と言うと、松次郎め、まず家の中を、壁を叩きながらぐるぐると二回回った。それで、分かった、と申すではありませんか。こちらは狐につままれたようなものです」

「で?」梶山が早く話すように促した。

「ここに隠し部屋が、ここに隠し棚がある、と言うのです。ところが、あるのは分かるが、開け方に細工がしてある。少々お待ちを、と申して、錐《きり》のようなもので、柱やら壁の隅やらを突っついているうちに、突然柱の一部が開き、紐が出て来たり、棚の奥がこくんと倒れたり……、そして、ございました。千両箱やら手文庫の山が……」

「それは見せてもらえるのであろうな?」梶山が言った。

「これから片っ端から調べるつもりでおりますが、二手に分かれて調べるのも面倒です。ご一緒にいかがですか」

「それはかたじけない。大いに助かるというものです」

「此度の殺しのことも、あるでしょうか」寺平が言った。

「勿論あると思っています」

大熊はぐいと胸を張ってから、与兵衛に向き直った。

「それもこれも、滝村、其の方の活躍があったればこそだ。年番方として礼を言うぞ」

「勿体ないお言葉、痛み入ります。しかし、私ひとりの力ではなく……」

おほん、と大熊が軽く握った拳を口許に当て、空咳をした。

「分かっている。占部や手先の者たちの苦労も存じておる。だが、一言で言えば其の方の力なのだ」

大熊は《目目連》や《川口屋》の名は出したくないのだろうと解し、与兵衛は低頭して見せた。

「忘れていた。《笹ノ井》の吉右衛門と女将だが、逃げられた。《笹ノ井》に行った時には、誰もいなかったそうだ。まだ遠くへは行っていまい。手配したゆえ、いずれお縄になるだろう。奴は《浜田屋》の身内だという話だ。そのようなことを庄之助が言っているらしい」

「騙されました」

「いや、よくぞ呼び出そうとした。大したものだと思うぞ」

「もうひとつ、信じ切れないものがあったのに、見抜けませんでした」

唇を噛んでいる与兵衛に、大熊が言った。

「悪党も必死だからな。そのうち騙されなくなる。通り道だ」

「はい……」

「続けるぞ。明地の件だ。明地を掘り返したところ、宮坂甲太郎の遺体の傍らに女も埋められていた。《笹ノ井》の仲居をしていた鈴という女らしいな」

「長沼藩の遠山の名を教えてくれた者です」

「そうであったか。気の毒なことをしたな」

大熊は、少しの間神妙な顔をしていたが、膝をぽんと叩くと、では、と梶山と寺平に言った。

「ここに文書を運ばせて、町奉行所扱いのもの、御目付扱いのもの、大目付様扱いのものに分けることから始めますか。このような仕事に打って付けのがおります」

椿山を呼んでくれ。大熊が与兵衛に命じた。


大熊の許を辞した与兵衛は、俄《にわか》に疲れを覚えながらも、高積見廻りの詰所に向かった。明日の見回りの分担を決めなければならなかった。明日は大晦日《おおみそか》である。商家は一年間の掛取りで、江戸市中を金が飛び回る。掏摸《すり》も出れば、置引きも徘徊し、刃傷沙汰《にんじょうざた》も起こる。奉行所はほぼ全員が市中の見回りに出ることになる。

「なあ、与兵衛」と塚越が言った。「明日は一緒に回らないか」

多分、定廻りに就くよう命じられることになるだろう。となれば、高積として一緒に回れるのは、明日しかない。

「分かった。そうしよう」

「それでな。利三郎と最後に回ったところを歩きたいのだが、いいかな？」

「……それはいい。よく気が付いたな」

「そうか」

「いいな」

「そんなに言う程、いいか」

心の晴れる思いがした。しくじりを引き摺ろうとしていた己が、どこかに吹き飛んだ。

「今更だが、塚越丙太郎、いい男だな」

「気付くのが遅い」

笑い声が絡んで、消えた。昼餉だが、と塚越が言った。

「美味い店を見付けた。食おうぜ」

「うむっ」

「奢《おご》れよ」

「何で、そうなる？」

与兵衛は寛助らをともに、四ッ谷の御箪笥町に行き、大工の松次郎を訪ねて礼を言い、足を浅草に延ばし、《川口屋》に出向いた。しかし、承右衛門は明王と清蔵を連れて、どこかに出掛けていた。

「一刻程で戻って参りますが」

「元締も明王も、お前さんも寝ないのか」右吉に訊いた。

「旦那方も、でございましょう？」

明日は塚越と市中を見回らなければならない。後で出直して来ると伝え、熱い蕎麦を腹に収め、頃合を見て《川口屋》を覗いた。右吉が会釈して、

「戻っております」

上がるように、と言った。寛助らを土間に待たせ、ひとりで奥に渡った。

長火鉢の前に座り、承右衛門が煙草《たばこ》をくゆらせていた。

「竹原さんは？」

明王は、裏で昼寝をしているらしい。寝不足を補っているのだと承右衛門が笑った。

与兵衛は改めて昨夜からの礼を言い、

「その他にも、何かやってくれたようだな」と訊いた。

「はて、何のことでございましょう？」

《浜田屋》の用心棒の古川と赤池が殺されたことを話した。

「手口が明王とは違う。元締が、別の請け人を、それも凄腕のを使ったのではないか、という噂があるのだがな」

「毎度申し上げますように、今の私どもはそのようなおっかないことはいたしませんのでございますよ」

「言っておくが、定廻りになる」

「それは、おめでとうございます」

承右衛門は煙管の雁首を灰吹きに打ち付けると、居住まいを正し、頭を下げた。

「今後は容赦《ようしゃ》しねえ。と、言うと思うか」

「………………」

「また助けてもらいに来る。来るが、殺しの請け負いなどしていると付き合いは終いだぞ」

「旦那に申し上げたはずです。手荒なことからは足を洗う、と」

「ならよいが、訪ねて来られる元締でいてくれよ」

「旦那」承右衛門が一瞬口籠もってから言った。「これも、前にも申し上げましたが、私はそんなにいい心根のもんじゃございません」

「分かっている」

「いや、分かっちゃおられません。実を言うと、旦那のお命を縮めちまった方が、と考えたこともあるんでございます」

「やったのか」

「やりません」承右衛門が驚いて口を尖《とが》らせた。「だから、旦那は生きていなさる」

「なら、いいじゃねえか。俺だって元締を引っ括《くく》り、三尺（約九十センチ）高い木の上に晒そうか、と考えたことがある。人の心とはそんなもんだ。それをやるか、やらないかだ」

隣の部屋で、コンという咳がした。妾の弓が聞き耳を立てているのだろう。

「珍しいな。生《なま》ッ白《ちろ》いのが、こっちに来ているのかい？」

「今日はもう、あっちに行くのが億劫《おっくう》なものでございますからね」

「動き過ぎだぜ」

「こりゃどうも」

「ゆっくり休んでくれ。邪魔したな」

与兵衛の気配が家から消え、右吉が座敷に戻ってきた。

「年は取りたくないものだね」と承右衛門が言った。「吉右衛門のこと、橋場の隠れ家で言い忘れちまってたよ。逃げたらしいね」

「一日前だったとか、聞いております」

「居処を突き止めて、こっちで始末しよう。《蛇の新》に言っておいておくれ」

「よろしいんで?」

「《浜田屋》筋の者だからね。生かしておいても、しょうがないよ」

「承知しました」

「面白いね」と承右衛門が言った。「長生きするのはどっちだろうね。滝村様かね、あたしたちかね」


滝村与兵衛は花川戸の町にいた。通りの端にいる砂絵師が目に留まった。貝殻を焼いて粉に碾《ひ》いたものと砂を混ぜて白砂を作り、それを握った手から少しずつこぼして絵を描く大道芸人である。砂絵師が、歩み寄って来る与兵衛らをちらと見た。

「早く描いておくれよ」子供のひとりが砂絵師に言った。

「あいよ。何を描こうか」

「そうだなあ……」

「遠慮はなしだ。見たいものをいいな」

「俺でもいいか」与兵衛が言った。

「勿論でございます」

「狸だ。いや、狐を頼もう。白い狐だ」

「へい」

この砂絵師が、殺しの請け人・《蛇の新》こと蛇の目の新五郎だとは、知る由もない与兵衛だった。


寛助らが大門前の腰掛茶屋に入った。軽く手を上げ、与兵衛は大門を潜った。仮牢の前に紺屋町の三津次と房吉、それに荒木継之助がいた。与兵衛が気付くのと同時に、三津次らも気が付いた。

「旦那、大捕物があったこと、聞きました」

「おう、親分が鶯茶を捕らえてくれたので、大手を振って捕縛に向かえたんだ。礼を言うぞ」

「とんでもないことでございます。旦那、ありがとうございました。これから瀬島の旦那に報告に行かせてもらいます」

「瀬島さんが、あの用心棒に止めを刺したのだ。仇は見事に討たれたぞ」

「ようござんした……」

三津次と房吉が目に涙を溜めて、頭を下げた。

荒木にも礼を言い、後日道場で会うことを約して、玄関に向かった。《黒っ羽織》の姿がない。帰ったのかと思って当番方に訊くと、《使者の間》に駆り出されているらしい。見付かると手伝わされる羽目になるので、高積見廻りの詰所に行き、消し炭を熾し、茶を淹れ、火桶に手を翳《かざ》した。

この一月余のことが、めまぐるしく脳裏に浮かんでは消えた。ここで『江戸大絵図』を広げ、利三郎と回ったところに印を付けたのが、昨日のことのように思えた。その利三郎は若い命を散らしてしまった。

夕七ツ（午後四時）の鐘が鳴った。塚越はまだ戻らない。

疲れた。今日は帰ろう。仕度をし、文を残し、朝吉を呼び、寛助らと組屋敷に戻った。

松原真之介の屋敷に報告に寄ろうかとも思ったが、明日に回すことにした。既に弐吉から宗兵衛捕縛の報は受けているだろう。

木戸で寛助らと別れている間に、朝吉が御用箱を手に帰宅を告げている。与一郎と多岐代の声が聞こえた。

珍しく豪も出迎えに現れた。

着替えを済ませ、与一郎を居間に呼んだ。多岐代と豪も来るように伝えた。皆に向かい合って座り、与一郎に言った。

「これから誉める。だが、誉められたからと言って、元服前の身で、二度とあのような危ないことをしてはならぬぞ。よいな」

「はい。申し訳ありませんでした」

「しかし、隠し戸があるということが分かったお蔭で、隠し部屋や隠し棚に思いが及び、膨大な量の悪事をしたためた書付けが見付かった。恐らく、これから多くの悪事が白日の許に晒されることになるだろう。手柄であった。ゆえに、本日を以《もっ》て禁を解く」

「稽古に行ってもよろしいのですか」与一郎が言った。

「構わぬ」

「ありがとうございます」

与一郎が多岐代と豪を見て笑みを浮かべた。

「私にも、話があります」豪が言った。

「はい」

「明日のことです」

大晦日の夜、大熊正右衛門の屋敷に出向き、役職の拝命を受けるのが同心のしきたりであった。

「その時、定廻りに就くよう言われたら、お受けなさい」

「よろしいのですか」

「与一郎が、町火消人足改に就く、と約束してくれたのです。私は、与一郎に望みを託すことにいたしました」

「よいのか」与兵衛が与一郎に訊いた。

「はい。御婆様に喜んでいただけるのなら、なりたいと存じます」

「頼みますよ」豪が言った。

「お任せください」

後で多岐代が、与一郎が豪を言いくるめたのだ、と与兵衛に耳打ちした。

布団に入り、豪を言いくるめたのなら、町火消のうるさい連中を言いくるめるのは、与一郎には容易いことかもしれぬな、と思った時には、与兵衛は眠りに堕《お》ちていた。

十二月三十日。

奉行所に出仕した与兵衛は、早出した大熊に呼ばれ、年番方与力の詰所に赴いた。

「昨日の今日だが、隠していた手文庫が見付かったお蔭で、宗兵衛も庄之助も観念いたしおっての、取り調べに素直に応じているようだ」

吟味方からの知らせによるとな、と大熊が言葉を継いだ。

「《浜田屋》は、長沼藩の勘定方・遠山益右衛門と密談しているところを利三郎らに見られた上、利三郎が永富町の忠八を使って身辺を調べているのに気付き、利三郎らを殺したのだそうだ。詳しいことはまだこれから問い質さねばならないが、遠山が勘定方というお役目をよいことに不正を働き、多額の金子を着服していたのを藤崎主計に嗅ぎ付けられ、《浜田屋》に泣きついたらしい。殺しを頼んだ遠山と、殺しを請け負った《浜田屋》が、密かに会っていたのだ。何としても知られてはならぬであろうな」

「…………」

「三人の中に宮坂甲太郎がいなければ、《浜田屋》とともにいたのが遠山益右衛門だと知られることはなく、殺すこともなかったのだろうが、宮坂に遠山だと気付かれてしまった。《笹ノ井》に調べに来た忠八が、遠山と《浜田屋》の名を出したため、これは拙い、と《浜田屋》が直ちに殺しの手配をしたのであろう。利三郎ら三人は、知らなくてもよいことを知ってしまったがために、あたら若い命を散らせてしまった……」

大熊は眉根を寄せ、ゆっくりと首を振った。与兵衛の胸に、利三郎の面差しがよみがえった。

「せめて、調べに動く前に、親父殿に一言、言ってくれておればの……」

「はっきりこれ、という証を見つけてから、と思い、密かに探索を始めていたのでしょう」

「惜しい男であったな」

「まことに」

「丑の日殺しも、最初に殺した長沼藩の藤崎主計に探索の目が集まらぬようにと、同じ丑の日に合わせて殺しを続けた、と庄之助が申したらしい。未だ手文庫の中身をすべて調べた訳ではないが、椿山が見ている文書の中に、藤崎主計を殺すよう《浜田屋》に依頼したことを示すものがあったと聞いている。これで、何ゆえ、利三郎らが殺されねばならなかったのか、判明いたしたことになる。だが、他にも殺しの依頼を示す書付けがいろいろと出て来てな、今、例繰方も吟味方も、梶山様たちも目を白黒させているところだ」

　それからな、と大熊が声を潜めた。

「これは内々の話だが、《浜田屋》の一件を伝え聞いた幕閣のかなり上の方から、大目付様にお話があったらしい。お役目に関わることがあるはずゆえ、詳しく目を通すように、とな。すごいものだ。長沼藩のことを見通しているのではないか。梶山様が大目付様から、詳細を知らせるよう乞われたという話だ……」

《川口屋》が言っていたことだった。《目目連》が幕閣を動かしているのだ。そこまで力を持っているのか。大熊が案じたように、《目目連》がもっと肥大化したら、どうなるのか。与兵衛は、思わず目を閉じた。

「いかがいたした？」

「いいえ……」

「また何か分かったら知らせるでな。待っておれ」

　大熊は茶を一口啜ると、ところで、と言って与兵衛の顔を見た。

「今夜、定廻りを申し渡す。此度は断らぬであろうな？」

「謹《つつし》んで、お受けいたします」

「……実か」よいのか。大熊が訊いた。「折れたのか」

「折れてくれました」

「いや、難敵であったな。『何卒、倅を町火消人足改に』と豪殿が屋敷に菓子折を持って来られる度に、儂は逃げ回っていたのだぞ」

「ご迷惑をお掛けいたしました」

「何の。口だけだ。儂も結構楽しんでもいたのだ」

笑顔を見せていた大熊が、表情を引き締めた。今ひとつ言っておきたいことがある。

「伏見某を倒した浪人風体の者、《川口屋》の用心棒だそうだの?」

「伏見がおりますので、借り受けましてございます」

「その考えは間違ってはおらぬ。だが、借りた相手は、いかにもよろしくない。《川口屋》に《目目連》、其の方の行く末が案じられてならぬわ。くれぐれも心し、彼我《ひが》の境を踏み越えぬようにな」

「……胆《きも》に銘《めい》じます」

「うむ。用はそれだけだ。下がってよいぞ」

高積見廻りの詰所に戻ると、出掛ける仕度を済ませて塚越が待っていた。

「待たせたな」

「何の話であった？」

「今夜、申し渡されるそうだ」

塚越の顔が弾けた。すごいことだ。やったな。

「前に俺の言ったこと、覚えているだろうな？」

分からない。尋ねた。

「見た目は昼行灯のようだが、隠れた逸材《いつざい》だ、と言って俺を定廻りに売り込めって話だ。簡単に忘れてくれるなよ」

「思い出した。やってみよう」

「やるな。冗談だ。定廻りは俺の人《にん》には合わぬ」

塚越が笑った。与兵衛も笑った。

「行くか」と塚越が言った。

「行こう」与兵衛が言った。

高積見廻り同心のシリーズは今回で終了します。次巻からは、《川口屋》承右衛門側が主体となる物語になります。主人公は、殺しの請け人《蛇の新》。脇を竹原明王と右吉らが固めます。《川口屋》ｖｓ《目目連》ｖｓ奉行所の話を中心に、物語を展開させる予定です。勿論、これまで通りに滝与の旦那と松原真之介も登場します。ご期待ください。

著者

一〇〇字書評

目目連

切・り・取・り・線

購買動機（新聞、雑誌名を記入するか、あるいは○をつけてください）

□（　　　　　　　　　　）の広告を見て	
□（　　　　　　　　　　）の書評を見て	
□ 知人のすすめで	□ タイトルに惹かれて
□ カバーが良かったから	□ 内容が面白そうだから
□ 好きな作家だから	□ 好きな分野の本だから

・最近、最も感銘を受けた作品名をお書き下さい

・あなたのお好きな作家名をお書き下さい

・その他、ご要望がありましたらお書き下さい

住所	〒				
氏名		職業		年齢	
Eメール	※携帯には配信できません	新刊情報等のメール配信を 希望する・しない			

この本の感想を、編集部までお寄せいただけたらありがたく存じます。今後の企画の参考にさせていただきます。Eメールでも結構です。

いただいた「一〇〇字書評」は、新聞・雑誌等に紹介させていただくことがあります。その場合はお礼として特製図書カードを差し上げます。

前ページの原稿用紙に書評をお書きの上、切り取り、左記までお送り下さい。宛先の住所は不要です。

なお、ご記入いただいたお名前、ご住所等は、書評紹介の事前了解、謝礼のお届けのためだけに利用し、そのほかの目的のために利用することはありません。

〒一〇一‐八七〇一
祥伝社文庫編集長 坂口芳和
電話 〇三（三二六五）二〇八〇

祥伝社ホームページの「ブックレビュー」からも、書き込めます。
http://www.shodensha.co.jp/bookreview/

祥伝社文庫

目目連《もくもくれん》 高積見廻《たかづみみまわ》り同心御用《どうしんごよう》控《ひかえ》

平成26年6月20日　初版第1刷発行

著　者　長谷川《はせがわ》　卓《たく》

発行者　竹内和芳

発行所　祥伝社《しょうでんしゃ》

東京都千代田区神田神保町3-3
〒101-8701
電話　03（3265）2081（販売部）
電話　03（3265）2080（編集部）
電話　03（3265）3622（業務部）
http://www.shodensha.co.jp/

印刷所　萩原印刷
製本所　積信堂
カバーフォーマットデザイン　中原達治

Printed in Japan ©2014, Taku Hasegawa ISBN978-4-396-34032-2 C0193

祥伝社文庫　今月の新刊

石持浅海　**彼女が追ってくる**
名探偵・碓氷優佳の進化は止まらない……傑作ミステリー。

桂　望実　**恋愛検定**
男女七人の恋愛を神様が判定する!?　本当の恋愛力とは?

南　英男　**内偵**　警視庁迷宮捜査班
美人検事殺し捜査に不穏な影。はぐれ刑事コンビ、絶体絶命。

梓林太郎　**京都 保津川《ほづがわ》殺人事件**
茶屋次郎に、放火の疑い!?　嵐山へ、謎の女の影を追う。

木谷恭介　**京都鞍馬《くらま》街道殺人事件**
地質学者はなぜ失踪したのか。宮乃原警部、最後の事件簿!

早見　俊　**一本鑓《やり》悪人狩り**
千鳥十文字の鑓で華麗に舞う新たなヒーロー、誕生!

長谷川卓　**目目連《もくもくれん》**　高積見廻り同心御用控
奉行所も慄く残忍冷酷な悪党とは!?　与兵衛が闇を暴く。

喜安幸夫　**隠密家族　くノ一初陣**
驚愕の赤穂浪士事件の陰で、くノ一・佳奈の初任務とは?

佐々木裕一　**龍眼　流浪《るろう》**　隠れ御庭番
吉宗、家重に欲される老忍者。記憶を失い、各地を流れ…。